KB253453

적포용왕

김운영 新무협 판타지 소설
FANTASTIC ORIENTAL HEROES

赤布龍王

적포용왕 2

김운영 新무협 판타지 소설

초판 1쇄 찍은 날 § 2008년 3월 26일
초판 1쇄 펴낸 날 § 2008년 4월 2일

지은이 § 김운영
펴낸이 § 서경석

편집장 § 문혜영
편집책임 § 최하나

펴낸곳 § 도서출판 청어람
등록번호 § 제1081-1-89호
등록일자 § 1999. 5. 31
어람번호 § 제2-1456호

주소 § 경기도 부천시 원미구 심곡1동 350-1 남성B/D 3F (우) 420-011
전화 § 032-656-4452 팩스 § 032-656-4453
http://www.chungeoram.com
E-mail § eoram99@chollian.net

ⓒ 김운영, 2008

ISBN 978-89-251-1251-0 04810
ISBN 978-89-251-1249-7 (세트)

김운영 新 무협 판타지 소설
FANTASTIC ORIENTAL HEROES

무림출두(武林出頭)

적포용왕

赤袍龍王

2

도서출판 청어람

目次

第一章
적포비사(赤布秘事)

赤布龍王

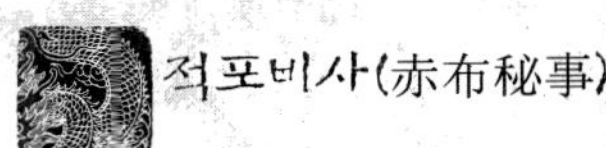
적포비사(赤布秘事)

사천은 중국의 남서쪽에 위치한 내륙 지방
으로 삼국연의에서 유비가 촉나라를 세운 곳이다. 땅의 대부
분이 고원지대이고 산세가 험해 보통 사람은 들어가지 못하
는 지역이 부지기수로 많다.

지리가 험하니 자연 경제 상황도 척박하여 이곳 사람들 대
부분은 사냥이나 화전을 일구어 먹고 산다.

하지만 땅이 넓고 사람이 있으면 어딘가에는 번화한 도시
가 생기는 법. 옛 촉나라의 수도였던 성도를 비롯해 다른 지역
의 도시에 비교해도 부끄럽지 않은 시가도 분명히 존재한다.

적포천존은 강진 일가와 함께 사천으로 넘어왔다. 그가 목표로 한 곳은 사천 일대에서도 가장 높고 험한 천산의 부근이었다. 그곳은 전국시대 이전인 은과 주 시대부터 강족이 주인으로 있는 땅으로 천산은 바로 강족의 발상지이다.

중화민족의 대부분을 이루는 한족과는 다른 이종족이지만, 한족이 아주 친근하게 대하고 항상 예의를 차리는 민족이 바로 강족이다. 왜냐하면 고대의 병법가이자 병법서 육도삼략의 저자인 강태공이 바로 강족이기 때문이다.

"그러고 보니 너도 강씨구나?"

"예, 하지만 강족은 아닙니다."

"뭐, 그거야 그렇겠지. 그래도 따져 보면 이쪽 피가 섞여 있을걸? 일단 낚시를 잘하잖아."

적포천존의 농담에 강진은 살짝 웃었다.

"그래도 전 휘지 않은 낚싯바늘로 낚시를 하는 재주는 없어요."

강태공은 육십여 년이나 낚시를 하며 때를 기다렸는데, 그때 낚싯바늘이 굽어 있지 않고 일직선으로 곧았다고 한다. 그런 바늘로는 고기를 낚을 수 없다. 강진은 먹고살기 위해 낚시를 한 것이지, 세월을 낚기 위해 물가에 앉아 있었던 것은 아니다.

"하기야 그런 짓 하다간 굶어 죽기 딱 좋지. 끌끌끌."

　적포천존은 혀를 차며 웃다가 손가락으로 산과 산 사이에 패여 있는 계곡을 가리켰다.

　"저기다. 저기가 바로 우리 적포문의 수련곡이 있는 곳이다. 원래는 아니지만 내가 그렇게 정했지."

　겨우 도착했구나! 일행은 속으로 환호를 지르며 적포천존이 가리키는 곳을 보았다. 그런데 자세히 보니 양쪽 산이 모두 깎아지를 듯한 바위 절벽으로 되어 있어 도저히 계곡 아래로 내려갈 수 있을 것 같지 않았다.

　무공의 고수인 적포천존이야 그렇다 치더라도 강진의 일가족에겐 저기에 내려가려면 목숨을 걸어도 힘들다고 느껴졌다.

　강진은 잠시 주변을 살펴보다 적포천존에게 물었다.

　"따로 내려갈 수 있는 길은 없나요?"

　"있다."

　"휴우."

　옆에서 설옥이 안도의 한숨을 내쉬었다. 그러자 적포천존이 말했다.

　"뭘 그리 걱정했기에 한숨까지 쉬는 거냐? 설사 다른 길이 없다고 해도 내가 들어 나르면 되는 거 아니냐?"

　듣고 보니 그렇다. 적포천존기 사람 하나 짊어졌다고 절벽을 못 내려갈 수준은 아니지 않은가?

　"제가 원래 좀 멍청해요, 어르신."

설옥은 헤헤 하고 웃으며 말했다.

그녀는 이곳에 오는 도중 오음절맥증에 의해 막힌 기맥을 뚫었다. 몸이 약해 제대로 걷지를 못해 강진이 업고 걸어가야 하는 상황이 되자 적포천존은 여행의 편의를 위해 일단 설옥의 오음절맥증을 치유해 준 것이다.

그 결과 설옥은 나날이 몸이 좋아지고 있었다. 항상 몸이 차고 힘들었다가 갑자기 정상으로 돌아오자 설옥은 그 자리에서 감격의 눈물을 흘리며 적포천존에게 절을 했다.

그 뒤로 설옥은 하루 종일 걸으면서도 식사 때만 되면 사람들을 위해 지극 정성으로 요리를 했다. 성격도 조금 밝아진 것 같았다.

반면 적포천존은 설옥에게 항상 퉁명스럽게 대했다. 그러나 설옥은 금세 적포천존이 자신에게 상당히 신경 쓰고 있음을 느낄 수 있었다.

원래 적포천존은 평생 여자 아이와 길게 대화를 나눠본 일이 없다. 그러다가 같이 다니게 된 어린 제자의 어린 부인이 그렇게 귀여울 수가 없었다.

설옥이 애교 있는 표정을 짓자 적포천존은 고개를 돌려 다시 강진을 보며 말했다.

"흥, 오음절맥이 멍청하다고 하면 누가 믿겠느냐? 단지 하루 종일 산을 타서 힘이 드니 머리가 굳은 거지."

적포천존은 약간 엄한 표정을 지으며 말했다.

"잊지 마라. 아무리 힘들어도 생각이 굳어 상황 판단을 잘 못하면 더 힘들고 위험한 상황이 되어버린다. 힘들수록 정신을 바짝 차리는 것은 기본 중에 기본이다."

"명심하겠습니다."

적포천존의 가르침에 강진은 공손히 대답했다.

이처럼 적포천존은 사천으로 오면서 시시때때로 강진에게 강호인이 길을 갈 때에 가져야 할 마음가짐과 행동에 대한 가르침을 내렸다. 이것은 정말 실전에서 배우는 것과 같은 효과가 있었다.

강진은 적포천존의 말이 그가 익힌 통천비학기서의 이치에 한 치의 차이도 없이 적용됨을 알았다. 뼈가 되고 살이 되는 강호행의 비법들이 적포천존의 입에서 입을 통해 계속해서 나왔다. 정말 그의 제자가 된 것은 든 행운이다.

"자, 그럼 이쪽으로 와라."

적포천존은 한쪽에 있는 커다란 바위 쪽으로 가서 두 손으로 그것을 돌렸다.

그그궁.

바위가 돌아가며 옆으로 움직이니 원래 있었던 자리에는 구멍이 나타났다. 사람 하나가 충분히 들어갈 수 있는 구멍이었다.

설옥이 눈을 휘둥그레 뜨고 탄성을 질렀다.

"와아!"

그녀는 이런 기관 장치를 처음 보았다. 강진도 역시 처음 보는 것이라 열심히 바위와 통로를 살폈다. 이 큰 바위를 움직이는 이치를 알고 싶었다. 하지만 겉으로 봐서는 알 수가 없었다.

"여기로 들어가면 계곡 안쪽에 있는 분지로 갈 수 있지."

일행은 적포천존의 말에 한 명씩 구멍 속으로 들어갔다. 그런데 막 강진이 들어가려 하자 적포천존은 손으로 그를 막았다.

"넌 아니다."

"예?"

"넌 그냥 절벽을 기어 내려와라."

"……예."

이 구멍은 노약자 전용인가! 강진은 그렇게 생각했다.

적포천존은 강진에게 말했다.

"절벽 중간에 벽화가 새겨져 있는 곳이 세 군데 있는데, 거기 쓰여 있는 문구를 모두 외워야 한다. 그렇지 않으면 아래로 내려와도 우리가 있는 곳까지는 들어오지 못하니까 알아서 해라."

그렇게 강진은 남았다. 마지막으로 적포천존이 구멍 속으로 들어가자 바위가 다시 그그궁 하는 소리와 함께 원래대로 돌아갔다. 이제 며칠만 있으면 바위 주변에 이끼가 끼어 다른 사람은 절대로 알아볼 수 없게 변할 것이다.

강진은 잠시 절벽을 살펴보다가 마음을 굳게 먹고 주변을 돌아다니며 기어 내려가기 좋은 곳을 찾았다.

무턱대고 내려갔다가는 고생도 고생이지만 위험이 커진다.

강진은 그렇게 판단하고 절벽 한가운데에서 닥칠 위험이 무엇인가 진지하게 고민했다.

그는 일단 나뭇가지 몇 개를 잘라 말뚝을 만들었다. 얇은 덩굴 줄기도 찾아 길진 않지만 밧줄도 만들었다.

절벽의 높이로 보아 하루를 꼬박 내려가도 아래에 닿지 못할 것 같았다. 거기에 중간에 있는 벽화를 찾아야 하니 어쩌면 사오 일 동안 절벽에 매달려 살아야 할지도 모른다.

그렇다면 역시 문제는 식량이다. 특히 물을 가능한 한 많이 가져가야 하고 도중에 낭비하지 않아야 한다.

그다음은? 추위다. 절벽 중간에는 바람이 강할 것이다.

강진은 주변의 나뭇잎을 모아 불편하지 않을 정도로 옷 속에 넣었다. 조금이라도 몸을 따뜻하게 하기 위함이다.

"손하고 발이 얼면 안 되지."

그는 일단 모닥불을 피웠다. 그리고 작은 돌 몇 개를 주워 모닥불 근처에 놓았다.

날이 어둑해지자 그는 바로 내려갈 생각을 버리고 모닥불 옆에서 든든하게 식사를 한 후 일찍부터 잠을 잤다. 그동안 산을 오르며 체력을 소모했으니 일단은 그것을 보충해서 최상의 상태를 만드는 것이 중요했다.

한잠 푹 자고 나서 새벽 동이 틀 무렵에 일어나 다시 밥을 먹고 몸을 푸니, 기력이 충만한 것이 당분간은 체력으로 버틸 수 있을 것 같았다.

그는 밤사이 따뜻하게 구워진 자갈돌을 봇짐 속에 넣었다. 가죽으로 싸서 넣었으니 하루 정도는 온기가 유지되리라.

할 수 있는 준비를 다 했다.

"좋아!"

강진은 그때서야 어제 봐두었던 장소로부터 천천히 절벽을 기어 내려가기 시작했다. 결코 서두르지 않고 침착하게 배우는 자세로 손과 발을 움직였다. 그리 빠르지는 않지만 그래도 착실히 아래로 나아갈 수 있었다.

*　　　*　　　*

"저, 어르신."

구멍과 이어져 있는 통로를 따라 내려가던 설옥은 몇 번 뒤를 돌아보다가 결국 참지 못하고 적포천존에게 말을 걸었다.

"뭐냐?"

"그냥 진아도 같이 내려가면 안 되나요?"

"안 된다. 그 녀석은 무조건 기어 내려가야 돼."

"예."

어르신이 그렇다는 데야 무슨 말을 더 하리. 사실 물음 자체가 미련한 짓임을 알았지만, 고개가 숙여지는 것은 어쩔 수 없었다. 잠시 후 적포천존이 킁 하고 콧방귀를 뀌고는 다시 말을 꺼냈다.

"원래 계곡의 주인이었던 절문자는 이곳을 찾은 사람에게 한 가지 약속을 하라고 유언을 남겼지. 그건 바로 계곡 안의 기관장치를 다루는 방법을 다른 자에게 말하지 말라는 거였다. 만약 또 다른 사람이 계곡을 찾게 되면, 무조건 절벽에 새겨져 있는 기관의 사용법을 익혀야 하게끔 말이야."

적포천존은 웃기지도 않는다는 표정을 지었다.

"근성이 있고 머리가 좋은 사람만 계곡의 주인이 될 수 있다는 것이 그자의 주장이었지. 머리 나쁜 놈은 문양과 문자의 복합적인 의미를 이해하지 못하고 절벽을 내려갈 거고, 그럼 그냥 아래에 흐르고 있는 계곡수에 떠내려가는 수밖에 없다. 안에는 못 들어가지."

"아, 그럼 진아는 그걸 익히러 내려간 거군요. 저, 그런데 저희는요?"

"홍, 이제는 머리를 쓰는구나. 원래 너희들도 처음에는 기어서 내려가야 한다. 규칙에 따르면 이 통로를 이용할 수 있는 사람은 오직 절벽을 기어 내려간 경험이 있는 자뿐이지."

"……."

"왜, 너도 기어 내려갈래?"

"저는 하고 싶어도 못할 것 같아요."

"그렇지. 너희들의 현재 몸 상태로는 힘들다. 진아 녀석도 고생 좀 해야 할걸? 그냥 기어 내려가는 게 아니라 벽화 세 개를 찾으려면 완전히 바퀴벌레처럼 빨빨거리며 절벽을 오르락내리락하게 되어 있으니까 말이야. 크크크."

"……."

"뭐, 너희는 신경 쓸 필요 없다. 규칙 따위는 무시하라고 있는 거니까. 내가 뭐가 아쉬워서 언제 죽었는지도 모르는 절 문자가 일방적으로 남긴 말을 듣겠냐?"

"에……?"

"크크크, 사실은 진아 녀석도 그냥 내가 가르쳐 주면 되지만, 그건 안 되지. 스승인 나도 처음에는 기어 내려갔으니 제자인 진아도 그래야 한다. 할 수 없으면 몰라도 할 수 있으니 해야지."

'심술쟁이.'

　적포천존의 말에 설옥은 속으로 생각했다. 그들은 다시 입을 다물고 통로를 따라 걸음을 재촉했다.

＊　　　＊　　　＊

　계곡 아래로 내려가니 계곡수가 세차게 흐르고, 그 건너편으로 또 다른 협곡이 펼쳐져 있었다. 그리고 그곳은 한 치 앞도 구분할 수 없는 안개로 가득 차 있었다. 기문진에 의해 계곡의 기류가 조정되어 생긴 안개로 귀기를 품고 있었다.
　강진은 문양이 표시한 대로 걸음을 옮겨 커다란 바위가 있는 쪽으로 갔다.
　그그그긍.
　바위를 움직이니 길이 열렸다. 마치 갈라지듯 안개가 걷히는 것이 참으로 신기했다.
　“기관진학이란 것이 대단한 학문이구나. 이런 안개 속에서 방향감각마저 잃는다면 무공이 있어도 소용이 없겠구나.”
　강진은 감탄했다. 자연의 기운을 마음대로 움직일 수 있다니 이 어찌 놀랍지 않은가! 강진은 갈라진 채 다시 모이지 않는 안개의 벽을 감상하며 안으로 들어갔다.
　협곡의 안쪽에는 넓은 분지였는데, 무릉도원이라고 할 만큼 경치가 수려했다. 한쪽에 있는 작은 폭포는 절벽 중앙으로부터 물이 뿜어져 나와 아래쪽에 연못을 형성하고 있었다.

설옥이 입구 쪽에서 기다리고 있다가 얼른 뛰어와 강진을 맞이했다. 강진은 미소를 지으며 그녀에게 물었다.

"사부님과 아버님은?"

"다들 안쪽에서 기다리고 계셔. 아버님이 집을 지으셨어."

"아, 아버님은 무리하시면 안 되는데, 어서 가자."

강진은 설옥과 함께 분지의 구석에 지어져 있는 작은 집으로 향했다.

집은 그야말로 단칸의 오두막집이었다. 통나무로 기둥을 세우고 잔가지로 벽을 만든 후에 진흙을 바른 것으로, 지붕이 따로 있는 것이 아닌 천막처럼 기둥을 뿔 형태로 세워 안이 그다지 넓지는 않았다. 하지만 비를 피하고 잠을 자기에는 충분했다.

적포천존은 강진이 도착하자 껄껄 웃으며 말했다.

"나흘이나 걸리다니, 보나마나 앞뒤 다 생각하고 만반의 준비를 갖춰서 내려온 모양이로구나."

"예, 사부님께서 말씀하신 대로입니다."

강진이 시인하자 적포천존은 인상을 살짝 찡그렸다. 그다지 마음에 들지 않는 것 같았다.

설옥과 강선도는 그 점에 대해 이해할 수가 없었다. 신중하게 대처하여 결국 안전하게 절벽을 내려오면 좋은 거 아닌가?

그럼 대충 되는대로 내려오다 계곡수르 떨어져서 떠내려가는
게 옳단 말인가?

적포천존이 혀를 끌끌 차며 갈했다.

"네 녀석은 너무 신중해. 강호행을 하는 데에는 그것도 나
쁘진 않다. 하지만 우리 적포문의 무동을 익히는 데에는 오히
려 방해가 될 수도 있어. 무공 수련이 더뎌지는 것은 물론이
고 대성하지 못할지도 모르지."

적포천존의 말에 강진의 안색이 변했다. 자신의 성격이 적
포문의 무공을 익히기 적합하지 않다니? 이건 정말 큰일이
다.

옆에서 듣고 있던 강선도 역시 굳은 얼굴로 생각했다.

'무릇 상승무공을 수련하는 데에는 육체의 뛰어남보다 마
음이 곧고 굳음을 중시한다. 그런데 적포문의 무공이 소주처
럼 신중한 성격이 아닌 급한 성격을 요구한다면 어찌 마공이
아니겠는가? 이제 보니 적포천존은 마공을 익혔구나!

천룡교는 비밀 유지를 위해 워낙 엄격하게 교를 통제해 왔
기에 사악한 부분도 많다. 하지만 그들의 무공은 정종무공 중
에서도 정화를 이루는 것이다. 그런 만큼 천룡교도들는 마공
을 천시하였다. 마공이 성취는 빠를지 몰라도 정신을 황폐화
시킨다는 것을 강선도는 잘 알고 있었다.

원래대로라면 죽으면 죽었지 절대 마공을 익히지 말아야

한다. 하지만 이미 강진은 적포천존의 제자이다. 강선도는 고개를 숙이며 이를 악다물어 한숨이 나오려는 것을 참았다.

그때 적포천존이 강선도와 설옥을 보며 말했다.

"잠시 저쪽에 가 있게. 내 제자에게 우리 문파의 비사에 대해 말해야겠네."

"그럼 어르신, 전 저쪽에 가서 나무나 더 하겠습니다."

"저도 풀 뜯으러 갔다 올게요."

두 사람이 자리를 뜨자 적포천존은 강진에게 설명을 시작했다.

"그러니까 말이다. 적포문의 무공은 의형살인에 그 뜻이 있다고 전에 말했을 것이다. 즉, 살기를 형상화하는 무공이란 말이다."

"예."

"살기는 분노에서 나온다. 분노야말로 적을 치는 무기이자 몸을 방어하는 방패가 된다. 그런데 네 성격은 쉽게 화를 내지 않으니 수련에 문제가 될 수 있다."

"……."

강진이 입을 다물고 아무 말도 하지 않자 적포천존은 한숨을 내쉬면서 말했다.

"그렇게 울상을 할 필요는 없다. 반대로 좋은 점도 있으니까. 그렇지 않고 정말 네가 가망이 없었다면 어찌 내가 제자로 받아들였겠냐?"

"제자, 노력하겠습니다."

"홍, 우선 우리 문파가 어떻게 시작되었는지를 이야기해 주겠다. 그러면 내가 말한 것을 이해할 수 있겠지."

적포천존은 하늘을 지그시 바라보며 서사시를 읊듯 적포문의 사조가 되는 두 무인의 사연을 이야기하기 시작했다.

*   *   *

전봉과 만궁, 둘은 동향 사람으로 집도 아주 가깝고 나이도 같았다. 쉽게 말해 불알친구였다.

둘은 어릴 때부터 동네의 골목대장 자리를 놓고 싸웠다. 다른 아이들은 감히 둘의 다툼어 끼어들지 못했다.

유년기가 지나자 그들은 제각기 큰 뜻을 품고 가출하여 강호에 투신, 이십여 년이 지났을 무렵에는 둘 다 이름난 고수가 되었다. 단지 공교롭게도 전봉은 정파에 속해 있었고, 만궁은 사파였다는 것만 달랐다.

정파와 사파의 신진고수인 그들이 서로 아는 사이라는 것은 처자식에게도 말 못한 비밀이었다. 하지만 죽마고우가 자신과 명성을 나란히 하는 무인이라는 것을 알게 된 둘은 남몰래 만나 술을 마시며 과거의 추억을 더듬기로 했다.

　과거에 앙숙이었던 기억은 모두 다 그리운 추억으로 변해 치열한 강호 생활에 의해 메마른 가슴을 촉촉하게 적셔주었다.

　그런데 문제는 둘의 화제가 무공 쪽으로 넘어가면서부터 일어났다.

　정과 사는 그야말로 극과 극이라 할 수 있었다. 무공의 이론과 목적이 모두 상반되는데, 둘은 서로 자기의 길이 옳은 것이고 더 뛰어나다고 주장했다.

　처음에는 그래도 이성을 가지고 논검비무 형식으로 무공 초식을 주고받았다.

　어느 정도 시간이 흐르자 만궁이 전봉에게 살살 밀리기 시작했다. 아무래도 말로 하면 정파의 무공이 조금 더 유리한 듯했다. 논검비무의 경험도 전봉 쪽이 더 많았다. 만궁은 말보다 손이 먼저 나가는 체질이었고, 출신도 사도 쪽이라 논검비무 따위는 거의 해본 적이 없었다.

　결국 만궁은 화가 나서 외쳤다.

　"이 입만 살은 놈아! 이 장력을 어떻게 입으로 설명할 수 있다는 거냐? 무조건 못 막는 장력이라고밖에 말할 수 없는 거다."

　실제로 손을 휘둘러 기세를 보이니 과연 말로는 표현할 수 없는 힘이 그 안에 담겨 있었다. 하지만 전봉은 당황하지 않고 역시 손을 휘둘러 자신이 주장한 대로 막을 수 있음을 보였다.

얼마 안 가 그들은 정말로 싸움을 시작했다. 그리고 둘 다 상당한 부상을 입었다. 양패구상이다.

정사를 초월한 동향 친구의 우정을 확인하기 위해 만났다가, 어느새 과거 골목대장의 자리를 놓고 다툴 때의 심정으로 돌아가 버렸다. 원수도 그런 원수가 없었다.

십 년 뒤, 그들은 또 만났다.

역시 논검비무로 자신의 무학 이론을 상대에게 자랑하며 지난 십 년간 얼마나 눈부시게 발전했는가를 증명하려 했다. 둘 다 십 년간 자존심을 걸고 죽을 둥 살 둥 노력했기에 무서울 정도로 강해졌다. 하지만 역시 상대보다 강해지지는 못했다.

다시 십 년이 지났을 무렵, 둘은 무림에서 적을 찾을 수 없는 경지에 도달했다.

무림에서는 그들에게 쌍성이라는 칭호를 붙였다. 무극성과 혈마성, 인간의 한계를 벗어난 그들에게 붙여진 경외의 뜻이 담긴 칭호다.

이제는 둘이 싸우는 것을 다른 사람이 보면 곧바로 정사대전으로 번질 정도로 영향력이 강해졌다. 그래도 둘은 여전히 과거를 털어버리지 못하고 중원에서 벗어난 신강의 황야에서 만나 비무를 시작했다.

삼 일 밤 삼 일 낮을 싸운 결과, 황야는 더욱 황폐화되었지만 둘 중 어느 누구도 승자가 되지 못했다.

"또냐!"

둘은 동시에 힘이 빠져 쓰러지며 그렇게 외쳤다.

분루를 삼키며 다시 십년지약을 맹세한 두 사람. 그들은 나이가 들었어도 여전히 잠시도 수련을 쉬지 않았다. 아니, 쉴 수가 없었다.

그런데 이때 사파의 지존인 혈마성 만궁이 새로운 깨달음을 얻었다. 그것은 무학의 신천지를 여는 무서운 이론의 무공이었다.

"크하하하하! 전봉, 이번에야말로 네놈을 잘근잘근 밟아주겠다!"

만궁은 하늘을 보며 크게 광소했다. 더 이상 무승부는 없다. 이번에야말로 결판을 낸다!

만궁은 자신만만하게 약속 장소로 나갔다.

둘이 만난 자리에서 만궁은 자신이 착안한 태혼살형기에 대한 이론을 무극성 전봉에게 말했다.

살기를 증폭시켜 그것을 기로 바꾸는 이 무공은 그야말로 전설상의 의형살인의 경지를 실현시킬 수 있는, 절대적인 강함을 의미한다.

둘의 비무규칙상 전봉이 만궁의 마혼살혼기에 대적할 만한 방법을 제시하지 못하면 패하게 되는 것이다.

"어떠냐? 이걸 상대할 수법이 너에게 있느냐?"

"음, 무서운 무공이다. 확실히 그 무공은 무적이라 할 만하다."

과연 전봉은 고개를 끄덕이며 태혼살형기가 무림에서 전무후무한 무서운 위력의 무공임을 인정했다.

만궁은 크게 광소를 터뜨렸다. 평생의 한이 지금 이 순간 풀어졌다고 생각했다.

하지만 그때 전봉이 덧붙여 말했다.

"최고긴 최곤데, 그걸 자네가 펼치면 나에게 당할 거다. 이론은 뛰어난데 실전에 적용이 안 돼. 치명적인 약점이 있어서 못 쓰는 무공이야."

만궁은 대노했다.

"뭐라고? 이놈아, 못 당할 거 같으면 순순히 패배를 인정하지 무슨 헛소리냐? 이걸 왜 내가 못 쓰냐? 이미 다 시험을 해 봤다!"

사실 지금까지 그들이 비무를 하기 전에 자신들의 심득과 무공의 묘리를 모두 상대에게 밝히는 것은 상대와 생사결을 할 마음이 없기 때문이다. 전봉이 부족함을 알고 패배를 인정하는 것만으로도 만궁은 만족했을 것이다.

그런데 전봉은 무공은 인정해도 패배는 인정하지 않았다. 전봉은 화를 내는 만궁에게 말했다.

"헛소리가 아니다. 네가 그걸 쓰는 순간 나한테 패한다. 넌 네 심득의 강함에 눈이 멀어 문제점을 보지 못한 것이다. 그러니 이대로 돌아가 앞으로 십 년 후에 다시 만나자. 그동안 너는 그 무공의 단점을 보완해라. 나는 그걸 상대할 무공을 생각해 봐야겠다."

"웃기지 마라! 네놈이 끝까지 인정을 하지 않고 시간을 끌려고 하다니. 정파의 위선자 놈아!"

만궁은 극도로 화가 나서 그만 태혼살형기의 기운을 끌어올렸다. 순간 그의 두 눈에서 붉은 광채가 흘러나오며 전신이 호신강기로 뒤덮였다.

그 순간 전봉 역시 내공을 끌어올리며 뒤로 세 걸음 물러났다.

"어쩔 수 없군. 날 원망 마라."

전봉은 한탄을 하며 도가의 진언을 외우기 시작했다.

보통 도가의 진언은 심신을 안정시키는 효능이 있다. 특히 전봉의 진언경은 무림에서도 일절로 손꼽히는 절기로 불문의 사자후처럼 미망에 빠진 사람을 단숨에 깨어나게 할 정도의 힘이 있었다. 소리에 내공을 실어 주변 사람들을 구하는 것이다.

그런데 전봉이 지금 사용하는 진언경은 평소와는 반대로 악의와 살의로 가득 차 있었다. 듣기만 해도 눈이 뒤집혀 광인이 될, 악귀의 저주와도 같은 소리였다.

"크아아악!"

만궁은 갑자기 멈춰 괴성을 질렀다. 등시에 그의 몸에서 일어나는 기운이 갑자기 배로 커졌다. 전봉의 살인진언경이 만궁의 살기를 부채질한 것이다. 그렇게 강화된 만궁의 살기는 모두 강기로 변해 그의 몸을 통해 뿜어져 나왔다. 그야말로 허공을 격한 내공의 합일이나 마찬가지 상태였다.

그러나 만궁은 오히려 비명을 질렀다. 순간적으로 그는 자신이 전봉에게 당했다는 것을 알았다. 그리고 전봉의 말이 사실이었다는 것도 깨달았다.

살기를 증폭시켜 강기로 바꾸는 무공. 그런데 그 위에 기름을 끼얹듯 살기를 부채질을 하건? 만궁의 이성은 감당할 수 없는 살기에 먹혀 버려 광기에 뒤덮인 살인마가 되었다.

"크아아아아!"

인간이 아닌 야수의 울부짖음이 천지를 뒤흔들었다. 만궁은 보이는 모든 것을 파괴하고 부수려 했다. 그중에서도 최우선 순위는 바로 평소에도 감정이 많았던 전봉이었다.

그런데 전봉은 만궁이 이성을 잃는 것을 확인한 순간 뒤로 돌아 전력으로 뛰고 있었다. 천하의 쌍성이라 할 수 있는 그가 뒤도 돌아보지 않고 도망을 가는 것이다.

"크아아아아아! 죽일 놈, 서라!"

만궁은 미친 듯이 전봉을 쫓았다. 그러나 한 걸음 먼저 도망가기 시작한 전봉을 따라잡기는 결코 쉬운 일이 아니었다.

평소에도 경공은 전봉이 더 뛰어났다. 파괴력이 만궁이라면 전봉은 날렵함이다. 비록 만궁이 내공이 강화되어 경공도 더 빨라졌다고는 해도 이런 경지에 오른 사람은 내공의 차이로 빠르기가 결정되진 않는다. 만궁이 빨라져도 맘 잡고 도망가는 전봉을 따라잡을 정도는 아니었다.

그렇게 둘은 칠 일 밤 칠 일 낮을 전력으로 뛰었다.

이성을 잃은 살인광은 스스로의 몸을 돌보지 않는다. 분노로 만들어낸 힘은 강력하나, 그것은 몸의 기운을 급격히 소모시키는 법이다. 마침내 만궁은 기력이 고갈되어 쓰러져 버렸다.

"크으, 크으."

내공이 고갈되고, 선천진기마저 다 끌어다 써버린 만궁은 거의 죽을 것 같은 상태가 되었다. 단순히 고갈되고 끝난 것이 아니라 너무나도 강한 힘이 발현되었기에 기맥 자체가 너덜너덜해져 버렸다. 하지만 그 덕분에 만궁은 그를 집어삼켰던 살기에서 벗어날 수 있었다.

그때서야 전봉은 멈춰 서서 슬픈 눈으로 만궁을 보았다.

만궁은 허탈한 표정으로 웃었다.

"크흐흐, 네놈의 말이 맞다. 내가 패했구나."

죽을 때가 되면 인간은 솔직해진다. 만궁은 자신이 얼마 후 죽으리란 것을 알았다.

그런데 전봉은 고개를 절레절레 저으며 만궁 앞에 털썩 주저앉았다.

"후우, 아니다. 내가 너에게 몹쓸 짓을 했다. 우리의 규칙대로 하자면 난 너에게 패배를 인정했어야 했다. 결점이 있다고는 해도 확실히 그 무공은 최강이었으니까……. 하지만 난 할 수 없었다. 결점을 알면서도 가르쳐 주지 않고 오히려 너를 도발했지. 왜냐하면 난 앞으로 십 년이 지나도, 아니, 평생 그 이상의 무공을 만들어낼 자신이 없었기 때문이다. 스스로 진 것을 알면서도 인정하지 못하고 오히려 사파의 수법으로 너를 쳤다. 난 네가 욕한 것처럼 체면 때문에 친구에게 암수를 쓰는 위선자가 맞다."

원래 둘이 싸운 이유는 정파와 사파의 무공 중 어느 쪽이 더 뛰어난가를 논하다가 의견이 갈려서이다. 그런데 전봉은 진언경을 거꾸로 이용하여 상대의 마음을 흔드는 수법을 썼다. 그것은 변명할 여지없는 사파의 영역이며, 마공이나 다름없다.

결국 무공의 재능에서 뒤졌으면서, 그 위에 스스로 정파의 당당함을 버리고 사파의 흉계를 사용했다. 이보다 더 완벽한 패배가 어디 있단 말인가!

눈물을 흘리면서 괴로워하는 전봉을 보며 만궁은 웃었다.

"크크크, 헛소리 마라. 원래 이긴 놈이 장땡이다. 너와 내가 반 백 년을 싸워 결국 넌 살았고, 난 죽는다. 그게 다다."

"아니, 그렇게는 되지 않는다."

전봉은 단호하게 대답하고는 두 손을 뻗어 만궁의 머리 위 백회혈과 등 뒤의 명문혈을 잡았다.

"뭐 하는 짓이냐!"

만궁이 소리쳤지만 전봉은 아랑곳하지 않고 그의 내공을 만궁의 몸 안에 흘려 넣었다.

대해와도 같이 방대한 정종의 내공이 만궁의 전신기맥을 쓸어내리니 죽어가던 만궁의 몸이 회생하기 시작했다. 반면에 전봉의 몸은 점점 메말라 갔다. 육체를 젊게 유지시키던 내공을 모두 몸 밖으로 토해내니 그동안 멈춰 있었던 세월이 한꺼번에 몰아닥치는 듯했다.

*　　　*　　　*

"결국 혈마성 만궁 조사는 생명은 건졌지만 내공은 더 이상 쓸 수 없는 몸이 되었지. 네 양부인 강 대부(代父)처럼 말이다. 또 무극성 전봉 조사는 나중에 어느 정도 회복이 되었지만 과거의 힘을 모두 되찾지는 못했다. 그 후 만궁 조사가 왜 자기를 살렸냐고 화를 내자 전봉 조사는 웃으며 말했다더군. 그 좋은 무공을 그대로 미완성인 채로 놔둘 거냐고."

"그래서 두 분 조사께서 힘을 합쳐 무공을 만드신 것이군요."

"그렇다. 결국 만궁 조사의 태혼살형기를 중심으로 하되, 마음을 안정시키기 위해 평소 축기를 위한 운기조식은 전봉 조사의 대무심공을 행하게 되었지. 그러니까 축기는 정종의 심법으로 하고, 발경은 마공으로 하는 거다."

"그게… 가능합니까?"

"가능하다. 만류귀종이라고 하는 말이 괜히 있는 게 아니다. 태혼살형기가 그만큼 고절한 무학이라고 봐도 된다."

"그렇군요."

"축기를 대무심공으로 하면 태혼살형기를 사용할 때에 생기는 두 가지 문제점을 해결할 수 있는데, 그중 하나는 바로 의식을 살기로부터 보호하는 것이다. 이건 살기를 억제하는 것과는 또 다른데, 살기를 일으키는 의식과 이성을 보호하는 의지가 동시에 일어나는 것이다. 그러니까 무당파의 양의심공과 그 맥락이 비슷하다고 할 수 있지. 알겠냐?"

“예.”

무당파의 양의심공이 뭔지도 모르는 강진이다. 하지만 마음을 둘로 나누어 그중 하나로 이성을 지킨다는 이치는 이해할 수 있었다.

적포천존은 설명을 계속했다.

“그리고 또 한 가지는 바로 몸에 쌓인 살기를 해소할 수 있다. 태혼살형기는 살기를 형상화하는 무공인데, 반대로 한 번 형상화한 살기가 상대를 공격한 다음에도 완전히 흩어지지 않고 몸 속에 쌓이는 부작용이 있다. 그래서 대무심공으로 그 살기를 지워야 한다. 이건 중요하다.”

“제자는 명심하겠습니다.”

강진의 대답에 적포천존은 고개를 끄덕이며 미소를 지었다. 그리고는 곧 가슴을 펴고 턱을 약간 들어 올려 거만한 자세를 취했다. 크게 헛기침을 두어 번 해서 분위기를 잡는 것도 잊지 않았다.

지금까지는 서론에 불과했다. 그가 하고 싶은 말은 따로 있었으니, 적포천존은 대놓고 자랑을 시작했다.

“내 말을 잘 들었으면 너도 깨달았겠지만 우리 적포문의 무공은 천하제일이다. 세상에 쓸 만한 무공이 적지 않지만 적포문의 무공 앞에서는 모두 허깨비와 같다.”

“…….”

　너무 세게 나오시는 거 아닐까? 강진은 그렇게 생각했지만 적포천존의 표정을 보니 정말로 그렇게 확신하는 듯했다.

　"당연한 얘기지만 네 사부인 나는 천하에서 가장 강한 무인이다. 강호의 후배들은 절대삼무니 뭐니 하며 내 옆에 두 명을 더 붙이지만, 그건 다 헛소리다. 절대일존과 그 다음가는 쌍무라 불러야 정상이다."

　큰소리도 이 정도면 과대망상의 범위에 속한다고 봐야 할 것이다. 하지만 강진은 사부의 말을 그대로 받아들였다.

　적포천존은 결코 헛소리를 하지 않는다. 남들이 보기에 이상하게 보일지 몰라도 그는 항상 자신의 이치에 따라 엄밀하게 생각하여 결론을 내린다. 강진은 그걸 알고 있었다.

　과연 적포천존은 자신의 주장에 대한 근거를 제시했다.

　"생각해 봐라. 절대삼무는 나와 소림신승 공진 대사, 그리고 강남해적왕 왕진이란 놈이다. 그런데 공진 대사는 정파무림인들의 정신적 지주이자 현 소림사 방장의 사숙이다. 뭐, 그 사람이 약하다는 얘기는 아니지만 아무래도 거품이 있는 거다. 그리고 강남해적왕 왕진. 내 이놈을 일찌감치 때려죽였어야 되는데 그때 딴 짓 하느라 잠시 뒤로 미뤘더니 그새 바다로 도망가서 세력을 형성해 버렸지.'

　적포천존은 '그때가 기회였는데, ㅁ 꾸라지 같은 놈!' 하고 중얼거리며 발로 땅을 찼다. 땅이 움푹 패였다.

"어느 섬에 처박혀 있는지 모르니 찾을 엄두도 안 나고, 괜히 배 타고 가다가 배에 구멍이라도 나면 고생만 바가지로 하지 않겠냐? 아무튼 그놈은 잔인하고 악랄해서 이름을 날렸지, 사실 무공은 별거 없다. 음, 아주 별거 없지는 않고 나에 비해서 말하는 거다."

강진은 적포천존의 말에서 그가 과거 강남해적왕 왕진과 적지 않은 원한이 있다는 것을 느낄 수 있었다.

적포천존은 이번에는 자기 자신을 가리키며 말했다.

"반면에 나는 말이다. 이날 평생 남이 내 무공을 부풀려서 평가하는 걸 본 적이 없다. 오히려 조금이라도 더 깎으려고만 했지. 나 처음 강호에 나왔을 때 무시 많이 당했다. 물론 그런 놈들은 내가 가서 적당히 손을 봐줬지만 말이다."

적포천존은 무림공적으로 몰려 십 년 동안 고생한 생각이 새록새록 돋아나는 듯 인상을 구겼다. 모처럼 제자한테 과거사를 이야기하다 보니 감정 몰입이 심하게 되는 듯했다.

"젠장, 혼자 다니면 이게 짜증난단 말이야. 부하가 적당히 있어야 밑에서 알아서 소문도 내주고, 찌질한 놈들은 대신 처리하라고 시킬 수도 있는 거지. 하지만 그놈들 관리하려면 내가 머리가 빠지니 그냥 혼자 다니는 게 낫다. 암."

적포천존은 스스로 불평하고 스스로 위안을 했다. 그리고는 엄지손가락을 펴서 내밀며 선언하듯 말했다.

"아무튼 대문파 소속도 아니고 혼자 강호를 돌아다녔는데, 삼무로 손꼽히는 건 실제로는 가장 강하다는 뜻이다. 알겠냐?"

"예, 제자는 원래부터 그렇게 믿고 있었습니다."

아부는 기회만 되면 절대로 놓쳐선 안 된다. 그게 사부에 대한 예의다.

"크크크, 그래, 그래야지. 그리고 말인데……."

적포천존은 약간 목소리를 낮춰서 말을 이었다.

"사실 난 내 내공을 극한까지 끌어올려 본 적이 없다. 거의 칠성의 내공만을 사용하지. 그것만 가지고도 삼무가 된 거다."

"아, 실력의 삼 푼을 숨기고 계신 거군요."

"아니, 꼭 그렇다기보다는… 말했지 않느냐? 우리 문파의 무공은 살기를 형상화하고, 한편으로는 그로부터 마음을 보호한다고. 그 뭐냐. 내가 원래 살기가 좀 강해서… 칠성 이상 내공을 쓰면 좀 위험하다."

"……."

"그런 눈으로 볼 것까진 없다. 전력으로 무공을 사용해도 무조건 맛이 가는 건 아니니까. 음, 최근에 대무심공의 깨달음이 깊어져서 지금이라면 적어도 절반의 확률 정도는 된다."

"그렇군요."

절반 확률이면 곤란하다. 구할이라고 해도 말리고 싶은 것이 지금 강진의 심정이었다. 만약 적포천존이 이성을 잃고 광인이 되어 날뛰기 시작한다면 그걸 누가 감당한단 말인가?

"젠장, 이게 문제긴 문제란 말이야. 이래서 그놈의 왕진 놈과 싸울 수가 없다는 거지. 그놈을 쳐 죽이려면 내공을 극한까지 끌어올려야 하거든."

적포천존은 생각만 해도 속이 답답한 듯 이를 갈았다.

"그런데 그놈이 분수도 모르고 나에게 먼저 살수를 보냈단 말이다. 그 바람에 내가 은퇴까지 했지 않느냐! 아, 미치겠네. 이걸 어디 가서 화풀이하지?"

"사부님을 위협할 만한 살수도 있나요?"

강진이 묻자 적포천존은 킁 하고 콧방귀를 뀌었다.

"위협까지는 아니고, 꽤 대단한 놈이 왔었다. 그러니까 무공 수준이 왕진 그놈과 비슷할 정도였거든. 허참, 어느새 절대삼무가 아니라 절대사무가 된 거지."

"아!"

강진은 참지 못하고 감탄성을 터뜨렸다. 세상에 기인이사가 많다고는 해도 절대삼무와 어깨를 나란히 할 무인이 또 있다는 사실이 믿기 어려웠다.

적포천존은 계속 말했다.

"그러니까 말이야. 내가 평소 괘씸하게 생각했던 문파 하나를 대충 손봐주었는데, 그 뒤에 그럭저럭 삼류는 벗어난 살수들이 떼로 덤벼들더란 말이야. 한 백여 명 때려죽였나? 죽을 줄 알면서 자꾸 덤비니 짜증이 머리끝까지 솟구치더구나. 그때 그놈이 나왔다. 척 보기에도 만만치 않은 놈이라 나오자마자 손을 썼지. 기억해 둬라. 선수필승이다. 말은 상대가 쓰러진 다음에 해야 멋이 있지, 말하다가 당하면 그런 꼴불견이 없다.”

“예, 제자 명심하겠습니다.”

“아무튼 내가 맘 독하게 먹고 쳤는데 그놈이 피하지도 않고 막더란 말이야. 그래서 홧김에 태혼살형기를 십성까지 끌어올렸다.”

“아!”

“그게 문제였지. 그때까지 피라미 놈들 처리하느라 조금씩 쌓인 잔 살기도 적은 양은 아니었으니까. 뭐, 그놈을 쳐 죽이긴 쳐 죽였는데, 그 뒤에도 뭉쳐진 살기가 조금도 풀어지지 않더란 말이야. 가슴속에 뜨겁게 달궈진 바위가 들어간 것처럼 거북하기 짝이 없었지.”

적포천존은 그때만 생각하면 분통이 터지는 듯 가슴을 탕탕 쳤다.

“그놈들이 우리 적포문의 무공 비밀에 대해 알 리가 없는데 소 뒷걸음질에 쥐를 밟는 식으로 제대로 일을 벌인 거란

말이야. 킁, 염려 마라. 이제는 다 녹였다. 아무튼 왕진 그놈
이 어디서 그런 살수를 구했는지는 몰라도 감히 나를 치려한
것은 그야말로 어림없는 짓이지. 암."

적포천존은 두 주먹을 부르르 떨었다. 그러면서 계속해서
바다로 도망간 강남해적왕 왕진을 욕했다. 만약 왕진이 뭍으
로 나왔다는 소문만 들으면 지금이라도 만사 제치고 달려갈
듯한 분위기였다.

잠시 후, 자신만의 분위기에서 깨어난 적포천존은 강진에
게 말했다.

"그러니까, 난 태혼살형기를 수련하는 거는 참 편했단 말
이다. 반대로 대무심공은 쥐약이었다. 그런데 넌 성격이 내
반대 같단 말이다."

"……."

"대무심공을 극성까지 익힐 수 있는 건 좋다. 하지만 태혼
살형기의 성취가 약하면 다 헛것이다. 그러니 마음을 좀 독하
게 먹어라."

"명심하겠습니다."

"아무튼 당분간은 이곳에서 살면서 무공을 수련하도록 하
자. 너 없는 사이 이미 다 정해놨는데, 네 내자가 식사를 담당
하고, 강 대부(代父)는 농사와 집의 증축을 맡기로 했다. 그러
니 넌 무공 수련을 주로 하고, 저기 폭포 쪽에서 그날 먹을 물

고기나 낚아라."

"사부님, 집을 다시 짓는 것은 제가 하겠습니다."

강선도는 몸이 편치 않은 몸. 강진은 그런 그가 집을 짓는 것을 아들로서 그냥 두고 볼 수 없다고 생각했다.

그러나 적포천존은 엄한 표정을 지으며 말했다.

"그만둬라. 무공을 익히는 거 장난인 줄 아냐? 넌 해야 할 일이 죽을 정도로 많다."

강진은 더 이상 말을 할 수가 없었다.

"그리고 강 대부는 기맥이 심한 상처를 입어서 내공도 못 쓰고 몸도 점점 약해지고 있다. 그러니 조금이라도 움직여야 하는 것이다. 그러니 너는 다른 생각 말고 무공을 익히거라."

"예. 제자가 잘 몰라 사부님의 배려를 알지 못했습니다."

"껄껄껄, 아무튼 좋다. 이곳은 절문비곡이라고 하지. 저쪽에 보이는 탑에 이곳을 만든 절문자의 유언이 새겨져 있으니 틈나면 한번 읽어봐라."

"예."

"그럼 바로 시작하자. 따라와라."

적포천존은 강진을 끌고 분지 반대편으로 갔다.

그날부터 강진은 정식으로 적포천존에게 무공을 배우기 시작했다.

第二章 십년지공(十年之功)

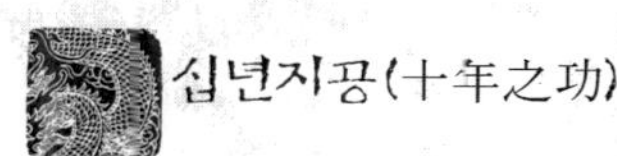
십년지공(十年之功)

처음에는 과거 장강어서 가르침을 받았던 것처럼 각 무공의 초식과 구결을 집중적으로 익혔다.

그러면서 막히고 뒤틀린 기맥의 치료도 계속해서 행하니 한 달이 지났을 무렵에는 드디어 전신의 기맥이 모두 정상적으로 뚫렸다.

공교롭게도 그날은 강진의 십삼 세 생일날이었다. 태어나 십수 년 동안 항상 몸이 아파 특수한 호흡법으로 숨을 쉬어야만 했던 강진이 드디어 그 굴레를 벗게 된 것이다.

전신 기경팔맥이 모두 정상이 되었으니 이제는 내공을 수련할 수 있다.

강진은 적포문의 독문심공인 대무심공에 따라 아침과 저녁으로 운기조식을 행했다.

적포천존이 예견한 대로 강진의 성격은 대무심공을 익히기에 적합한 것으로, 그가 노력함에 따라 하루가 다르게 내공이 쌓였다.

더욱이 강진의 경우 적포천존이 쌍코피를 흘리며 억지로 집어넣은 내공의 기운이 몸속 곳곳에 남아 있었다. 추궁과혈이 괜히 좋은 게 아니다. 비록 시작은 늦었지만 하루를 수련하면 삼 일의 효과를 얻었다.

강진의 재능과 노력이 그러한 내공의 성장을 더욱 채찍질했다. 그야말로 시내가 강으로 변하고 강이 다시 바다로 변하는 것과 같았다.

그사이 강선도는 밭을 일구는 한편 계속해서 그들의 숙소를 개조했다. 말하자면 증축이라고 할 수 있는데, 나중에는 나무판자로 지붕도 만들고, 아궁이가 딸린 부엌도 만들었다.

강선도는 내공을 사용할 수 없게 되었지만 쉬지 않고 몸을 움직인 덕분인지 밭을 일구는 등의 일상생활을 하는 데에는 전혀 지장이 없게 되었다. 죽을 고비를 넘기며 그는 내공과 교환하여 천룡교의 저주를 푼 것이다.

설옥은 주로 밥과 세탁을 하고 시간이 나면 주변에 있는 수

풀 속을 뒤져 각종 약초를 캤다.

이미 오음절맥으로부터 벗어난 설옥은 시간이 흐름에 따라 점점 자라 이전의 왜소한 체구가 아닌 약간 큰 키의 늘씬한 소녀로 성장했다. 음기에 타서 누렇게 변했던 피부도 이제는 만지면 녹을 듯한 눈처럼 하얗게 변했다. 그러면서도 지혜로 가득 찬 검은 두 눈동자의 순수함은 그대로 남으니 적포천존이 감탄하여 말했다.

"내가 수십 년 동안 강호를 돌아다니며 본 여아 중에 네가 최고다! 이제 보니 진아가 여복이 있구나."

그 말에 강진은 잠시 부끄러운 표정을 짓다가 씨익 하고 웃었다.

"옥이가 예쁘긴 예쁘지요."

듣고 있던 설옥은 순식간에 얼굴에 불이 난 것처럼 붉어졌다.

"어이구, 이 팔불출 같은 놈아."

적포천존은 오히려 뻔뻔스럽게 자기 내자의 미모를 인정하는 제자 놈의 머리통을 한 대 때려주었다.

어느 날부터인가 강선도는 설옥에게 천룡교의 무공을 가르치기 시작했다. 그가 교를 빠져나올 때 가지고 나온 책자는 모두 여덟 권이었는데, 그중 통천비학기서를 뺀 나머지는 모두 무공 비급이다.

사람의 체질이 모두 달라 쾌검에 적합한 사람이 있고, 힘을 위주로 한 도법을 익혀야 제대로 된 성취를 얻을 수 있는 사람도 있다.

강진의 친부는 앞으로 태어날 아이가 어떤 무공에 적합한 체질일지 알 수 없어 가능한 한 여러 가지 형의 무공을 모두 강선도에게 건넸다.

그중 두 권은 과거 장대근이 수련했고, 이제 설옥이 암기술인 삼첩비엽술(三疊飛葉術)과 쌍검무공인 건곤화령검(乾坤和靈劍)을 익히게 되었다.

그렇게 삼 년이 지났다.

*　　　*　　　*

열세 살에서 열여섯 살까지의 기간은 육체와 정신이 모두 하루가 다르게 성장하는 기간이다.

특히 뜻을 세우고 고련을 하는 소년에게는 더욱 많은 변화와 성장의 기회가 주어진다.

강진의 몸은 이미 성인과 거의 다름없이 성장하여 근력과 체력이 예전과는 비교할 수 없이 좋아졌다.

또한 그는 꾸준한 수련의 결과 내외공이 균형을 이루고, 초식의 운용이 마음먹은 대로 자유롭게 시전되었다. 머리가 아닌 몸이 초식을 이해하고 저절로 움직이는 것이다.

적포천존은 강진의 움직임에서 더 이상 어색함을 찾지 못하게 되자 고개를 끄덕였다.

"이제 기초는 됐다. 그럼 진짜를 배우자."

그 말에 강진은 속으로 드디어라고 중얼거리며 약간 긴장을 했다. 적포문의 최고무공인 태혼살형기를 수련할 때가 된 것이다.

"일단은 화를 내야 한다. 알겠지?"

"예."

"마음속에 품은 살기를 몸 밖으로 배출할 수 있어야 해. 그러면서 대무심공으로 쌓은 내공을 일으켜라. 중요한 것은 살기가 끓어오르는 것을 막아도 안 되고, 그렇다고 해서 이성을 잃어서도 안 된다. 내공과 살기가 서로 뭉쳐 살형기(殺形氣)로 바뀔 때까지 버텨라."

"예."

"그다음에는 가슴속에 뭉쳐진 살형기를 다시 대무심공으로 녹여 네 내공으로 만들면 된다. 잘해봐라."

적포천존의 설명이 끝나자 강진은 구결에 따라 서서히 내력을 끌어올렸다. 그러자 그의 몸에서 날카로운 기운이 뿜어져 나왔다. 내공이 살기와 융합하여 살형기를 형성하는 것이다.

그것은 놀라운 힘이었다. 순식간에 엄청나게 불어나 강진이 주체하기 힘들 정도가 되었다.

이 기운을 초식에 따라 발출하면 무서운 위력을 발휘하리라. 하지만 지금은 싸우기 위해 살형기를 일으킨 것이 아니다. 수련을 위한 것이다.

강진은 정신을 바짝 차리고 마음이 흔들리는 것을 막았다. 이것은 큰 고비다. 살형기로부터 자기 자신을 보호하여 지켜내지 않으면 안 되는데, 처음이 가장 버티기 힘들다.

강진은 과거 무니포에 적이 쳐들어왔을 때 그를 막아섰던 살수를 생각했다. 그자의 눈빛은 정말로 살인귀의 그것이었는데, 지금 강진은 자신의 눈빛이 그러리라 생각했다.

스스스스!

시간이 지나자 살형기가 서서히 몸 안으로 갈무리되었다.

"한 고비를 넘겼군."

강진의 눈빛이 원래대로 돌아오자 옆에서 지켜보고 있던 적포천존은 고개를 끄덕였다.

"어떠냐? 할 만하냐?"

강진은 자신의 가슴을 살살 문지르며 일어나 말했다.

"마치 또 하나의 제 자신과 생사투를 벌이는 것처럼 느꼈습니다."

"그렇지. 이 무공이 훌륭한 점 중 하나가 바로 그거다. 태혼살형기를 수련하다 보면 어떤 실전에서도 몸이 긴장으로

굳지 않는다. 우리에게 가장 무서운 적은 바로 자신뿐인 것이
다.”

“예.”

과연 적포천존의 말을 듣고 보니 태혼살형기가 얼마나 뛰
어난 무공인지를 알 수 있었다. 더불어 얼마나 사람을 오만하
게 만드는지도 깨달았다. 강진은 속으로 조심해야겠다고 중
얼거렸다.

한편 적포천존은 강진이 의외로 살기를 잘 일으키고 그
걸 능숙하게 갈무리하는 것을 보곤 만족스런 미소를 지었
다.

원래 이 무공은 실전 경험이 없는 사람에게는 수련하는 것
자체가 어렵다. 목숨을 걸고 싸우지 않은 자는 진정한 살기를
품을 수 없기 때문이다.

하지만 강진은 이미 생사를 건 실전을 경험한 바 있다.

동생인 장대근이 눈앞에서 죽었고, 상대를 죽이지 못하면
그와 설옥이 죽는 상황이었다. 그때 강진은 내공도 없는 상
황에서 살기만으로 상대를 위축되게 만들어 시간을 벌었다.
그 경험을 통해 강진은 이미 몸속에 충분한 살기를 쌓은 것
이다.

하지만 적포천존은 그런 것까지 자세히 알지 못했고, 단지
강선도가 때마침 깨어나 강진을 구해준 줄로만 알았다.

"그래, 그럼 저쪽에 가서 네 가슴속에 있는 살형기를 녹여라."

강진은 첫 살형기를 가슴속에 머금은 채 폭포 아래로 향했다. 그리고는 낚싯대를 들고 자리에 앉았다. 낚시를 하며 대무심공으로 운기조식을 하는 것은 요 근래에 가능해졌다.

적포천존은 강진에게 운기조식 중에 움직이지 못하는 것은 그럴 때 지켜줄 만한 사람이 있는 대소문파의 제자들이나 허용되는 얘기라고 했다. 혼자 독행강호를 하는 사람은 어떤 경우에도 의식이 열려 있어야 하고, 또 몸을 움직일 수 있어야 한다.

사실 적포천존도 과거에는 그러지 못했고, 강진을 치료하느라 소모된 내공을 밤새 낚시를 하면서 회복해야 되는 상황에서 이런 수련이 시작되었다. 그걸 적포천존은 당연하다는 듯이 강진에게 가르친 것이다.

그런 사정을 알 리 없는 강진은 주화입마를 각오하고 낚시 중 내공 수련을 했고, 결국 성공했다. 적포천존은 그걸 보고 속으로 독한 놈이라고 감탄성 욕설을 내뱉었지만 그건 어디까지나 강진에게는 비밀이었다.

어쨌거나 강진은 물고기를 낚으며 대무심공으로 가슴속의 살형기를 녹였다. 그러면서 살형기의 기운이 생각보다 크다는 것에 놀랐다.

'아, 단숨에 내 내공이 크게 늘어나게 되었구나.'

어째서 태혼살형기가 중요한지를 깨닫는 순간이었다. 삼 년간 쌓아온 내공이 단 한 번의 살형기 수련으로 크게 신장한 것이다.

원래 독공의 고수는 독을 먹으며 내공을 수련한다. 그러면 내공은 독에 반발하여 급속도로 커진다. 상승 독공은 독의 기운마저 내공으로 바꿀 수 있다.

그런데 태혼살형기는 살기를 내공 수련에 이용한다. 확실히 이건 마공이라 할 수 있다. 그것도 마공 중의 마공. 그만큼 한 번 수련하면 내공이 화끈하게 늘어난다.

시간이 지나 강진이 낚은 물고기가 강태기에 가득 찰 무렵, 그는 살형기를 모두 녹일 수 있었다. 이제 가슴의 답답함은 모두 사라지고 단전에 묵직한 대무심공의 내력만이 남았다. 마공으로 끌어올린 힘을 이렇듯 정순한 정종무공의 내력으로 바꿀 수 있다는 것이 믿기 어려울 정도였다.

강진은 곰곰이 생각했다.

'앞으로 내공이 강해지면 강해질수록 살형기 역시 커질 것이다. 그렇다면 살형기에 내 의식이 덕힐 가능성도 높아지겠지. 하지만 그건 사부님도 마찬가지였을 것이다. 사부님은 더 많은 살형기를 다루었겠지.'

강진의 경우 혹시라도 이성을 잃을까 봐 적포천존이 옆에서 지키고 서서 봐준다. 그런데 적포천존은 이 무공을 혼자 수련했다고 한다.

그렇게 생각하면 적포천존의 정신력은 겉보기와는 다르게 무서울 정도로 강하다는 뜻이 된다. 선천적으로 살기도 강하면서 정신력 역시 뛰어나니 무공을 대성하는 것이 당연하다.

하지만 그런 적포천존의 뛰어남에 강진은 감탄함과 동시에 마음이 무거워짐을 느꼈다.

솔직히 사부인 적포천존을 존경하고 경외하는 마음은 있지만, 그렇다고 해서 자신이 그보다 못하리란 생각은 하지 않는다. 사부가 아낌없이 가르침을 베푸는데 그 기대에 부응하지 못하면 얼마나 부끄러운가!

그는 평생 적포천존의 그늘 밑에서 살 마음은 없었다. 무공을 익히기 시작한 이상 언젠가는 당당하게 사부와 어깨를 나란히 하여 제자 된 도리를 다하고 싶었다.

강진에게 있어 최고의 벽은 자기 자신이고, 유일한 비교 대상은 사부인 적포천존뿐이다. 그는 자신도 모르는 사이 적포천존의 오만함을 이어받고 있었다.

'대성을 한다! 시간이 얼마나 걸리더라도 꼭 태혼살형기를 완벽하게 익히리라.'

강진은 마음을 굳게 먹었다. 그렇다고 해서 조급해한 것은

아니었다. 그는 묵묵히 자신의 한계에 갖추어 수련을 계속했
다.

*　　　*　　　*

　태혼살형기를 수련하기 시작한 후, 적포천존은 강진의 수
련에 일일이 간섭하지 않았다.
　이미 초식은 거의 다 가르쳤기에 이제는 하루에 한 번 살형
기를 형성할 때 광기에 빠지지 않나 지켜보는 것과 가끔씩 비
무를 하며 강진들 두들겨 팰 뿐이었다.
　적포천존은 요즘 자기 자신의 수련을 다시 시작했다. 강진
을 가르치면서 그가 최근에 깨달은 여러 가지를 정리한 것이
다.
　그런데 어느 날, 강선도가 적포천존을 찾아와 말했다.
　“저, 어르신.”
　“무슨 일인가?”
　“옥이 말입니다. 그동안 제가 무공을 가르쳤는데 문제가
좀 있습니다.”
　“문제라니?”
　“저희 천룡교의 무공은 원러 극양지공이기 때문에 여성에
게는 맞지 않습니다.”

"오호라, 옥이는 오음절맥을 타고 날 정도로 음기가 강한 아이이니 당연히 더더욱 맞지 않겠군?"

척하면 척이다. 강선도는 과연 적포천존이 무학만 놓고 따지면 이론과 실전 모두 천하의 일절이라는 생각을 했다.

"예, 그런데 그 아이의 재능이 놀라워 천룡교의 무공에 어느 정도 성취를 거두었습니다."

"쿵, 좋지 않아. 양기와 음기가 꼬였지?"

"예."

적포천존이 예리하게 집어내자 강선도는 고개를 숙인 채 대답했다. 그는 그동안 적포천존이 마도인이라고 생각해서 속만 태웠는데, 얼마 전 강진이 수련한 내공이 정종의 그것이라는 것을 알고 이리 찾아오게 된 것이다.

"흠, 그렇다면 말이야……."

적포천존은 잠시 생각을 하다가 갑자기 크게 웃으며 말했다.

"알았다, 알았어. 옥이도 내 제자로 받아들이지."

"그렇게 해주신다면 제가 감사를 드리겠습니다."

"별로 감사할 건 없네. 그동안 그 아이가 밥을 해다 바친 게 얼만데, 무공을 좀 가르쳐 주는 것도 나쁘지 않지. 그리고 말이야……."

적포천존이 갑자기 목소리를 낮추어 속삭이듯 말하자 강

선도는 고개를 들고 불안한 표정으로 물었다. 그는 적포천존이 이런 식으로 말할 때에는 언제나 좋지 않은 일이 일어난다는 것을 알고 있었다.

"네?"

"강진, 그 녀석이 열여섯이나 됐으면서 영 숫기가 없어서 아직까지 옥이랑 동침도 하지 않는단 갈이야. 그러니까 이 기회에 둘이 확실하게 살림을 차리게 해주자고."

"아, 아니, 그건 둘 사이의 문젠데 어떻게 우리가 재촉할 수 있겠습니까?"

"무슨 소리! 두 아이가 혼약을 한 지 사 년이 지났는데 서로 관계가 없다면 당연히 집안 어른으로써 참견을 해야 마땅하네!"

"……."

강선도는 더 이상 할 말이 없었다. 그러자 적포천존은 그걸 동의의 뜻으로 받아들여 웃으면서 말했다.

"뭐, 내가 다 알아서 할 테니 둘을 부르게."

강선도는 여전히 걱정스런 표정으로 강진과 설옥을 불러 왔다.

적포천존은 둘을 앉혀놓고 말했다.

"옥아, 너에게 문제가 생겼다는 건 강 대부에게 들었다. 그래서 내 너를 제자로 받아들여 친히 무공을 가르쳐 주기로 했다."

"아, 어르신!"

설옥은 기뻐서 얼른 절을 했다. 그러자 적포천존은 다시 강진에게 말했다.

"진아, 네 부인을 사매로 받아들이는 것에 대해 어떻게 생각하느냐?"

"사부님의 은혜가 감사드릴 뿐입니다."

"좋다. 그럼 오늘 밤 자정에 정식으로 입문을 시키겠다. 그리고 지금 옥이의 상태는 말이다. 음기와 양기가 꼬여 있어 상당히 좋지 않다. 하지만 이걸 내 내공으로 해소시키는 것은 그야말로 하책이라 할 수 있다."

어째서 그게 하책입니까? 강진은 속으로 물었다. 그러나 그걸 정말로 물을 필요는 없다. 기다리면 설명을 해줄 테니까.

"그러니까 내가 옥이의 몸속에 자리 잡은 양기를 억지로 해소시키면 그 기운은 모두 사라져 버린다. 애써 삼 년간이나 수련한 기운인데 그렇게 없애 버릴 수는 없느니라."

"사부님의 말씀이 지당하십니다."

"그러니 그걸 네가 이어받아라. 반대로 옥이의 몸속에 대무심공의 기운을 쌓게 도와주고 말이다."

"예? 그게 어떻게 가능한지 제자는 모르겠습니다."

"후후훗, 다 방법이 있느니라."

적포천존은 한껏 거드름을 피우며 품속에서 한 권의 책자를 꺼냈다. 그건 겉이 붉은 가죽으로 쌓여 있는 책이었는데, 제목을 보니 만상환희록이라고 적혀 있었다.

"요건 바로 도가술의 한 축을 이루고 있는 방중술이 기록된 책이다. 둘이서 이걸 수련해라."

옆에서 지켜보던 강선도가 놀라 입을 벌려 뭐라고 하려다 억지로 다물었다. 정식으로 제자가 된 이상 어떤 무공을 가르치든 사부의 마음이다.

강진과 설옥은 책을 집어 들고 폈다가 화들짝 놀라 얼른 덮었다. 책 안에 그려진 요사스러운 그림이 눈에 확 들어왔다.

"헉!"

"어머!"

탁!

급히 책장을 덮고 시선을 돌린 두 사람의 얼굴은 거의 똑같이 붉어져 있었다.

적포천존은 태연스럽게 말했다.

"원래 그 책의 이름은 만상환희록이 아니다. 겉표지가 뜯어져 제목도 알 수 없는 비급이었지. 그런데 그걸 웬 삼류색마 녀석이 주워 수련하고는 자기 독문무공이라고 주장하면서 그런 표지를 만들어 붙인 거다. 알겠냐? 그걸 잘 읽어보면 굉장히 신묘한 내용이 잔뜩 들어 있다. 이 사부가 이날 이때까지 버리지 않고 가지고 있는 것을 보면 알 만하지 않느냐? 그러니 부끄러워 말고 잘 연구해 봐라.”

“…….”

“대답해라.”

“예, 사부님. 열심히 익히겠습니다.”

“옥이 너도.”

“…예…….”

“그래, 원래 방중술은 혼자서는 수련할 수 없는 무학이지. 마음이 맞는 부부가 같이 수련하면 정기를 보호함은 물론 내공이 급증하고 불로장생에도 도움이 된다. 지금은 진이 네가 내공이 강하니 옥이를 잘 이끌어주어야 한다. 양기를 흡수하고, 너의 내공을 이용하여 옥이의 빈 단전에 새로운 기운을 흘려 넣어주거라.”

엄숙하기 이를 데 없는 목소리였지만 표정은 그게 아니다. 재미있어 죽겠는데 가까스로 웃음을 참는 듯 수염이 파르르 떨리고 있었다.

강진은 적포천존을 만난 이후 처음으로 그를 원망했다. 부끄러움이 불러들인 원망이다. 옆에서 지켜보고 있는 강선도도 시선을 돌리며 생각했다.

‘확실히 적포천존 노사는 사파에 가까운 사람이구나. 진아가 그 점은 배우면 안 되는데…….’

그는 나중에 조용히 강진에게 충고를 해주기로 결심했다. 남을 고생시키며 즐거워하는 악취미는 가지지 않는 게 좋다.

그러나 적포천존의 말대로 설옥의 돋에 있는 양기를 제거하려면 방중술이 가장 효과적이다.

"그럼 오늘 밤부터 잘 수련해 보아라. 어느 정도 성과가 있어 옥이의 몸이 좋아지면, 그때부터 정식으로 대무심공을 수련하도록 하자."

"알겠습니다."

결국 둘은 아무 말도 하지 못하고 물러났다. 뒤에서 적포천존이 크게 웃음을 터뜨리는 소리가 들려왔다.

그날 밤, 강진과 설옥은 작은 등잔불을 사이에 두고 서로 마주 앉았다.

먼저 입을 연 것은 설옥이었다.

"머리를 풀게요."

"내가 풀어줄게."

강진은 설옥이 평소 일하기 편하게 땋아서 위로 틀어 올린 머리를 손으로 하나하나 풀었다. 그 감촉이 묘하게 사람을 흥분시켜 설옥의 얼굴이 붉어지고 숨이 약간 거칠어졌다.

낮에 만상환희록을 보며 머릿속으로 예습은 충분히 해놓았다. 그걸 상상하니 서로의 숨결과 눈빛마저 피부에 느껴졌다.

"불을 끌까?"

강진이 묻자 설옥은 잠시 망설이다 대답했다.

"캄캄한 데서 책 대로 할 수 있을 자신이 없어요."

설옥은 아직 내공이 약해 완전히 깜깜하면 바로 코앞도 보지 못했다. 거기에 지금 그들은 단순히 합방을 하려는 것이 아니라 고도의 무공인 방중술을 펼치려는 것이다. 알고 보면 상당히 엄숙한 순간이어서 극도로 긴장을 하고 있었다.

강진은 고개를 끄덕이고는 등잔의 심지를 짧게 잘라 불을 줄였다. 아예 끄는 대신 최대한 어둡게 만든 것이다.

거의 보일 듯 말 듯한 어둠 속에 노란 불빛이 어른거리니 분위기가 더욱 고조되었다.

강진은 조심스럽게 설옥의 옷을 벗기고 자신도 벗었다.

사르륵.

옷이 미끄러져 내리는 소리가 더없이 자극적으로 들린다.

지금까지 매일 한방에서 생활한 둘이지만, 서로 옷을 벗은 모습을 본 것은 처음이었다.

설옥은 고개도 들지 못했고, 강진은 침을 꿀꺽 삼키며 조심스럽게 설옥의 어깨를 쓰다듬었다. 설옥의 어깨는 뼈가 없는 듯 부드럽고, 또 손가락이 딱 달라붙어 촉촉한 느낌이 들었다. 어깨에서 목과 볼로 손이 올라가니 설옥이 몸을 부르르

떨었다. 그녀의 숨이 약간 거칠어진 듯 숨결이 강진의 가슴에
느껴졌다.

'으으, 이건 살형기에 버티는 것보다 더 힘들다.'

강진은 속으로 비명을 지르며 억지로 이성을 유지했다. 그
리고는 작게 만상환희록의 구결을 외웠다. 설옥 역시 강진을
따라 구결을 외웠다.

구결의 내용은 내공의 운기법과 마음가짐, 그리고 순서에
따른 행동 강령이다.

이게 노골적인 음담패설과 버금갈 정도로 상대에 대한 태
도를 지시하는데, 둘은 구결에 따라 서로를 애무하기 시작했
다.

손가락이 서로의 몸 구석구석을 스쳐 지나가고, 입술과 입
술이 만났다.

설옥의 몸에서는 꽃과 약초의 향기가 은은히 느껴졌다. 아
마 낮에 향초로 몸을 씻었나 보다. 그 향은 원래 머리를 맑게
하는 향일 텐데, 지금은 웬일인지 몸의 양기가 있는 데로 끌
어올려져 숨이 점점 가빠져 왔다.

강진은 강하게 설옥의 몸을 끌어안았다. 그것을 신호로 설
옥 역시 강진을 끌어안았다.

무의식적으로 구결을 외우며 가능한 한 따라하려 했지만
어느 순간부터 둘은 이성을 잃고 본능에 따라 움직였다. 강진

은 서툴고 거칠었지만 설옥은 고통을 참고 그를 받아들였다.

시작은 만상환희공의 구결과 같았지만 중요한 부분에서 틀어지니 내공으로 서로를 보하는 효능은 발현되지 않았다.

님도 보고 꽃도 땄지만, 방중술은 실패한 것이다.

그래도 둘은 좋았다. 일이 끝난 다음에도 서로 끌어안은 채 등을 쓰다듬으며 입을 맞추었다.

다음날부터 둘은 거의 매일같이 사랑을 나누었다. 하지만 제대로 방중술이 효과를 볼 수 있도록 끝까지 구결에 따라 내공을 움직일 수 있게 된 것은 시간이 조금 지나서부터였다.

방중술, 그것은 정말로 어려운 무공수련법이었다.

강진은 처음에는 그냥 밤일과 내공 수련을 따로 분리하고 싶은 마음이 굴뚝같았지만, 더 시간이 흐르자 차츰 익숙해져서 그냥 자연스럽게 모든 것이 되었다.

익숙해지면 좋은 게 방중술인 것 같았다.

*　　　*　　　*

강진은 무공 수련을 하면서 폭포의 아래쪽에서 낚시를 한다. 폭포 아래쪽에는 하얀 빙어 계열의 물고기들이 사는데, 그 맛이 담백하여 구워도 맛있고 국을 끓이면 국물 맛이 좋다.

그들의 식탁에는 항상 서너 가지의 물고기 요리가 올라왔고, 설옥의 산채와 강선도의 곡물이 있으니 식 재료는 아주 풍족한 셈이다. 거기에 언제부터인가 우연히 계곡 위로부터 떨어진 야생 닭을 잡아 기르니 곧 그 수가 불었다.

설옥은 선천적으로 요리에 재능이 있는 듯 어떤 식재료든 훌륭하게 맛을 살려 항상 적포천존의 칭찬을 들었다.

또한 강진이 소학에게 배운 대로 술을 담그기까지 하니 이 절문비곡 안은 그야말로 무릉도원처럼 살기 좋은 곳이라 할 만했다.

하지만 수련은 힘들었다. 적포천존은 무공에 대해서는 정말로 엄했기에 강진과 설옥 두 사람은 죽을 고생을 했다. 그래도 강진은 고생을 마다하지 않고, 때로는 오히려 적포천존이 혀를 내두를 정도의 독한 수련을 스스로 행했다.

오늘도 강진은 태혼살형기의 수련을 끝내고 낚시를 하면서 그 기운을 녹여 내공으로 바꾸고 있었다.

오늘 따라 물고기가 잘 물지 않았다. 물에 물고기가 없으니 당연한 일.

'이상한데…….'

강진은 갑자기 사라진 물고기들의 행방에 대해 진지하게 고민을 했다. 식사 때가 가까워졌는데 한 마리도 낚지 못하다니, 이건 있을 수 없는 일이었다.

그런데 그때 강진은 무엇인가 알 수 없는 위화감을 느꼈다.

마치 시간이 정지된 듯 주변 사물의 움직임이 멈추는 듯했다.

그런 가운데 물속에서 무엇인가가 홀로 움직였다. 폭포의 거품으로 인해 흐리게 보이는 물속이지만 그것의 붉은 몸은 확연하게 비추었다.

거물이다! 어디서 나타난 놈일까? 그건 알 수 없었다.

일 초의 백분의 일이 확연하게 인식되는 순간! 물속의 무언가가 강진의 낚싯바늘에 다가올 때까지 영겁의 시간처럼 느껴질 정도였다. 하지만 강진은 조급해하지 않았다. 그는 정확하게 물고기가 미끼를 무는 순간에 낚싯대를 잡아챘다.

피잉!

"으웃!"

믿을 수 없는 힘이다. 크기에 비례해 상정했던 것보다 열 배는 강한 손 반응이 왔다.

강진은 급히 내공을 끌어올려 버텼다. 그러면서 낚싯줄이 끊어지지 않도록 힘의 균형을 유지했다.

"흐으읍."

시간을 길게 끌 수는 없다. 곧 식사 시간이고, 설옥은 식사 시간에 늦으면 속으로 삐친다. 겉으로는 결코 드러내지 않지만 아무래도 밤에 잠자리가 좀 달라진다.

강진은 기왕 내공을 쓴 김에 단기 승부를 결심하고 낚싯대에 기를 주입하기 시작했다.

츠츠츠!

낚싯대가 묘한 소리를 내며 쿠르르 떨렸다. 만약 검이었다면 우우웅 하고 울렸으리라.

"미안하다. 이게 사도(邪道)라는 것은 알지만, 난 먹기 위해 낚는 거지 낚기 위해 낚는 게 아니니 이해해라."

강진은 붉은 빛깔의 물고기에게 사과를 하며 낚싯줄 끝까지 기를 주입했다. 이렇게 되면 날카로운 검으로 줄을 베어도 잘리지 않는다. 오히려 검에 날이 손상될 정도다.

"차핫!"

강진은 단숨에 힘을 주어 낚싯대를 위로 들어 올렸다. 천근의 거석이라고 해도 물 밖으로 튀어나올 수밖에 없는 거대한 힘을 사용했다.

그때 강진은 분명히 보았다. 붉은 굴고기의 몸 안에 있는 하얀 무엇인가가 꿈틀거리더니 순간적으로 줄이 끊어졌다.

팅!

"아!"

붉은 물고기는 순간적으로 물속으로 들어가 자취를 감추어 버렸다.

제대로 낚시를 하게 된 이후, 처음으로 걸린 고기를 놓쳐 보았다. 강진은 잠시 허탈한 표정으로 물속을 지켜보았다. 붉은 물고기가 어디로 사라졌는지 도저히 알 수 없었다.

"뭐냐. 놓친 거냐?"

"사부님, 나오셨습니까."

어느새 적포천존이 강진의 뒤에 서 있었다. 적포천존은 혀를 끌끌 차며 말했다.

"항상 사방을 살피랬지? 내가 적이었으면 넌 벌써 죽었다."

"죄송합니다."

붉은 물고기가 다가오는 순간부터 강진은 모든 것을 잊었다. 그래서 주변이 멈춘 것처럼 느껴진 것이다. 그러고 보니 강진은 그때부터 강적이 다가온 것을 알고 긴장한 것이다. 손에는 땀이 맺혀 있었다.

적포천존은 혀를 끌끌 차며 아직 멀었다는 듯 고개를 절레절레 저었다.

"근데 왜 놓쳤냐? 분명히 낚싯대에 기를 주입하는 것 같던데."

"이번에 걸린 것은 평소에는 보지 못했던 붉은 빛깔의 물고기였습니다. 그런데 물고기의 몸 안쪽에 하얀 덩어리 같은 것이 움직이더니 줄이 끊어졌습니다."

"오잉, 붉은 비늘에 몸속에 하얀 덩어리!"

적포천존은 눈을 휘둥그레 뜨더니 갑자기 손을 저었다.

휘익 하는 소리와 함께 강진의 끊어진 낚싯줄이 저절로 그의 손으로 들어와 잡혔다. 허공섭물은 적포천존에게는 어린

애 걸음마보다 쉬운 기술이다.

"호오! 얼었구나, 얼었어."

그의 말대로 낚싯줄 끝은 얼어 있었다. 강진은 신기하다는 표정으로 적포천존에게 물었다.

"그 물고기가 냉기를 토한 것입니까?"

"그렇지. 몸이 붉다는 것은 뜨겁다는 뜻이고, 안에 하얀 덩어리가 있다면 그건 뜨거운 몸에 상반되는 차가운 내단이 형성되었다는 뜻이다."

"아, 그럼!"

"영물이다."

적포천존은 단호하게 말했다. 그리고는 눈을 감고 생각에 잠겼다.

강진은 조용히 서서 사부의 생각이 끝나기를 기다렸다.

잠시 후, 적포천존은 갑자기 손으로 강진의 어깨를 잡으며 말했다.

"진아야, 내 말을 오해하지 말고 들어라."

"예."

"사실 넌 우리 적포문의 무공을 거의 다 배웠다 할 수 있다. 내가 따로 가르칠 게 거의 없는 셈이지. 그렇지?"

적포천존의 말처럼 강진은 배울 만한 것은 이미 다 배운 상태였다. 그래서 가끔씩만 강진에게 조언하듯 가르침을 베풀

뿐이었다. 하지만 강진은 아직 적포천존에게 배울 것이 더 있다고 생각했다.

"제자는 아직 많이 부족합니다."

"아니야. 넌 이미 다 배운 거나 마찬가지다."

"……"

사부가 딱 잘라 말하니 어찌 반박을 할 수 있겠는가? 강진은 입을 다물었다.

적포천존은 계속 말했다.

"그러니 이제부터는 네가 스스로 수련하고 또 연구하여 모든 것을 너의 것으로 만들어야 한다. 내공을 더 발전시키고, 초식을 숙성시키는 것은 남이 곁에서 뭐라고 하면 오히려 안 좋다. 혼자 고민해서 자신만의 길을 열어야 한다. 내 말 이해하겠지?"

강진은 순순히 적포천존에게 대답을 했다.

"제자도 그렇게 느끼고 있습니다."

"그래, 그걸 느끼고 있다니 과연 내 제자답다. 그럼 넌 오늘부터 저쪽 구석에서 혼자 무공을 수련하거라. 막히는 게 있어도 이제는 나한테 물을 필요가 없다. 내가 무슨 대답을 해 주어도 그건 네 스스로 생각한 것보다 못하기가 쉽다. 알아서 고민하고 해결하거라."

"예."

강진이 믿음직스럽게 대답을 하자 적포천존은 크게 만족한 얼굴로 고개를 끄덕이더니 몸을 돌려 자신의 숙소 쪽으로 몸을 날렸다. 그리고는 곧 손에 검은 낚싯대를 들고 돌아왔다. 바로 그가 과거 사용하던 묵죽대간이었다.

"뭐 하냐? 어서 가라. 혼자 수련을 하더라도 결코 게으름을 피우면 안 된다. 알겠지?"

그 말이 끝남과 동시에 적포천존은 방금 전까지 강진이 앉아 있었던 장소에 자리를 잡고 낚싯대를 드리웠다.

"영물! 넌 내가 찍었다."

적포천존이 작게 중얼거리는 소리가 강진의 귀에 들어왔다.

혹시나 했더니 역시나다. 강진은 잠시 적포천존의 등을 바라보다가 마음을 비우고 걸음을 옮기려 했다.

"아, 잠깐."

갑자기 적포천존이 강진을 불렀다. 그리고는 그가 입고 있던 적포를 벗어 강진에게 던져 주었다

"사부님, 이것은?"

"앞으로 네가 적포문의 문주다. 난 이제부터 태상문주를 할 테니 웬만한 건 네가 알아서 다 해라."

"……예."

"그 옷 안쪽에 우리 적포문의 무공이 모두 수놓아져 있다.

평소에는 안 보이지만 피를 묻히면 글자가 나온다. 혹시라도 구결이 헷갈리면 알아서 찾아봐라. 그리고 그거 잊어먹지 마라. 웬만하면 벗지 말고, 빨 때도 항상 네 스스로 빨아라. 뭐, 안 빨아도 된다. 그건 설산은잠으로 짠 거라서 때도 안 끼고 냄새도 안 난다. 내가 사십 년간 한 번도 안 빨았는데 아직 멀쩡하니 확실하다.”

그러고 보니 적포천존은 한 번도 이 적포장삼을 빨라고 시키지 않았다. 빨래를 담당하는 설옥은 다른 모든 옷을 빨아서 놓았다. 하지만 적포천존이 적포장삼만큼은 신경 쓰지 말라고 미리 못 박았던 것이다.

생각지도 않게 갑자기 문주가 된 강진은 적포장삼을 받아 들고 조용히 하류 쪽에 있는 빨래터로 향했다.

아무리 때가 안 타고 냄새도 안 나는 옷이라고 해도 남이 사십 년간 한 번도 안 빨고 입은 옷을 그냥 입을 수는 없었다.

한참 빨래를 하다 보니 설옥이 왔다.

“상공, 제가 할게요.”

십육 세 때 처음 합방을 한 이후, 설옥은 강진을 상공이라 불렀다. 강진이 아무리 편하게 말을 하라고 해도 항상 존댓말을 썼다. 이제는 강진도 익숙해져서 자연스럽게 설옥을 내자(內者)로 대했다.

“아니, 사부님께서 이 옷은 우리 문파의 중요한 물건이니

절대로 다른 사람의 손에 건네지 말고 빨래도 직접 하라고 하
셨어.”

“네.”

설옥은 강진의 옆에 앉아서 그가 빨래하는 모습을 구경했
다. 한참을 빠니 적포의 색이 점점 밝아졌다. 적포천존이 입
고 있을 때에는 검붉은색이었는데, 알고 보니 선홍색의 화려
한 비단옷이었던 것이다.

‘때 타잖아.’

강진은 속으로 그렇게 생각했다. 그래도 확실히 사십 년 입
은 옷치고는 상태가 양호했고 냄새도 거의 나지 않았다.

반나절을 빠니 이제는 완전히 제 색깔을 찾았다. 강진은 적
포장삼을 내공을 이용해 탁탁 털었다. 기가 천에 스며든 습기
를 모두 밀어내니 순식간에 물기가 사라졌다.

햇살을 받아 빛나는 선홍색의 장삼에는 구름을 타고 나는
용과 봉이 수놓아져 있었다. 그야말로 남자가 아닌 시집을 가
는 새 신부가 입어도 될 정도로 화려한 옷이었다.

“와아, 정말 아름다운 옷이네요.”

설옥이 감탄하자 강진은 고거를 끄덕이며 말했다.

“응, 하지만 남자가 입고 다니기엔 너무 색이 화려한 것 같
아. 붉은색이라 눈에도 너무 띄고 말이야.”

“그러게요.”

"음, 나중에 사부님 허락을 받아서 이 위에 얇은 옷을 하나 더 껴입어야겠어. 이런 차림으로는 돌아다니기가 좀 그래."

"그게 좋겠어요. 겉에 대 입을 옷은 제가 만들게요."

설옥은 얼른 지금 남아 있는 옷감 중에 가장 쓸 만한 게 뭔지를 생각했다.

그날 저녁, 강진은 식사를 하러 온 적포천존에게 물었다.

"사부님, 이 적포 위에 다른 옷을 대 입어도 상관없습니까?"

"응? 다른 옷을? 그건 안 된다."

"예."

"원래 그 옷은 사람의 신경을 자극하여 쉽게 흥분하도록 하는 효능이 있거든. 그걸 입고 있으면 자연스럽게 조금씩 성격이 더러워진다. 그러면 그게 다 무공에 도움이 되거든."

"……."

상상을 초월한 이유다. 강진은 속으로 한숨을 내쉬었다.

적포천존은 계속해서 말했다.

"뭐, 네가 태혼살형기를 구성 이상 연성하면 상관없다. 하지만 그전엔 절대 안 되니 그렇게 알아라."

"명심하겠습니다."

강진이 어쩔 수 없이 대답하자 적포천존은 옆에 있는 설옥을 보고 웃으면서 말했다.

"이 사부가 원래는 성격이 아주 좋았는데, 저거 입고 살다 보니 요즘은 좀 거칠어졌단다. 네가 약간은 고생을 하겠지만, 이건 문파의 특성이니 참아라."

"……예."

설옥은 마지못해 대답했다. 하지만 적포천존이 원래 성격이 좋았다는 말은 믿지 않았다. 같이 식사를 하는 강진과 강선도도 전혀 믿지 않았다.

설옥은 속으로 한숨을 쉬며 적포천존에게 물었다.

"사부님, 그러면 새로운 겉옷은 무슨 색으로 할까요? 역시 붉은색으로 해야 하나요?"

"잉? 웬 붉은색? 너 같으면 사십 년 동안 붉은 옷을 입다가 겨우 벗었는데 또 같은 색 옷을 입고 싶겠냐? 난 원래 붉은색 안 좋아한다."

"하지만 사부님의 명호가 적포천존이신데, 다른 색 옷을 입으면 좀 그렇잖아요."

"어? 그런가?"

옆에서 강선도가 끼어들었다.

"옥아, 네 말이 맞다. 무림인은 명호에 살고 명호에 죽는데 지금와서 어르신께서 청포천존이나 놈포천존이라고 불릴 수는 없지 않느냐. 붉은색으로 지어드려라."

"자, 잠깐!"

적포천존은 두 손을 저으며 외쳤다.

이건 음모다! 강진에게 적포의 저주를 떠넘기자 둘이 삐쳐서 화를 내는 것이다.

'이것들이 감히 나를 뭘로 보고.'

적포천존은 화를 내려다가 곧 마음을 바꿨다.

'하기야 남편 성질이 거칠어진다는데 삐칠 만하지. 내가 참자.'

요즘 와서 정말 정신 수양이 깊어졌다고 스스로 대견스러워하는 적포천존이었다. 그만큼 설옥이 귀엽기도 했다.

"어험, 백의로 해라."

"백의요?"

백포천존, 이건 어울리나? 설옥은 속으로 생각했다.

적포천존은 당당하게 말했다.

"염려 마라. 내가 한번 손을 쓰면 백포는 바로 적포가 된다."

"아!"

"암, 이제는 챙겨주는 여제자도 있으니 굳이 때 안 타는 붉은 옷을 입을 필요가 없지."

그 말은 피 묻은 옷을 빨아 다시 백포로 만드는 일을 설옥이 해야 한다는 뜻이다. 설옥은 난감한 표정을 지으며 생각했다.

'피 묻은 걸 흔적 없이 지우려면 정말 힘든데, 야단났네. 흑.'

산전수전 다 겪은 적포천존을 골탕 먹이기엔 아직 부족한 설옥이었다.

*   *   *

적포천존으로부터 적포를 물려받은 후, 강진은 이 년 동안 꾸준히 무공을 수련했다.

그의 내공은 대무심공으로 이루어져 있지만, 전력으로 출수를 할 때에는 태혼살형기를 사용할 것이다.

그리고 경공은 처음 적포천존을 만났을 때 배운 천뢰신행보(天雷神行步)인데, 그것은 적포문의 모든 무공과 조화를 이루는 것으로 가장 뛰어난 신법이라 할 만했다. 적포문은 내공 다음으로 신법을 중시했는데, 공격과 수비의 동작은 모두 발의 움직임에서부터 나온다고 했다.

그리고 권법으로는 역시 처음에 배웠던 쇄혼금강신권(碎魂金剛神拳)을 끝까지 익혔다. 이 무공은 태혼살형기를 발현하는 데에 적합한 것으로, 일단 펼쳐지면 권경이 허공을 격하고 발출되어 바위를 부술 정도였다.

그다음으로는 무기술이 있다. 강진은 한 자루의 패검을 쓰는 법을 배웠다.

원래 적포천존은 두 개의 짧은 단철봉을 주로 썼는데, 날이 있는 무기는 사람을 베거나 찔렀을 때 피가 묻어 예기가 손상되니 대량 살상에 적합하지 못하기 때문이라고 했다. 하지만 적포문의 무기술 중 가장 뛰어난 것은 검법이라고 그는 말했다.

강진이 익힌 검법은 반선반마검법(半仙半魔劍法)이라는 것으로 대정광대(大正廣大)한 기풍과 음산사이(陰散邪異)한 변초를 아울러 갖춘 표리부동한 검법이었다.

그 이외에 설옥과 같이 수련하는 방중술 만상환희공(萬象歡喜功)도 이제는 절정에 이르렀고, 또 천룡교의 무공 중 하나인 삼첩비엽술(三疊飛葉術)을 익혔다. 이것은 설옥도 수련하고 있는 암기술로 회선표의 묘리가 그 안에 들어 있었다.

원래 적포문은 암기를 잘 쓰지 않는데, 아무래도 무림에서 혼자 활동을 하려면 때에 따라서는 암기도 사용할 수 있어야 한다고 적포천존이 말했다.

그 역시 적포문의 무공을 얻기 전에 익힌 암기술이 있었는데, 천룡교의 암기술이 조금 더 정묘하다고 판단되자 서슴없이 강진에게 그걸 익히도록 했다.

대무심공(大無心功).

태혼살형기(魔魂殺形氣).

천뢰신행보(天雷神行步).

쇄혼금강신권(碎魂金剛神拳).

반선반마검법(半仙半魔劍法).

만상환희공(萬象歡喜功).

삼첩비엽술(三疊飛葉術).

내공심법부터 암기술에 이르기까지 두루두루 수련을 한 셈이다. 이것들이 모두 강진의 몸 안에 녹아들어 가 하나가 되었다.

한편, 그동안 적포천존은 꾸준히 낚시를 했다.

그는 생각했다. 그에게 낚시를 가르친 사람이 바로 강진이다. 그리고 강진의 낚시 실력은 정말 하늘이 내렸다고 볼 수밖에 없을 정도로 초절하다. 남에게 지기 싫어하는 적포천존이지만 강진에게 낚시로 이기겠다는 생각은 포기할 수밖에 없었다.

그런데 갑자기 기회가 찾아왔다.

만약 강진이 놓친 영물 물고기를 자신이 잡는다면?

그건 바로 적포천존 자신이 청출어람하여 최고의 낚시꾼이 되었다는 증거가 될 터이다.

"잡는다! 한 번 나타난 놈이니 꼭 다시 나타날 것이다!"

적포천존은 의지의 무림기인이었다.

세월이 흐름에 따라 그는 모든 것을 잊고 낚시에 전념하게 되었다. 그동안 그를 꾸준히 괴롭혀 왔던 무림 재출도에 대한 욕망도 잊었다. 나중에는 잠을 자거나 밥을 먹는 것도 모두 그 자리에서 해결하게 되었기에 설옥이 식사를 배달해 주어야 했다.

그사이 강진은 태혼살형기를 칠성까지 연성했다. 처음 적포천존이 그에게 태혼살형기를 가르칠 때, 칠성 이후는 실전이 없으면 연성할 수 없다고 했으니 수련으로 얻을 수 있는 것은 모두 얻은 셈이다.

이제는 떠날 때가 되었다.

강진은 낚시를 하고 있는 적포천존의 등에 대고 절을 했다.

"사부님의 은덕은 감히 헤아릴 수조차 없습니다. 이제 제자 강진은 집안의 원한을 해결하려 합니다. 출관을 허락해 주십시오."

적포천존은 뒤도 돌아보지 않고 말했다.

"어디 가서 두들겨 맞지 마라. 힘들 것 같으면 일단 도망을 치고, 얼굴을 기억해 뒀다가 나중에 복수를 하면 된다. 손을 쓸 때에는 체면보다는 실리를 따져라. 체면 따지다 당하면 내 제자라고 하지 마라."

"명심하겠습니다."

“태혼살형기를 일으켜 싸울 때 살기가 지나치면 폭주를 하게 되는데, 그럴 것 같으면 그냥 싸움을 포기하고 도망쳐라. 우리 적포문은 도망치는 것을 비겁하다 여기지 않는다. 도망도 못 치고 당하는 게 수치다. 스스로를 이기지 못하고 추태를 보이는 것 또한 지는 거다.”

“명심하겠습니다.”

“네 마음대로 살아라. 네 사부를 보면 알겠지만, 강한 놈은 원래 좀 막나가도 된다. 괜히 이리저리 마음 쓰면 나중엔 머리만 빨리 새고 무공은 퇴화된다. 그것이 바로 우리 적포문의 특성이다.”

“명심하겠습니다.”

“가라.”

강진은 다시 한 번 절을 하고는 걸음을 옮겨 협곡 밖으로 나갔다. 협곡 입구에는 설옥이 배웅을 위해 미리 나와 기다리고 있었다. 강선도는 두 사람이 이야기할 시간을 주기 위해 일부러 나오지 않은 듯했다.

“다녀올게.”

“예, 조심해서 다녀오세요.”

“응.”

짧은 인사말이었지만 눈빛은 유정했다. 그렇게 강진은 절문비곡을 나섰다.

열두 살에 이곳에 들어와 스물두 살에 나가니 꼬박 십 년 동안 무공을 수련한 것이다. 들어올 때에는 비력한 소년이었지만 이제는 가슴에 웅풍을 심은 당당한 무인이 되었다. 그의 앞에는 대륙이 기다리고 있었다.

第二章
상인지쟁(商人之爭)

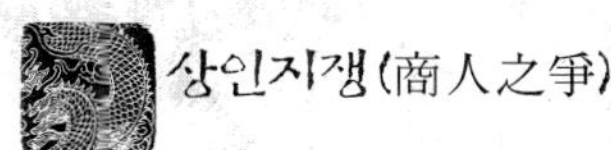

상인지쟁(商人之爭)

십 년이란 시일은 강산을 바꿀 수도 있다고 말해진다. 이제 스물두 살의 청년이 된 강진은 우선 소학을 만나보기로 결정하고 곧바로 항주로 향했다.

처음 사천으로 들어올 때에는 적포천존이 이끄는 대로 이동했지만, 지금은 그가 갈 길을 정해야 한다. 지리를 정확히 모르니 물어물어 길을 갔다.

사람들은 강진이 화려한 붉은색의 비단옷을 입고 있는 것을 보고 강호유람을 나온 화화공자 정도로 생각했다. 확실히 강진의 차림은 부유해 보였고, 그의 얼굴도 부잣집 젊은이처럼 시원하게 생겼다. 거기에 돈 씀씀이도 결코 적지 않았다. 이런 옷을 입고 싸구려 여관에 드는 것은 오히려 사람들의 의혹을 사는 일이었다. 그런 이유로 강진은 여행 중 숙식에 일정 이상의 수준을 유지하기로 결정했다.

원래 적포천존이 절문곡을 발견할 때 그 안에는 상당한 가치의 재물도 함께 있었다. 하지만 그건 적포천존이 거진 다 써버렸다. 적포천존은 기분파였기 때문에 손끝에서 항상 금은자가 묻어나듯 써온 것이다.

결국 지금의 적포천존은 돈이 별로 없었다. 물론 그가 가지고 있는 물건들 중 몇 개만 처분해도 상당한 돈이 되기는 할 것이다.

그런데 강진은 절문비곡에서 생활을 하다 적포천존이 찾지 못한 비밀 보물 창고를 찾아냈다. 알고 보니 절문비곡은 남송 시절 뜻있는 사람들이 외적으로부터 재물을 숨긴 곳이었던 것이다.

강진은 그중 일부를 가져왔다. 혹시라도 소학의 사업에 자금이 모자랄지도 모르기 때문이다.

그의 봇짐 속에는 은자가 몇천 냥에 상당수의 금원보, 그리고 아주 귀중한 보석 몇 개가 들어 있었다. 알고 보면 강진은 알부자인 것이다.

쓸데없이 강도를 만나 봉변을 당하지 않기 위해―이 경우

봉변은 강도가 당하겠지만—강진은 가능한 한 큰 도시를 거치며 주로 대로를 걸어 이동했다. 그리고 도시에서 무역을 하는 상인들이 있으면 그들이 움직일 때까지 기다렸다가 같이 이동을 했다.

상인들로부터 이런저런 세상 이야기를 들으며 그가 지금까지 접하지 못했던 대륙의 바람을 느꼈다. 어렸을 때에는 난민촌에서 자랐고, 그 뒤에는 십 년 동안이나 수련만 했으니 조금이라도 더 많은 것을 들어야 한다그 생각했다.

그렇게 장강의 줄기까지 오자 제법 커다란 배에 올라타 강을 따라 항주로 향했다. 크고 비싼 배는 원래 수적들과 사전 거래를 철저히 하기 때문에 상당히 안전했다. 항주까지 오는 도중 한 번도 수적이 공격을 해오지 않았다.

'장강수로연합이 제대로 일을 하고 있나 보군.'

강진은 속으로 생각했다. 이렇듯 둗줄기의 안전을 확보할 수 있다는 것은 수적들의 힘이 강하면서도 잘 통제된다는 뜻이다.

만약 수로연합이 하나로 뭉친 상태가 아니고 서로 경쟁을 하면 이처럼 장강 전체를 안전하게 지나기는 불가능한 것이다.

반대로 수적들이 하나로 뭉쳐 이처럼 영업 대상을 철저하게 제한한다면, 한탕주의의 약탈 영업이 아닌 안정된 고정 수

입이 보장되어 각 수채들의 살림은 상당히 윤택해진다.

상인들 역시 당금의 수로연합총채주인 교룡당의 강상도왕(江上刀王) 맹광을 칭찬했다. 교룡당이 이대에 걸쳐 뛰어난 수적을 배출해서 둘 다 수로연합총채주의 자리에 앉았으니, 요즘같이 모두 어려운 난세에 수적계만 전성기라고 평했다.

'그리고 보니 맹광 형님도 한번 찾아가 봐야 하는데…….'

강진은 가는 길에 교룡당에 들를까 하다가 그 생각을 접었다. 일단은 소학과 만나는 것이 중요했다. 그리고 소학을 만나 상회의 일에 관여하게 되면 교룡당과는 가능한 한 안 만나는 게 좋을지도 모른다.

이런저런 생각을 하는 동안 드디어 항주에 도착했다. 강진은 배에서 내려 적당한 여관을 찾았다. 그곳에서 식사를 하면서 점소이에게 은자 반냥을 쥐어주며 물었다.

"항주에 이름난 상회는 어디 있는가?"

점소이는 은자 반냥에 눈이 돌아가 강진의 질문에 신이 나서 떠들었다.

"그야 물론 청자상회가 있지요. 삼십 년 전부터 항주 일대의 소금과 거리의 청소는 모두 그곳에서 장악했으니까요. 청자상회의 상회주이신 진삼청 노야야말로 항주의 제일 거부가 아니겠습니까? 이 중원 천하 전체를 놓고 따져도 그분보다 돈이 많은 사람은 없을 겁니다."

　소금은 정식 판매든 밀수든 다 돈이 되고, 거리 청소는 막대한 권력의 상징이자 고정적인 수입이기도 하다.

　"그렇지. 청자상회하고 진삼청 노야는 워낙 유명하니 말할 것도 없네. 하지만 항주에 상회가 청자상회 하나뿐인 것은 아니지 않나?"

　"예예, 물론입죠. 부두의 하역일과 창고일을 주로 담당하는 전가상회, 기루에 여자를 대는 색드방이 세운 집화상회, 고급 식료품을 주로 다루는 극미상회 등도 있읍죠. 모두 은자로 동정호를 메울 정도로 돈이 많은 곳입죠."

　"음, 항주 사람이 아닌 다른 지방 출신이 세운상회도 있나?"

　"아, 나리께서는 항주에 사업을 하러 오셨군요."

　점소이는 감을 잡았다는 듯 그개를 끄덕였다. 그러나 곧 약간 난처한 얼굴을 하고는 살짝 목소리를 줄여 말했다.

　"사실 우리 항주에는 중원 각지에서 헤아릴 수 없는 사람이 모여듭니다요. 그런데 사실 항주 상인들은 원래 단합이 잘 되어서 절대 외부인이 상회를 세우게 놔두질 않죠. 상회를 세워도 곧 망하고는 하니까 말입니다."

　"역시 그렇군. 객지에 와서 주인 행세를 하는 게 쉽지는 않겠지."

　"그러니 나리께서 이곳에 자리를 잡으시려면 일단 적당한 상회에 출자를 하시고, 사람을 사귄 후에 작게 시작을 하시는 게 좋습니다. 만약 크게 하시려면 가장 확실한 방법은 이곳 출신 처녀를 색시로 받아들이시면 됩니다. 그 처녀가 상회에 속해 있는 사람이면 더할 나위 없지요. 나리께서는 인물이 훤칠하고 관상을 봐도 부자상이시니 어딜 가도 환영을 받으실 겁니다.”

“아주 좋은 의견일세. 내 자네의 충고를 꼭 참고하겠네.”

강진은 점잖게 말하고는 다시 은자 반냥을 점소이에게 주었다. 그러자 점소이는 입이 헤벌쭉하게 벌어져 연신 고개를 숙여 인사를 했다. 동전이 아닌 은자가 나오는 손님은 반년에 한 명 있을까 말까 하다.

강진은 차를 마시며 곰곰이 생각을 했다.

‘과연 아버님과 사부님의 말씀이 틀림없구나. 그렇다면 소학 형은 이곳에 자리를 잡지 못했겠구나.’

정상적인 경쟁이라면 몰라도 이곳 상인들이 텃세를 부려 외인을 배척한다면 자리를 잡기가 결코 쉽지 않을 것이다.

‘그래도 소학 형은 항주에 아는 아저씨가 있다고 했다. 그리고 비황주를 대던 주루도 있다고 했지. 그쪽을 먼저 알아보자.’

십 년 전 적포천존에게 비황주를 대접했을 때, 적포천존은 그 술을 항주 사계향에서 마셨다고 했다. 만약 계획대로라면 사계향에서 소학의 행방을 찾을 수 있으리라.

강진은 식사를 끝내고 여관을 나오며 점소이에게 사계향에 대해 물었다. 그러자 점소이는 고개를 갸웃하다가 간신히 생각났다는 듯이 말했다.

"사계향 말입니까? 그곳은 이미 십 년 전에 망했습니다."

"허, 망했다고?"

"예, 그 뭐시냐. 비… 아무튼 사계향에서 팔던 유명한 술이 있었는데 그게 더 이상 없어서 인기가 떨어진 걸로 들었습니다. 그런데 몇 년 전에 그 비 뭐시기 술을 대던 양조장 사람이 사계향의 건물을 사서 다시 시작을 했읗죠."

"양조장 사람이 기루를 사?"

찾았다. 강진은 속으로 그렇게 생각했지만 여전히 침착하게 점소이의 말을 들었다.

"예, 원래 그 양조장이 왜구 때문에 망해서 싹 다 죽었다고 들었는데 거기 소장주가 살아 있었던 고양입니다. 그 사람이 사람들을 데리고 항주로 와서 사업을 시작했는데, 어린 나이에 수완이 대단하여 일 년도 되기 전에 항주 외곽에 싸구려 주루를 다섯 개나 차렸다고 했죠. 그 뒤에 돈을 모아 아예 사계향을 샀으니 대단하지 않습니까?"

"대단하지. 그러면 항주 사람도 아닌 외지 사람이 그렇게 큰 성공을 한 것이 아닌가? 내가 꼭 한번 만나보고 싶군. 사계향을 찾으면 만날 수 있겠나?"

"에구, 나리. 그건 아닙니다. 제가 말씀드리지 않았습니까. 항주 출신이 아니면 크게 성공하기 어렵다고 말입니다. 그 소학이란 사람은 이 년 전에 망해서 재산을 다 날려 먹고 사계향도 남의 손에 넘어갔읍죠."

"망했다고?"

"예. 한창 때에는 제법 큰 장원도 구입했는데, 결국 망해서 그 장원도 다시 팔고 요즘은 허름한 집에서 겨우겨우 목숨만 부지하고 있는 형편이라고 합니다. 철문전장의 빚쟁이가 매일같이 찾아가 돈을 내놓지 않으면 살을 잘라 고기로 팔겠다고 두들겨 팬다던대요."

"두들겨 팬다고?"

강진은 순간 등으로부터 싸늘한 기운이 뻗쳐 머리 위까지 올라가는 듯한 기분이 들었다.

소학 형이 망했다. 그리고 빚쟁이에게 시달리고 있다.

그 말을 들으니 강진의 속이 부글부글 끓었다. 그에게 있어 소학은 형제나 다름없었다.

점소이로부터 대충 이야기를 들은 강진은 서둘러 소학이 산다는 지역으로 향했다. 과연 망한 사람답게 항주 구석에 위치한 빈민촌 한가운데에 그의 집이 있었다.

강진은 일단 소학이 있는 집을 확인하고는 잠시 걸음을 멈추고 하늘을 보았다. 섣불리 집 안으로 들어가기가 뭐했다.

'소학 형을 어떻게 대해야 할까-.'

망한 것은 상관이 없다. 그때 그들이 가지고 있던 자본은 그렇게 큰돈이 아니었다. 비황주까지 다 따져도 은자로 천 냥이 안 된다.

하지만 지금 강진의 품속에는 은자로 치면 수만 냥에 해당하는 보물이 있었다. 어릴 때에는 상상도 못하던 금액이지만 지금은 그렇지 않다.

'사업은 다시 시작하면 된다. 다른 상인들의 텃세도 어떻게든 막을 수 있다. 하지만 만약 소학 형이 의욕을 잃었다면, 그게 문제다.'

강진은 자신이 지금 소학을 찾아가면 그가 얼마나 부끄러워할까 하고 생각해 보았다. 그는 자존심이 강한 사람이다. 강진의 천재성에 감탄하면서도 전혀 기죽지 않고 그 생각을 실제로 이루겠다고 큰소리쳤다. 그런데 그가 이렇게 실패를 했으니 어떻게 그를 위로해야 할까?

그것뿐만이 아니다.

십 년 전, 그들을 항주로 보낼 때 강진은 소학에게 말했다. 망하는 것은 두려워하지 않고 최후의 순간이 되면 미련없이 사람을 먼저 챙기라고. 그 말은 강할 것 같으면 같이 따라간 사람들을 먼저 챙겨주라는 뜻이었다.

하지만 그건 현실적으로 결코 쉽지 않은 일이다. 사업에 망해서 큰 빚까지 졌다니 더욱 어려운 일일 터이다.

만약 소학이 사람들을 챙기지 못했다면? 그래서 그를 따라갔던 무니포 사람들이 소학을 원망하며 떠났다면 어떻게 할 것인가?

'그래도 소학 형을 책망할 수는 없다. 어떻게든 소학 형에게 다시 시작할 기운을 얻게 하고, 내가 가진 자금을 모두 주자.'

강진은 마음을 굳히고 소학의 집으로 들어가려 했다. 그런데 생각을 하는 사이 제법 시간이 지났는지 어느새 해가 져 붉은 노을이 서쪽 하늘을 물들였다. 그때 석양을 등지고 나타난 일단의 흉악한 인상의 사내들이 소학의 집 안으로 들어갔다.

"소학! 오늘도 돈을 안 내놓을 거냐!"

얼굴에 칼자국이 길게 난 털보 장한이 입구에서부터 크게 외쳤다. 옆집에서 개가 놀라 짖었지만 곧 주인이 뛰어나와 개의 입을 틀어막았다.

집 안에서 한 청년이 비틀거리며 걸어나와 말했다.

"에구구, 내가 지금 돈이 어디 있소? 그러지 말고 은자 백 냥만 더 빌려주시오. 내 그걸로 주루를 하나 세워 착실하게 이자를 갚으리다."

　돈 받으러 온 사람에게 돈을 더 빌려달란다. 털보 장한은 이를 드러내며 소리를 질렀다.

　"이놈아! 네가 우리 철문전장에서 빌려간 돈이 허연 은자로 육백 냥이다. 그 이자만 해도 하루에 걸만데 그것도 못 갚으면서 다시 백 냥을 빌리겠다고? 아직 정신을 못 차렸구나."

　"계란을 깨서 닭을 찾는 건 별로 현명하지 못한 일이오. 지금은 돈이 없으니 돈을 더 빌려주시거나 그냥 날 죽여서 끓여 잡수시오."

　"이놈이 그래도 우리를 놀리는 거냐! 얘들아."

　털보 장한이 외치자 같이 따라왔던 자들이 두 팔을 걷어붙이고 앞으로 나섰다. 집단 구타로 해결을 보겠다는 의지가 역력히 보였다.

　그런데 막상 소학이 두들겨 맞으려 하자 한쪽 집에서 몇 사람이 뛰어나와 그들을 잡았다.

　"아이구, 나리! 지금 소 장주를 더 때리면 정말로 죽을 겁니다."

　"아니, 이놈들이 또!"

　사내들은 거지 차림의 사람들이 자신들의 바짓가랑이를 붙들고 늘어지자 더 크게 소리를 지르며 발로 그들을 차 떨궈냈다. 거지들의 손에 묻은 더러운 흙과 먼지가 그들의 바지에 묻자 크게 화를 냈다.

"그만두시오! 그분들은 상관이 없으니 그냥 날 때리는 게 좋겠소!"

소학이 웃음을 거두고 소리를 쳤다.

그가 한 번 소리를 치자 묘한 박력이 있어서 사람들은 동작을 멈추었다. 그러다가 자신들이 소학의 명령을 들은 것처럼 느껴져 얼굴을 붉힌 채 소학을 때리기 시작했다.

강진은 그 모습에 거의 눈이 뒤집힐 뻔했다. 그는 즉시 손을 쓰려고 앞으로 걸음을 옮겼다. 그러나 문득 이상한 점을 발견하곤 걸음을 멈추고 다시 제자리로 돌아와 기세를 죽였다.

'저 뒤에서 감시하는 자는 뭐지? 저자는 상당한 무공을 지니고 있다. 전장에서 돈을 받으라고 보낼 수준은 아니다.'

깡패가 와서 돈을 받으려고 사람을 팬다. 이건 지극히 당연한 일이다. 하지만 그걸 감시하는 사람이 있다면 뭔가 사연이 있다는 뜻.

강진은 억지로 화를 참으며 차갑게 식은 머리로 주변을 세밀하게 살폈다. 소학은 몸을 웅크리고 최대한 급소가 맞지 않게 버티고 있었다. 많이 맞아본 자세다.

때리는 쪽도 화는 나도 소학을 정말로 때려죽일 마음은 없는지 상당히 기술적으로 패고 있었다. 심지어는 소학이 불구가 되는 것도 곤란한지 관절 부분은 거의 건드리지 않았다.

그저 발바닥으로 등과 허벅지 부분만 밟는 것이다.

'그러고 보니 생각할수록 이상하다. 소학 형이 정말 돈이 없다면 이들은 소학 형에게 더 돈을 빌려줘서 다시 사업을 하게 하거나, 아니면 그냥 잡아가서 노예로 팔던가 하는 게 정상이다. 그런데 만약 이런 식으로 매일같이 와서 소학 형을 괴롭히기만 한다는 것은 돈을 받으려는 것 말고 다른 생각이 있는 것이다.'

강진은 그런 결론을 내렸다. 그러는 사이 한차례의 폭행이 끝나 털보 장한이 수하들을 멈추게 했다.

"내일 다시 오겠다. 그때까지 돈을 구해라. 도망갈 생각을 하면 알지? 네놈 밑에서 빌어먹던 놈들이 그 책임을 질 거다. 크크크, 감히 난민 주제에 항주에서 사업을 하려 하다니. 네놈이 염라대왕의 간이라도 삶아 먹은 거다."

꿈틀!

웅크리고 있던 소학의 몸이 움찔했다. 그러나 더 이상 움직이지는 않았다. 털보 장한이 떠난 다음에 소학은 천천히 몸을 일으켜 주변 사람들에게 일일이 고맙다고 인사를 했다.

"오 아저씨, 문 아저씨, 도와주셔서 감사합니다."

"이보게, 소 장주. 그냥 떠나게. 이대로 가다간 자넨 골병이 들어."

"우린 상관없으니 어서 떠나는 게 좋겠네."

"아니요. 그래도 한 번 항주에 왔으니 끝을 봐야죠. 절대 못 떠납니다. 아저씨네 일가가 아니더라도 말입니다. 하하하. 그러지 말고 아저씨들이 떠나세요."

"무슨 소리, 그래도 우린 입에 풀칠은 하는데 이게 다 자네 덕분이 아닌가. 젠장, 그때는 정말 잘 나갔었는데……. 그러지 말고 그때 우리에게 준 돈을 다시 돌려줄 테니 저놈들에게 주게."

"그걸로는 택도 없습니다. 그러니 그냥 가지고 계시다가 필요할 때 쓰십시오."

소학이 다른 사람들을 부르는 소리를 들으니 그들이 과거 무니포 사람들이라는 것을 알 수 있었다. 십 년 동안 사람들의 얼굴이 너무 바뀌어 못 알아본 것이다.

강진은 몸을 돌려 그곳을 빠져나오면서 생각했다.

'다행이다. 소학 형은 아직 할 마음이 있구나. 더군다나 인망을 잃지 않았어. 그렇다면 잃은 것은 아무것도 없다. 다시 시작하면 더 크게 거센 불길처럼 사업을 번창시킬 수 있을 것이다.'

역시 소학 형이다. 강진은 감심하며 서둘러 걸음을 옮겼다. 그는 지금 뒤에서 감시하던 자를 뒤쫓고 있었다. 기척을 죽이고 은밀히 미행을 하는 것이다.

숨겨진 사연이 있다면 그걸 먼저 알아야 한다. 소학과 자신의 관계가 알려져 같이 감시를 당하기 전에 모든 일을 끝내는 것이 좋다.

한참을 따라가니 감시하던 자가 커다란 장원의 쪽문으로 들어갔다. 강진은 살짝 담을 넘어 장원 안쪽까지 그를 따라가며 속으로 중얼거렸다.

'만약 소학 형이 지금 고생하는 것에 너희들이 관여되어 있다면, 그걸 후회하게 해주겠다.'

신기하게 적포를 입은 후부터 가슴속에 분노가 일어날 때마다 단전의 대무심공이 꿈틀거린다.

마치 자신을 태혼살형기로 바꾸어 세상을 부수라는 듯이.

강진은 가슴속의 불길을 애써 누르고 달빛처럼 차가운 눈으로 상대가 들어간 장원의 후원을 살폈다.

강진은 후원에 들어서자마자 사방에 잠복해 있는 무인들의 숨소리를 들을 수 있었다. 그는 즉시 기척을 완전히 감추고 움직임을 멈췄다.

섣불리 움직일 수가 없었다. 강진은 마음을 가라앉히고 숨어 있는 자들의 수와 위치를 확인했다.

후원 쪽을 지키고 있는 자는 두 명, 숨소리로 보아 상당한 내공 수련을 쌓은 듯했다. 그렇다면 전문적인 훈련을 받은 자들일 가능성이 크다. 어중이떠중이 삼류무사가 보표를 하는 게 아니다.

'이곳은 용담호혈이다. 평범한 곳이 아니구나.'

강진은 긴장을 유지한 채 달이 구름에 가려지기를 기다렸다. 구름 속에 달이 숨는 순간 나무의 그림자 사이를 뚫고 그는 움직였다. 소리는 전혀 나지 않았다.

한 번 몸을 움직여 아까 쫓던 자가 들어간 건물의 지붕 처마 밑에 몸을 숨기는 데에 몇 초도 걸리지 않았다. 지키는 자들의 숨소리에 변함이 없는 것으로 보아 들키지 않은 듯했다.

지키는 자들 중 한 명은 강진이 숨은 건물의 지붕 위에 있었다. 사람이 지붕 위를 지키는 것으로 보아 꽤 중요한 건물임에 틀림없다.

강진은 조용히 호흡을 조절하며 손가락에 힘을 주어 벽을 찍었다. 그러자 손가락이 벽을 파고들어 하나의 구멍을 뚫었다. 그곳에 귀를 대니 안에서 대화하는 소리가 아주 잘 들렸다.

두 사람이 있었다. 젊은 남자와 늙은 남자.

젊은 남자는 보고를 하는 듯했다.

"진 노야의 병이 점점 심해지고 있다고 합니다. 하지만 현재 상황으로는 진 노야의 상태가 어떤지 정확하게 알 수 있는 방법은 없습니다."

"그렇겠지. 천하의 진삼청의 몸 상태를 정확히 알려면 염왕대적 곽원을 만나야 하는데, 그 역시 진삼청의 거처에서 나오지 않고 있는가 말이야."

"예, 하지만 곽 의원이 그곳에서 나오지 않는 것을 보면 정말로 중한 병임이 확실합니다."

"추측은 금물이다. 진삼청 그 늙은이는 결코 얕잡아 볼 수 없는 능구렁이이니 절대 허술하게 생각하면 안 돼."

"옛."

"아무튼 좋다. 진소군의 위치는 확인했는가?"

"예. 일주일 전에 검각의 자죽원을 나왔고, 지금은 배를 타고 이곳으로 오는 중입니다. 내일이나 모레쯤 도착할 듯합니다."

"그래, 그녀까지 이곳으로 오면 진씨 일가가 모두 모이게 되는 셈이다. 이런 기회는 다시 오기 힘드니 확실하게 준비를 해라."

"복명."

"그 소학이란 놈은 어떤 상태지?"

"오늘도 변함없이 철금전장 사람이 갔습니다."

"클클클, 구 총관이 잘하고 있군. 그자도 곧 쓸 수 있겠어. 그자는 아직 젊어 의욕이 강하고, 또 상재도 뛰어나니 조금만 힘을 실어주면 충분히 날개를 펴고 날아오를 수 있을 거다."

"……."

"시기가 올 때까지 그자에게 항주에 대한 원망을 뼈에 스미도록 심어놓아야 한다. 하지만 불구로 만들어서는 안 돼. 알겠지?"

"복명."

"좋아, 좋아. 클클클클."

노인은 상당히 기분이 좋은 듯 웃음을 터뜨렸다. 강진은 젊은 사내가 보고를 끝내고 나가는 소리가 들리자 구멍에서 귀를 떼고 생각에 잠겼다.

청자상회의 상회주인 진삼청이 병들어 아프다고 했다. 그리고 그의 일가족이 모두 항주에 모이는 중이다.

이자들은 그걸 이용해 어떤 음모를 꾸미고 있는데 그게 무엇인지는 알 수가 없다. 여기서 중요한 것은 그 음모에 소학이 이용되려 하고 있다는 점이다.

'무엇일까?

강진은 아직 구체적인 것은 아무것도 알 수 없다고 판단했다. 그렇다고 해서 방 안으로 들어가 노인을 잡아 문초할 생각도 없었다.

'적은 어둠 속에 숨어 흉계를 꾸미고, 지인은 자신도 모르는 사이 그들에게 이용되려 한다. 그렇다면 나는 더 깊이 숨어야 한다. 내 존재가 저들에게 알려지면 타초경사하는 셈이니 적은 숨고, 결국 우리는 이용만 당할 뿐이다.'

　강진은 그렇게 결론을 내리고 틈을 보아 조용히 그 집을 빠져나갔다. 그리고 담장 밖에 붙어서 새벽이 오기를 기다렸다.

　끈기있게 동이 틀 때까지 기다리자 가침내 후원 건물의 문이 열리고 노인이 밖으로 나왔다. 출근을 하려는 듯 비단 옷을 점잖게 차려입고 있었다.

　일단 노인의 얼굴을 확인한 강진은 거리를 두고 그를 미행했다. 노인의 무공이 범상치 않다는 것을 느꼈기에 혹시 들킬까 봐 가까이 가지는 않았다.

　미행한 보람이 있어 강진은 노인이 청자상회의 사대 총관 중 한 명인 금담철곤 도담이라는 것을 알 수 있었다.

　원래 도담네 집안은 조부 때부터 청자상회에서 일을 했는데, 도담 자신은 젊었을 때 무공을 배워 무림에서도 상당한 이름을 떨친 모양이다. 그러다 부친이 늙어 병들자 청자상회로 돌아와 일을 하기 시작하여 마침내 총관직을 맡았다고 한다.

　강진이 어제 들어갔던 집은 금담철곤의 사택이었다.

　"구린 냄새가 나는군. 사회의 사대 총관이 상회주의 이름을 함부로 부른다는 것은 이미 상회주를 주인으로 인정하지 않는다는 뜻이다."

　강진은 금담철곤이 청자상호에 대허 못된 마음을 품었다고 생각했다. 아마도 차기 상회주 자리를 탐하는지도 모른다.

하지만 이걸로 끝이 아니다. 오후가 되자 강진은 걸음을 옮겨 철금전장으로 갔다. 그곳에서 그는 철금전장에 구씨 성을 가진 총관이 있는가를 확인했다.

과연 구 총관은 있었다. 어젯밤의 대화를 고려하면 이 구 총관도 이번 일에 한 발 걸쳐 있음이 확실하다.

강진은 해가 질 때까지 구 총관을 감시했다. 그러나 구 총관에게는 어떤 이상한 점도 발견하지 못했다. 심지어 구 총관은 무공도 없었다.

그렇다면 구 총관은 금담철곤에게 청부를 받았을 뿐인가? 그건 아직 알 수 없었다. 단지, 강진이 그날 들은 금담철곤의 목소리에는 구 총관이 단순한 청부자가 아닌 동료라는 느낌이 들어 있었다. 착각일지도 모르지만 강진은 자신의 느낌을 소중히 했다.

시간만 있다면 며칠 정도 더 구 총관을 감시해 보고 싶었지만, 지금은 아니다. 오늘도 소학은 철금전장이 보낸 자들에게 시달림을 받았을 것이다.

강진은 더 이상 그걸 두고 볼 수 없다고 생각했다. 밤이 되자 강진은 사람들의 눈을 피해 소학의 집으로 들어갔다.

주변에 모든 사람이 잠들었다고 느꼈을 때, 강진은 조용히 문을 두드렸다.

"누구요?"

안쪽에서 경계에 찬 소학의 목소리가 들려왔다. 강진은 조용히 말했다.

"소학 형, 조용히 하세요. 저 강진입니다."

"응, 누구? 아! 강진 형제!"

"들어가겠습니다."

강진은 누가 보기 전에 얼른 문을 열고 들어갔다.

막 잠에서 깬 소학의 얼굴은 평소보다 더 초췌했다. 그는 눈을 크게 뜨고 강진의 얼굴을 자세히 보았다. 열두 살 때에 헤어졌다가 십 년 만에 보는 것이니 자세히 보아야 했다.

"맞구나! 강진 형제, 돌아왔구나! 무공은, 무공은 다 배웠는가?"

"예, 사부님 밑에서 십 년간 죽어라고 수련해서 약간은 성취가 있었습니다."

"크흐흐흑, 그래. 잘됐다, 정말 잘 됐다."

소학은 손으로 두 눈에서 흐르는 눈물을 훔쳤다. 그러고는 강진에게 말했다.

"내가 말이다. 너하고 헤어져서 항주에 왔는데 그 사계향은 이미 망했고, 아저씨뻘 되는 분께서도 행방이 묘연하지 뭐냐. 그래서 어쩔 수 없이 그냥 처음부터 너하고 계획한 대로 싸구려 주루를 세워 나갔거든. 그걸로 돈을 모아서 마침내 사계향 건물을 샀지. 그런데 글쎄, 항주의 파락호들이 횡포를 부리지 뭐냐. 도저히 버틸 수 없었다. 젠장."

"괜찮습니다. 제가 다 알아보고 왔는데, 형은 돈은 잃어도 아직 인망을 잃지 않으셨더군요. 심지어는 적도 형을 인정하고 있습니다."

"크크크, 그러냐? 난 모르겠다. 그리고 난 돈도 잃지 않았다. 이것 봐라."

소학은 급히 몸을 돌려 침상을 옆으로 치우고 열심히 땅을 팠다. 그러자 땅속에서 하나의 상자가 나왔는데, 그 안에는 은자로 백 냥 정도 되는 돈이 들어 있었다.

"이건 미끼다. 혹시라도 여길 뒤지는 놈이 나올까 봐 먼저 묻어놓은 거지."

소학은 다시 땅을 팠다. 바로 벽이 새워진 바로 아래쪽까지 파 들어가니 조금 더 큰 상자가 하나 나왔다.

소학이 그걸 들어다가 침상 위에 놓으니 쿵 하고 제법 묵직한 소리가 났다. 열어보니 은자로 삼천 냥이나 되는 돈이 들어 있었다.

"하하하하, 어떠냐? 내 사계향을 사고 나서 돈이 벌리기 시작하자 만약을 대비해서 이렇게 따로 종잣돈을 꿍쳐 이곳에 묻어놓았다. 우리가 처음 시작하려 한 자금은 은자로 계산했을 때 천 냥이 채 안 되었지만, 이제는 삼천 냥이 있다. 이걸로 철금전장의 빚 육백 냥을 갚고 나면 이천 사백 냥이 재기

를 위한 자금이다. 아니지, 요기 미끼까지 치면 이천오백 냥
이다."

소학은 하얀 은자를 보기만 해도 기운이 나는 듯 허리를 쭈
욱 펴고 의기양양한 표정을 지었다. 방금 전의 초췌한 소학은
어디로 갔는지 전혀 그런 티가 나지 않았다.

강진은 그 모습에 미소를 지었다. 그리고는 엄지손가락을
치켜세우며 말했다.

"역시 형은 최고의 상인이오."

"아무렴, 내가 이래 봬도 열세 살에 귀신도 잡아다 팔아먹
는다는 이 항주에서 사업을 시작해 오 년 만에 기루를 구입한
몸이다. 산전수전 다 겪었으니 이제는 절대로 실패하지 않을
자신이 있다."

그 말을 하면서 소학은 그동안 고생한 게 생각나는지 두 주
먹을 부르르 떨었다.

"내가 제일 억울한 게 바로 그거다. 난 무력이 없었다. 어
떤 죽일 놈이 항주의 파락호들을 고용해서 내 사업을 말아
먹게 만들었는지는 모르지만, 보표를 고용하려 해도 아무도
오지 않았다. 오기는 왔는데 그놈들도 가 한패였지. 하지만
이제는 네가 있지 않느냐? 나 좀 도와다오. 그냥 그 파락호
들만 막아주면 이번에야말로 기루를 서너 개쯤 세워 보이겠
다."

“염려 마세요, 형. 파락호가 아니라 무림고수가 와도 제가 막을 수 있습니다.”

강진은 소학의 불타는 눈을 보며 고개를 끄덕였다.

염려했던 것과는 달리 소학은 전혀 좌절하지 않았다. 종자돈을 땅에 묻어놓은 채 몸을 웅크리며 몇 년 동안이나 강진이 오기만을 기다려 왔던 것이다.

'잘되었다. 이번에야말로 소학 형은 성공할 수 있을 것이다.'

강진은 그렇게 생각하며 소학이 자리를 잡을 때까지 당분간은 이곳에 남아 그를 도와야겠다고 생각했다. 천룡교를 찾아가는 일도 중요하지만, 이처럼 그의 어릴 적에 같이 있었던 사람들을 돕고 보호하는 일 또한 무엇보다 중요했다.

생각을 정리한 강진은 품속에서 자신이 지닌 금은자를 꺼내 들고 말했다.

“형, 이번에 수련을 끝내고 나올 때 사부님께서 저에게 쓰라고 주신 돈이 좀 있어요. 이것도 형 사업에 보태세요.”

“아니! 이게 뭐냐? 적어도 수만 냥은 되어 보이는구나!”

“알고 보니 사부님께서는 부자셨어요.”

강진은 자신이 보물을 찾았다는 말은 하지 않았다. 그가 그렇게 간단히 재물을 얻는 사이 소학은 십 년간 죽을 고생을 하지 않았는가? 부끄러운 생각이 들었다. 그리고 소학이 허탈해할까 봐 염려를 했다.

어쨌든 소학은 아주 기분이 좋아졌다.

“그래? 하하하하. 잘되었다. 이거면 시간이 삼 년은 절약된다. 단숨에 치고 나갈 수 있지. 내가 이쾌 봬도 사람은 많이 모을 수 있다.”

소학의 말에 강진은 잘되었다고 생각했다. 그리고는 다시 말했다.

“하지만 제가 왔다는 것은 당분간 비밀입니다. 어쩌면 계속해서 비밀로 하는 게 좋을지도 몰라요.”

“응? 그런가?”

“예.”

강진이 굳이 설명을 하지 않아도 소학은 이해했다는 듯 두말없이 고개를 끄덕였다.

사실 강진은 적포천존의 제자인데, 만약 그걸 다른 사람들이 알면 이곳은 두고두고 고생을 할 가능성이 높다.

“그럼 넌 어둠 속의 물주이자 실질적 상회주가 돼라. 내가 표면적 상회주이자 실질적 총관을 할 테니.”

“그냥 형이 앞뒤 상회주를 다 하세요. 제가 나중에 돈이 필요하면 달라고 할게요.”

“하하하, 그럼 그래라. 참!”

“예, 말씀하세요.”

"대근이가 살아 있다."

"예? 그게 정말입니까?"

생각지도 못했던 낭보에 강진은 크게 놀랐다. 장대근의 죽음은 지난 십 년간 그와 설옥을 꾸준히 괴롭혀 왔던 사건이었고, 가끔씩 꿈에서도 나타날 정도였다.

매년 기일이 되면 제를 지내 자신들을 지키다가 어린 나이에 죽은 넋을 위로해 왔는데 그가 살아 있다니?

"글쎄, 그 녀석이 소림사로 갔다지 뭐냐? 소림사의 신승이라는 공진 대사가 당분간 대근이를 불목하니로 쓴다고 전갈을 보내왔다. 네가 오면 소림사로 와서 대근이를 찾아가라더라."

"그런 일이 있었군요. 아, 대근아! 정말 잘되었습니다."

"그래, 나도 그 녀석이 죽은 줄 알고 있었다가 그 전갈을 받고 너무 기뻤다. 하하하."

"하하하하!"

소학이 웃자 강진도 같이 웃었다. 그는 너무나도 기분이 좋았다.

소학도 무사하고 대근이도 살아 있었다! 그야말로 하늘이 그의 출관을 축원하여 선물을 주는 것 같았다.

'잘되었다. 먼저 소학 형을 둘러싼 문제를 해결하고, 소림사로 가서 대근이를 만나자. 이제부터는 결코 하나도 잃지 않

으리라. 이제 나에겐 핍박당하지 않을 충분한 힘이 있다.'

　강진은 강호에 나오자 지난 십 년 동안 고생해서 무공을 수련한 보람을 느낄 수 있었다.

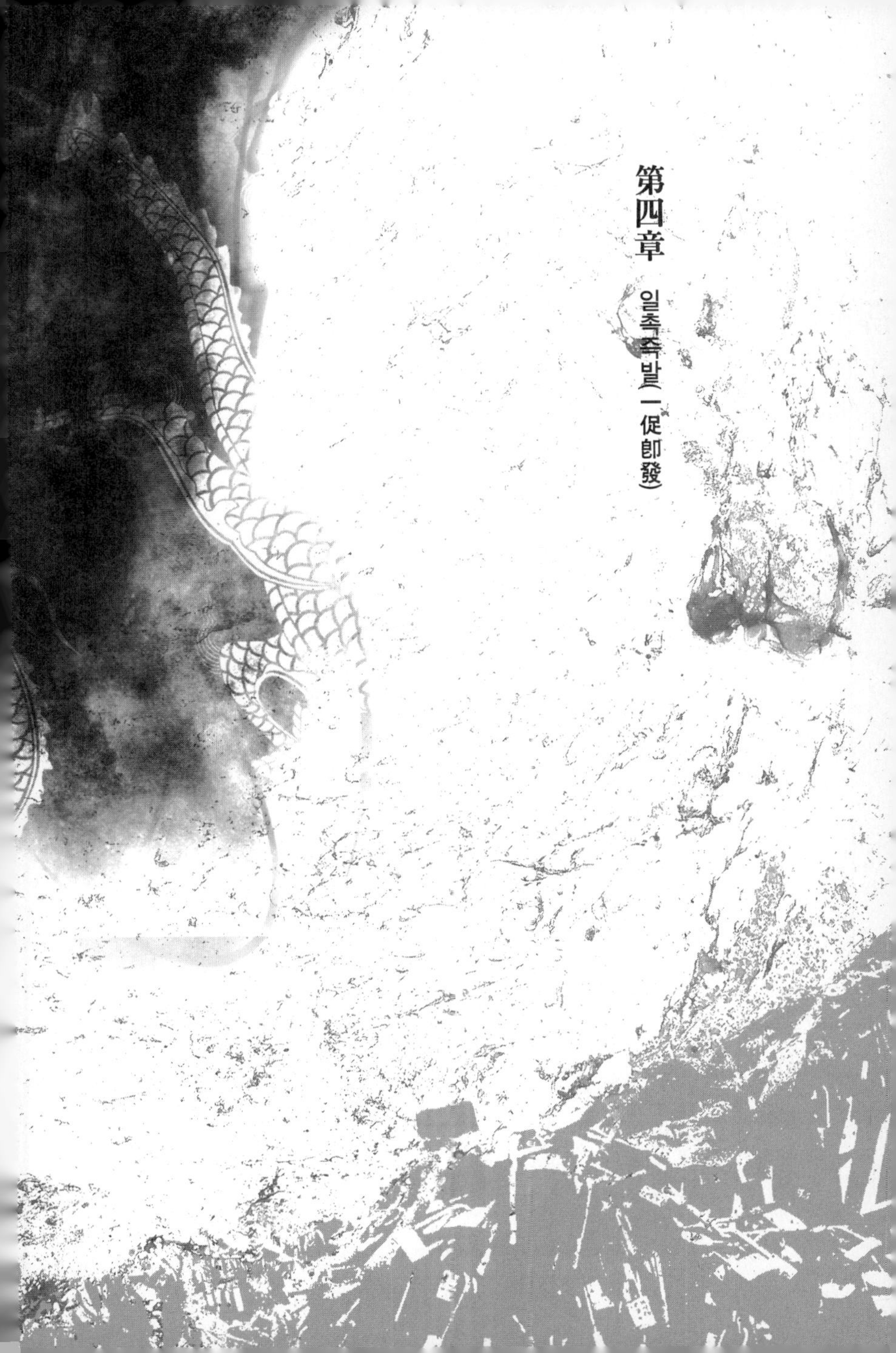

第四章 일촉즉발(一促卽發)

赤布龍王

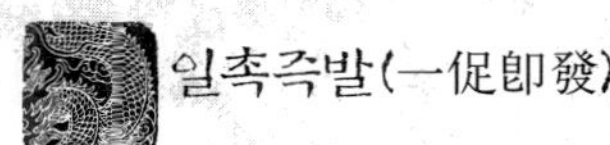

　　　　항주에는 무학이 뛰어난 사람도 적지 않다.
모르긴 몰라도 무관이 백 개도 넘을 것이다. 하지만 그 대부
분의 무관들이 크든 작든 청자상회의 영향력 아래 있다고 봐
도 과언이 아닐 것이다.

　청자상회에서 운영하는 항주대표국은 그들 무관에서 골라
뽑은 무사들이 들어가 일을 한다.

　그리고 그중에서도 빼어난 고수는 대부분 청자상회의 보
표가 된다. 그 외에도 청자상회가 지난 수십 년간 남모르게
영입한 무사도 적지 않은데, 이들의 신분이나 실력은 거의 알

려져 있지 않았다. 단지 강호의 팔대고수에도 뒤지지 않을 정도로 강한 자가 있다는 소문도 있었다.

팔대고수란 현재 중원 각지에서 활동하고 있는 사오십대의 무림인들 중 아직 패배를 모르는 정상급 고수들을 꼽은 것인데, 대부분 대문파의 일대제자이거나 무림세가의 직계자손에서 나왔다.

이십대나 삼십대에 패배를 모르는 사람은 적지않다. 하지만 중원 전체에 명성을 떨치면서 사십이 넘을 때까지 패배를 경험하지 않는 사람은 정말 손가락으로 꼽을 정도밖에 없는 것이다.

보통 십 년 정도를 주기로 팔대고수나 십대고수 등이 꼽히는데, 이들이 바로 현역 최강을 의미한다.

만약 삼십대의 고수가 나와 그가 팔대고수 중 하나를 꺾으면 패한 자는 팔대고수에서 빠지게 되지만 삼십대의 무인은 팔대고수에 끼지 못한다. 그는 그냥 '팔대고수만큼 강한 젊은 고수' 일 뿐인 것이다.

어쨌든 청자상회에도 팔대고수만큼 강한 고수가 있다. 그 소문 때문에 강진은 청자상회의 안을 탐색하는 것을 포기했다. 잘못 들어갔다 걸리면 빼도 박도 못하고 도둑놈 취급당하기 십상이다.

대신 그는 금담철곤의 집을 하루 종일 감시했다.

원래는 소학이 얻어맞는 것이 싫어서 일을 벌이려 했지만 자초지종을 들은 소학이 눈을 빛내며 말했다.

"맞는 건 아무렇지도 않아. 그놈들 대충 때리고 있거든. 어째 이상하더라니, 크크크. 그럼 곧 나한테 접근하는 놈이 있다는 소린데? 그리고 그게 청자상회랑 관련이 있고 말이야."

잘하면 청자상회의 상회주인 진삼청을 직접 만나게 될지 모른다고 소학은 좋아했다. 그의 얼굴을 보기만 해도 항주에서 사업을 하는 데 있어 더 이상 아무도 방해를 하지 않을 거라는 게 그의 생각이었다.

"얼마든지 맞아줄 수 있어. 하지만 이번 일이 끝나면 아무도 우리 진학상회를 무시하지 못하게 될 거야."

소학은 집념의 눈빛을 불태우며 그렇게 중얼거렸다.

강진은 고민했지만 결국 소학의 뜻대로 일을 진행하기로 결정했다. 그리하여 소학을 보호하는 것보다 금담철곤 주변의 움직임을 살피기로 했다.

확실히 금담철곤은 일을 꾸미고 있었다. 상당한 고수들이 그의 집을 비밀리에 오고 갔다. 강진은 못 보던 사람이 들어갔다 나올 때마다 그들을 미행했다. 무관의 관장을 비롯해 소상회의 상회주 등등 나름대로 신분을 지닌 자들이었다.

그것을 소학에게 알려주니 소학은 몰래 사람을 써서 그들에 대한 조사를 했다.

“확실히 이상한 구석이 있어. 금담철곤의 집에서 나온 자들은 모두 젊었을 때 항주를 떠났다가 돌아와 기반을 잡은 자들뿐이야. 그것도 최근 십 년 이내에 말이야.”

“금담철곤도 그렇다고 하지 않았나요?”

“그 사람은 좀 오래됐지, 거의 이십 년 전부터 청자상회의 일을 했으니까 말이야.”

“그렇다면 이번 음모는 최소 십 년 전부터, 어쩌면 이십 년 전부터 계획되었던 것이란 말이군요.”

“그런 것 같아. 생각보다 일이 크니 정말 조심해야겠어. 그리고 철금전장의 구 총관 말인데.”

“예, 무슨 정보가 있습니까?”

“이자가 나에게 심하게 대하는 것은 확실하거든. 그런데 내가 곰곰이 생각해 보니 내가 사업에 망해 그곳에서 돈을 빌린 것까지가 모두 하나로 이어진단 말이야. 그렇다면 구 총관이 아니라 철금전장의 장주도 이 일에 관여되어 있지 않을까?”

“확실히 그렇군요.”

강진은 소학의 생각에 동의했다. 이번 일은 그가 직접 당한 것이 아니라서 당시의 일을 가지고 추론하는 것은 소학의 몫이라 할 수 있는데, 소학이 그런 느낌을 받았다면 틀림없을 것이다.

　강진은 다시 한 번 곰곰이 생각했다. 생각을 하는 것이 그
의 특기이니만큼 몸을 움직이기 전에 마음속으로 모든 것을
그려내야 했다.

　"철금전장의 장주는 어떤 사람입니까?"

　"응, 철금전장의 장주인 고도광. 내가 아는 바로는 원래 흑
도거물의 막내 제자로 꽤 악랄한 심성을 지녔다고 하더군. 그
런데 한창 때에 정파의 협사에게 당해 몸에 칼자국을 세 개
만든 후, 다시는 나쁜 짓을 하지 않겠다고 맹세를 하고 이곳
항주로 와서 철금전장을 세웠다고 들었어. 철금전장은 고리
대금업을 하는 곳이니 사실 나쁜 짓을 계속하는 거지만, 그자
는 합법적인 사업이니 절대로 나쁘지 않다고 주장했다는군."

　"그 사연 자체가 꾸민 일이기 쉽겠군요. 어쨌든 그자도 젊
어서는 무림에서 활동하다가 나이가 들어 항주에 자리를 잡
은 거 아닙니까."

　"말하자면 그런 거지."

　이것으로 음모에 관련된 용의자는 더층 파악이 된 셈이다.
철금전장의 구 총관이 문제가 아니라, 철금전장 자체가 음모
에 관련되어 있다. 어쩌면 금담철곤 쪽보다 이쪽이 더 근원에
가까울지도 모른다. 금담철곤 쪽은 말하자면 대상의 급소에
들이댄 비수이고, 비수를 조종하는 손기 철금전장일 가능성
이 높다.

강진은 그렇게 판단했다.

"이제 대충 파악이 되었으니 내일부터는 일단 이 부근에서 소학 형을 보호하도록 하죠. 어쨌거나 저놈들이 형에게 무슨 수작을 부리는지 직접 봐야겠습니다."

"그럴래? 하하하, 사실 큰소리는 쳤어도 무서웠던 것은 사실이야."

소학은 더 이상 거절하지 않고 기꺼이 강진의 보호를 받기로 했다.

일이 벌어진 것은 그로부터 삼 일 후였다. 자정이 다 되었을 무렵, 검은 죽립을 쓴 정체를 알 수 없는 자들 셋이 소학을 찾아왔다. 그리고는 영문을 모르겠다는 표정을 짓고 있는 소학에게 하나의 상자를 꺼내 열어 보였다.

"아, 이것은 은자가 아니오?"

"이만 냥이다. 이걸로 다시 시작하는 것이 어떤가?"

"다시 시작하라니, 그럼 이 돈으로 장사를 하란 말이오?"

"그렇다."

"그대들이 원하는 것이 무엇인지 모르겠소."

"별것 아니다. 우리는 소학 그대의 능력을 인정하고 투자를 할 뿐이지."

모르는 사람이 들으면 눈물을 흘리며 감격할 만한 일. 그리고 소학은 정말로 눈물을 흘리며 감격해 했다. 어쨌거나 은자를 보여주는 사람에게는 일단 감사하는 것이 소학의 신조였기에.

그 모습에 흑의죽립인들은 만족한 미소를 띠며 말했다.

"그대가 항주의 돼지 같은 상인들에게 어떤 일을 당했는지 들었다. 우리 주인께서는 참으로 안타까워하셨지. 앞으로는 그런 하찮은 무력에 무너지지 않을 것이다. 우리가 지켜주지."

"정말입니까?"

"우선 여기 두 친구가 그대의 보표가 된다. 어려워할 필요는 없으니 하수인을 쓰듯 마음껏 부려라. 단, 그대가 벌어들이는 돈의 절반은 우리 것이다."

"그야 이를 말씀이십니까? 저를 알아주시니 틀림없이 성공해 보이겠습니다."

"좋다. 알아서 잘해봐라."

그 말을 남기고 그자는 떠났다. 남은 두 명의 무인은 죽립을 벗고 옷을 뒤집어 입었다. 옷의 안감은 파란색이었는데 그렇게 옷차림을 바꾸자 위풍당당한 호한으로 변했다.

"앞으로 소학 장주님의 안전은 저희에게 맡겨주십시오."

둘이 동시에 포권을 취하며 말하는 것이 상당한 훈련을 쌓은 무사들 같았다.

소학은 같이 포권을 취하며 그들의 이름을 물었다. 한 사람은 성이 모라 했고, 다른 사람은 만씨라 했다.

"모 선생, 만 선생. 두 분은 우리 진학상회의 무공교두가 되어주십시오."

"알겠습니다."

그것으로 인사가 끝나고 모씨와 만씨는 집 밖으로 나가 적당한 곳에 자리 잡고 소학의 집을 지키기 시작했다. 정말 충직한 보표로 보이는 행동이었다.

강진은 그 광경을 모두 지켜보고 있었다. 그는 바로 소학의 집 지붕 속에 숨어 있었던 것이다. 만씨와 모씨가 나가자 강진은 아래쪽에 있는 소학에게 말했다.

"형님은 당분간 안전하실 것 같군요."

"그러게 말이야. 저렇게 쓸 만한 보표를 보내줄 줄은 내 미처 상상하지 못했는걸. 돈도 이만 냥이나 주고 말이야."

"어디 저들이 원하는 대로 한번 움직여 보시지요."

"물론, 모든 사람이 놀랄 정도로 훌륭하게 사업을 일으켜 보지. 하지만 이건 다 내 거야! 안 돌려줘."

이미 강진을 믿고 뒤를 두려워하지 않게 된 소학은 상자 안의 돈을 주먹으로 쥐며 다짐하듯 말했다.

강진은 그 모습을 보고 웃다가 살짝 몸을 일으켜 지붕 한쪽을 뜯어내고 밖으로 나갔다. 만씨와 모씨가 보지 못하는 사각을 이용해 그는 소학의 집을 나섰다.

돈을 건넨 자가 떠나간 방향은 이미 봐두었다. 천뢰신행보를 이용해 지붕 위를 타고 하늘을 날 듯 이동하니 곧 흑의죽립의 사내를 다시 볼 수 있었다.

'자, 이 수상한 자가 어디로 갈까? 그것 참 궁금하군.'

강진은 강한 호기심을 느끼며 그 뒤를 미행했다. 요즘 들어 미행이 완전히 생활화되어 천뢰신행보가 더욱 발전하는 것 같은 기분이 들 정도였다.

한참을 따라가니 이제는 상대가 어디로 가는지 알 것 같았다. 그가 가는 쪽은 바로 철금전장이었다. 그들이 생각했던 대로 철금전장이 이 음모를 주도하고 있는 것이다.

이제 어떻게 해야 할까. 강진은 잠시 생각하다 청자상회로 향했다.

슬슬 음모의 표적과 접촉을 할 시기가 왔다. 하지만 어떻게 진삼청을 만날 것인가?

강진은 일단 청자상회의 담을 넘어 안으로 들어갔다. 확실히 항주 제일의 거부가 사는 곳답게 끝을 볼 수 없을 정도로 넓고, 황제가 사는 곳처럼 수없이 많은 고루거각들이 세워져 있었다.

이래서야 진삼청이 있는 곳이 어디인지 찾기도 힘들다. 도둑들이 종종 부잣집을 털러 들어갔다 안에서 길을 잃는다는 말은 거짓이 아니다.

하지만 강진은 전혀 고민하지 않았다. 그는 곳곳에 숨어서 지키고 있는 자들의 이목을 피해 점점 안쪽으로 들어갔다. 그러다가 이 정도면 되었다 생각하고는 벽에 작은 글자를 새겼다.

나쁜 의도로 온 게 아니니 이야기 좀 합시다.

그 뒤 다시 자리를 옮겨 어느 정도 헤매고 다니다가 다시 적당한 곳에 같은 문구를 새겼다.

그렇게 서너 차례를 행하니 문득 누군가가 자신의 뒤를 쫓는 것 같은 느낌을 받았다.

'역시 있었군, 내 기척을 발견할 정도의 무사가.'

강진은 소문이 사실이라는 것을 알았다. 그가 그동안 청자상회 안쪽으로 잠입해 들어가지 않은 이유가 바로 이 소문 때문이니, 사람을 만나려면 우선 소문의 주인공을 만나야 한다고 생각했다.

그는 몸을 돌려서 청자상회 밖으로 나왔다. 뒤쪽에서 상대가 쫓아오는 것이 느껴졌다.

강진은 청자상회 바깥쪽에 인접한 한 건물의 지붕 위에 올라섰다. 이곳이라면 달빛도 은은하니 분위기도 좋았다.

곧 한 사람이 강진의 앞에 나타났다. 턱수염을 짧게 기른 나이 오십 정도의 사내는 한 자루의 단창을 손에 들고 있었다. 기척도 없이 나타난 것으로 보아 경공이 경지에 오른 사람임에 틀림없다.

"밤중에 실례를 한 것을 사죄드립니다. 본인은 심양 태생의 강진이라 합니다."

심양은 바로 천룡교가 있는 곳이니 강진의 고향은 심양이라 해야 옳다. 강진이 공손하게 인사를 하자 상대는 잠시 강진을 보다가 갑자기 물었다.

"나는 진고전이라 하네. 그런데 강 소협은 나이가 어떻게 되시는가?"

"올해 스물둘입니다."

"허, 그 나이에 어떻게 그런 무공을 연성할 수 있지? 믿기 어렵군."

"스승님의 가르침을 받아 십 년간 수련했을 뿐입니다."

"크흠, 십 년이라. 나는 태어나서 백 일이 지날 무렵부터 무공을 수련하기 시작해 지금까지 결코 게으름을 부린 적이 없네. 아무튼 그건 그렇다 치고, 왜 나를 보자고 했나? 아니, 나를 보자고 한 게 맞는가?"

"소문을 들으니 청자상회에 한 분의 고수가 계셔서 그 무공이 당금 강호를 호령하는 팔대고수에 필적한다고 했습니다. 진 대협께서 소문의 장본인이신 듯한데, 그렇다면 제가 만나고자 하는 분은 진 대협이 틀림없습니다."

"그렇군. 그런 경지의 무공이라면 나 이외의 사람은 아무도 강 소협의 왕림을 알아차리지 못했을 테니까."

진고전은 납득했다는 듯 고개를 끄덕이고는 다시 강진을 보았다. 아직 강진은 그의 질문에 완전히 대답을 한 것이 아니다.

강진은 알았다는 듯이 입을 열어 말했다.

"근래에 우연히 청자상회의 상회주이신 진삼청 노야께서 몸이 편찮으시다는 소문을 듣고 문안을 드리고 싶어서 진 대협께 실례를 하게 되었습니다."

진고전은 눈을 가늘게 뜨고 약간 굳은 얼굴로 강진을 보았다.

진삼청이 병에 걸린 일은 대외비이고, 적어도 직계 가족이나 총관 이상의 직책을 가진 사람만이 이 일을 알 가능성이 있다. 그런데 생전 처음 보는 청년이 그 소문을 들었다니? 그리고 그걸 확인하기 위해 이리 그를 불러낸 것을 보면 심상치 않은 사연이 있을 것이다.

"흐음, 그걸 어디서 들었는지 말해줄 수 있는가?"

"죄송합니다. 진삼청 노야께 직접 말씀드리고 싶습니다."

"그건 불가능하네. 난 결코 강 소협을 진 노야께 안내하지 않을 테니까."

"그렇군요."

상대가 안 한다고 튕겼지만 강진은 전혀 조급해하지 않았다. 강진은 다 이해한다는 듯 천천히 고개를 끄덕이며 말했다.

"그럼 내일 자정에 다시 여기 오겠습니다."

휘익!

그 말이 끝남과 동시에 강진은 지붕 아래로 뛰어내렸다.

"앗, 잠깐!"

진고전이 놀라 강진을 저지하려 했지만 어느새 강진의 모습은 사라져 버린 후였다.

"허, 귀신도 곡할 경공이로군."

진고전은 혀를 내두르며 감탄했다. 강진의 경공이 자신보다 뛰어남을 인정하지 않을 수 없었다. 진고전은 잠시 고민하다 곧 몸을 날려 청자상회 안으로 들어갔다.

다음날 자정, 강진은 전날 말한 대로 그 지붕 위로 올랐다. 진고전은 이미 와서 기다리고 있었다.

"진 노야께서 만나보시겠다고 말씀하셨네. 따라오게."

"안내해 주시니 감사합니다."

"후, 강 소협은 이미 내가 안내할 것을 알고 있었군."

"아닙니다. 진 노야께서 결정하실 것이라고 생각했을 뿐입니다. 진 대협께서는 틀림없이 제가 왔다 간 사실을 진 노야께 보고할 테니까요.”

“그렇지. 강 소협과 같은 고수가 방문한 것을 노야께 알리지 않을 수는 없지.”

진고전은 강진이 수 쓰는 것에 자신이 말려 들어갔다는 것을 알고 씁쓸한 미소를 지었다.

진고전이 안내한 건물은 무척 크고 속이 미로처럼 되어 있어 입구로 들어가도 어디가 어딘지 알아보기 어렵게 되어 있었다.

진고전은 강진과 함께 방을 세 개나 통과한 후, 다시 아래로 이어진 층계로 내려갔다. 지하 역시 방과 방이 연결된 미로 구조였는데, 그중 한곳에 진삼청이 있었다.

진삼청의 나이는 이미 칠십이 넘어 얼굴에 병색이 완연했지만 의자에 앉은 자세는 곧았고 눈빛도 여전히 강렬했다. 노익장이란 진삼청 같은 사람을 말하는 것이리라.

강진이 들어서자 진삼청은 의자에 앉은 채 강진에게 한 손을 들어 보이며 말했다.

“어서 오게. 내 몸이 편찮아서 설 수 없으니 이해하게.”

“불편하신데 갑자기 찾아온 무례를 용서해 주십시오.”

“수석호법에게 들었을 때에는 믿지 않았는데 정말 약관의 젊은이로군. 앉게.”

진삼청이 다시 권하자 강진은 그의 맞은편에 놓인 의자에 앉았다. 진고전은 진삼청의 뒤에 가서 섰다.

진삼청이 다시 손짓을 하자 그의 옆에 서 있던 두 명의 시녀가 밖으로 나가 문을 닫았다.

쿵.

문이 닫히는 소리로 보아 그것은 단순한 나무문이 아닌 두꺼운 강철문인 듯했다. 그렇다면 문이 닫힌 이상 이곳은 밀실이 된 것이다.

"이제 이야기를 들어보세."

"기회를 주시니 감사합니다. 저는 진학상회의 상회주인 소학 소 장주의 호법을 맡고 있는데, 이번에 한 가지 사건이 진 노야의 청자상회와 저희 진학상회에 더불어 연루되어 벌어짐을 알게 되었습니다."

"진학상회, 소학. 십 년 전에 이곳 항주에 와서 몇몇 사람들과 함께 싸구려 주막을 열면서 사업을 시작했지. 착실하게 돈과 신용을 쌓아 오 년 만에 고급 기르인 사계향을 인수, 삼 년 후에 망한 자로군. 맞는가?"

"맞습니다. 진 노야께서는 그런 작은 일도 정확하게 기억하고 계시는군요."

"기억하고말고, 삼십 년 동안 항주에서 일어난 크고 작은 일들을 거의 다 기억하고 있네. 그리고 그 소학이란 청년은 더더욱 잊을 리가 없지. 그를 망하게 한 것이 나니까 말이야."

“진 노야께서 직접 명을 내리셨단 말씀이십니까?”

“그렇지. 그 청년은 너무 위험해. 싹수가 보였단 말이야. 싹을 자르려면 그때가 적기였거든. 더 놔두었다면 완전히 뿌리를 내렸을 테고, 그러면 늦으니까.”

딱딱 끊어지는 목소리로 진삼청은 스스럼없이 강진에게 진학상회를 자신이 망하게 했다는 것을 말했다. 마치 당연히 해야 할 일을 했다는 투였다.

강진은 잠시 입을 다물고 진삼청을 보았다.

흔들림 없는 신념을 간직한 눈이다. 이런 성격이니 일대 항주에서 제일이라는 부를 쌓아 올린 것이리라.

“지난 일은 어떻든 상관없습니다. 앞으로가 문제지요.”

“그 말에 동의하네. 그래서?”

“어떤 사람이 말하기를, 곧 진 노야의 일가족이 한 사람도 빠짐없이 이곳에 모인다고 하더군요. 그때에 손을 쓴다는 것 같았습니다.”

“흥, 그것 참 재미있는 소리군. 그런 식으로 말했다면 세 총관 중 하나가 틀림없다. 금담철곤이겠군.”

“그렇습니다.”

이 노인은 무서운 사람이다. 강진은 속으로 그렇게 중얼거렸다. 어찌 됐든 일일이 설명을 해줄 필요가 없으니 편하다.

강진은 계속해서 말했다.

"또 한 무리의 사람이 있어 한편으로는 소학 장주님을 핍박하고, 다른 한편으로는 돈과 사람을 대주고 재기를 하라고 합니다. 그런데 그 무리가 금담철곤과 선이 닿아 있더군요."

"그건 어떤 이유인지 잘 모르겠는데? 적어도 소 장주는 우리 항주의 상인들에 대해 별로 좋지 못한 감정을 가지고 있겠군."

"방금 말씀드렸듯이 과거는 이미 따지지 않기로 했습니다. 하지만 앞으로 저희 진학상회에 부당한 일을 하는 것은 제가 용납하지 않겠습니다."

"패기가 있군. 알았네. 한 번 손을 썼는데도 무너지지 않았고, 강 소협 같은 사람이 지키고 있다니 이제는 막아도 소용이 없겠지. 마음대로 하게."

더 이상 방해를 하지 않겠다는 진삼청의 말에 강진은 고개를 저었다.

"일단 그들이 원하는 대로 재기를 하려 합니다. 그러면 자연스럽게 마각이 드러나겠지요. 모든 일이 끝날 때까지는 제가 이곳에 오지 않은 것으로 되어야 합니다."

"그도 그렇군. 강 소협의 생각이 거의 확실할 것 같으니 내 당분간 그냥 있겠네."

방해를 하지 않는 것도 부자연스럽다. 그러니 어느 정도 방해를 해야 한다.

“배려에 감사드립니다.”

원래 강진은 일의 전후를 따져 추리해 본 결과 한 가지 가설을 세웠다. 그것은 바로 소학이 다시 사업을 시작할 때 일어나는 일들과 적이 그걸 어떻게 이용하는 가에 대한 것이었다.

진삼청은 그걸 강진의 말에 포함된 암시로부터 알아듣고 동의를 했다. 이것으로 둘의 암묵적인 동맹은 이루어졌다.

할 이야기가 끝났으니 더 이상 시간을 끌 필요가 없다. 강진은 일어서서 인사를 한 후 나가려 했다. 그러자 진삼청이 의자에서 일어나 강진에게 손을 내밀어 인사를 했다.

강진의 눈이 빛났다.

“이제 보니 진 노야께서는 병에 걸리지 않으셨군요.”

“흥, 난 먹은 것이 많아 아직 십 년은 족히 살 수 있네. 단지 요 근래 내 주변에 이해할 수 없는 이상한 분위기를 느껴서 잠시 연극을 한 것이지. 강 소협 덕분에 배반자가 누군지를 알게 되었으니 이제는 기적적으로 병이 나을 날도 멀지 않았네.”

“과연 천하의 진 노야이십니다.”

강진은 웃으며 포권을 취했다.

역시 늙은 생강이 매운 법이다. 특히 평생 동안 상인의 길을 걸어 최고의 권좌에 앉은 진 노야는 백 년 묵은 구렁이보다 더 속을 알기 어려운 존재였다.

며칠이 지나자 소학은 사람을 모아 항주 변두리에 열 개나 되는 하급 주루를 열었다. 자금을 받은 날부터 주루를 여는 날까지 소학이 한 일은 바로 술을 사서 창고에 쌓아놓는 일이었다. 창고 하나에 가득 찬 술은 열 개의 주루가 일 년 동안 술을 팔아도 다 소비하지 못할 정도의 양이었다.

"이걸로 일단은 버틸 수 있지."

소학은 항주의 상인들이 술의 공급을 끊을 때를 미리 대비한 것이다. 일 년 뒤에는 그들이 직접 담근 술통을 딸 수 있을 테니 아무런 걱정을 할 필요가 없다.

그렇게 시작한 하급 주루들은 빈딘촌의 부역자들을 중심으로 많은 인기를 얻었다. 값이 극도로 싸고, 돈 없는 자들에게는 곡식만 한 줌 들고 가도 술을 내주었다.

그 곡식을 모아 다시 술을 담그면 되니 밑지는 장사는 아니었다. 안주도 과거 무니포의 난민들이 개발한 초저가 안주였지만 은근히 맛이 있어서 인기가 높았다. 이미 소학은 하급 주루의 운영에는 충분한 경험이 있었다.

소학의 진학상회가 재기했다는 소문이 항주 전체에 퍼질 무렵, 소학은 거금을 주고 다시 사계향의 건물을 샀다. 진학상회에게는 이 사계향이 애증의 근원이라 할 수 있다. 상회 사람들은 심기일전해서 열심히 사계향의 개장을 준비했다.

그때 일이 터졌다. 하급 주루에 항주의 파락호들이 모여들어 행패를 부리기 시작한 것이다. 과거 진학상회가 망하게 된 일들이 다시 재현되는 것이다. 그러나 이번에는 결과가 달랐다.

소학의 옆에서 항상 대기하던 모씨와 만씨는 그들의 이름을 그냥 숫자로 불렀는데, 말하자면 모일과 만이였다. 장삼과 이사가 아닌 것이 다행이지만 가명이라는 것을 말할 필요도 없다.

이 모일과 만이가 일이 터지는 순간 주루로 달려갔다. 그리곤 행패를 부리는 파락호들을 잡아 족치는데, 이거야말로 전문가의 손속이었다.

"누가 시켰지? 말하지 않으면 손가락 발가락이 모두 한 마디씩 짧아질 것이다."

얼음처럼 차가운 모일의 말에 파락호들은 오줌까지 지렸다. 그리고 그들의 입에서 나온 것은 바로 철금전장이었다.

모일과 만이는 철금전장으로 바로 달려갔다.

강진은 숨어서 그 광경을 보고는 훗, 하고 웃었다. 이거야말로 짜고 치는 마작이라 할 수 있다.

모일과 만이가 철금전장으로부터 나온 무사라는 걸 몰랐다면 나중에 얼마나 무서운 일을 당하게 되었을까? 하지만 이미 적의 음모를 태반이나 파헤친 다음이니 이들의 움직임을 지켜보는 것은 촌극을 구경하는 것과 같았다.

"자자, 어서 너희들이 가진 패를 다 보여봐라. 정확하게 어떻게 일을 진행시킬지를 알아야 내가 손을 쓰기 편하지."

강진은 작은 목소리로 중얼거리며 조용히 그들을 지켜보았다. 맹수가 먹이를 노릴 때는 절대 서두르지 않는다. 그러나 일단 기회를 잡아 덮치는 시간은 그야말로 찰나다.

강진은 가장 무서운 맹수처럼 조용히 마음의 발톱을 갈며 때를 기다렸다.

*　　　*　　　*

모일과 만이는 소란을 피운 이들을 끌고 철금전장을 찾아가 따졌다. 그 와중에 그들은 철금전장의 보표 여덟을 때려눕히고 환전소 하나를 완전히 부수었다.

이것은 굴러온 돌이 박힌 돌을 때린 격이다. 항주 출신이 아닌 소학 쪽에서 항주 출신인 철금전장에 쳐들어가 횡포를 부렸으니 자존심 강한 항주의 상인들이 가만있을 리가 없다.

또 아무리 철금전장이 악명을 얻은 곳이라고 해도 같은 길을 가는 동료는 있는 법이다.

철금전장의 전주인 고도광은 크게 분노하여 그와 거래하

는 다른 상인들을 부추겨 사람을 모았다. 철금전장과 관계된 곳인만큼 다들 질이 나빴다. 어둠 속에서 사람 한둘 처리하는 것은 일도 아닌 자들이다.

그런 자들이 열 명 넘게 모여 한밤중에 소학의 집을 습격했다. 그런데 모일과 만이는 조금도 겁을 먹지 않았다. 모일은 지붕 위로 올라가 암기를 던지고, 만이는 방 안쪽을 막아 버티며 아무도 들어오지 못하게 했다. 한 사람은 공격을, 한 사람은 방어를 담당하니 두 명이서 열 명을 충분히 상대할 수 있는 것이다.

그때서야 사람들은 모일과 만이가 정말로 만만치 않은 실력을 지닌 무림인이라는 것을 알았다. 하지만 상대도 흑도 출신의 무리들이라 칼을 휘두르고 암기를 던지며 처절하게 싸웠다.

빈민촌 한가운데에서 난투극이 일어나니 밤새도록 기합과 비명 소리가 끊이지 않았다.

날이 밝아올 무렵, 철금전장 쪽 사람들이 물러갔다. 적어도 대여섯 명은 죽거나 부상을 당한 듯했다.

모일과 만이도 약간의 상처를 입었다. 모일은 암기에 맞아 어깨에서 피를 줄줄 흘리고 있었고, 만이는 팔이 도에 베여 긴 상처가 났다.

소학은 그들을 치료하며 이것으로 끝내야 한다고 강력하

게 주장했다. 이런 식으로 싸우는 것은 결코 현명하지 못하다. 그가 하려는 것은 장사지 결코 싸움이 아니다.

그러나 모일과 만이는 웃으면서 말했다.

"염려 마십시오. 그놈들은 실수한 것입니다. 이제 그동안 소 장주께서 당한 억울함을 풀 기회가 왔습니다."

"억울함을 앙갚음으로 풀면 원한밖에 남는 게 없지 않겠소? 이번에 저들이 한 번 공격을 했으니 우리가 가만있으면 더 이상 큰 일은 나지 않을 것이오."

소학의 말에 모일은 크게 웃었다.

"껄껄껄, 소 장주께서는 아직 우리 무림인의 성질을 잘 모르시는구려. 그놈들이 왔다가 돌아갈 때 사상자가 태반이나 되는데 그걸 참을 리는 없습니다. 또한 우리도 이 상처의 흉터가 사라지지 않는 한 용서는 있을 수 없는 거지요."

옆에서 만이가 차가운 눈으로 말했다.

"내 그런 이름도 없는 놈들에게 상처를 입었는데 어찌 이대로 끝낼 수 있겠습니까. 염려 마십시오. 곧 사람을 부르겠습니다."

살기등등한 그들의 말에 소학은 더 이상 말리지 못했다.

보복은 가능한 한 빠른 게 좋다. 모일과 만이가 어디에 연락을 했는지 몰라도 저녁 무렵에는 여덟 경의 무사가 더 모였다.

그들은 제각기 호구검이나 마갈자 같은 기문병기를 들고

있었는데, 눈빛이나 몸놀림을 보아 모일과 만이 못지않은 전문가임을 알 수 있었다.

모일은 그들에게 말했다.

"철금전장의 장주 고도광은 삼십 년 전 명성을 떨친 마두의 제자다. 그는 어젯밤의 습격이 실패로 돌아갔다는 것을 알고 사부와 옛 친구들에게 도움을 청했다고 한다. 지금 현재 철금전장에는 약 삼십 명의 솜씨를 무시할 수 없는 무사들이 모였다. 우리들만으로는 불리하니 사람을 더 모아야 한다."

"그럼 이대로 대기하는 겁니까?"

"아니, 선수필승이다. 철금전장을 치기는 힘들어도 그들을 도운 여섯 상회는 그런 무력이 없다. 오늘 밤 우리는 그들을 친다."

"흐, 하루에 여섯 군데라. 밤새 달려야겠군."

그들은 이런 일에 익숙한 듯 누런 이를 드러내며 웃었다. 그리고 모일의 지시에 따라 어둠을 도와 목표 장소로 향했다.

다음날 아침, 항주의 저잣거리는 지난밤의 참사에 대한 소문으로 난리가 났다. 항주의 상회 여섯 개가 정체를 알 수 없는 괴한들에게 습격을 당해 수십 명이나 죽고, 그중 두 군데는 아예 상회 건물에 불이 나 흔적도 없이 타버렸다.

보통 사람들은 이 일의 인과관계를 알 리가 없으니 그저 불안감에 벌벌 떨었고, 상회에 속한 자들은 내막을 아니 하나같이 크게 노했다.

사태가 이미 돌이킬 수 없는 강을 건너 일이 걷잡을 수 없게 커진 것이다.

동시에 항주의 빈민가 쪽에서는 은밀하게 소문이 퍼졌다. 소학이 그동안 얼마나 억울한 꼴을 당했는지가 알려졌고, 이번에 소학이 가까스로 재기를 하려 하자 다시 시작된 노골적인 방해가 적나라하게 알려졌다. 오히려 실제로 당한 것보다 더 부풀려진 감이 있었다. 그래서 결국 소학이 전 재산을 걸고 흑도방파와 손을 잡았다고 했다.

지난날 소학은 핍박을 당하면서도 삼 년이나 버텼다. 그런 만큼 다른 상인들의 방해는 여러 가지 각도로 이루어졌고, 이 일에 크든 작든 관여했던 자들은 수도 없이 많았다. 그들의 이름 또한 모두 알려졌다.

항주 외곽의 빈민가에는 몇만 명이나 되는 난민들이 들어와 살고 있었는데, 이들은 거의 모두 외지인이다. 난민들은 이 소문을 듣고 크게 분노했다. 그리고 소학을 동정하고 응원했다.

소학이 의리있고 신용있는 장사꾼이고, 서민들이 적은 돈으로도 술을 마실 수 있게 싼 주루를 여러 개 경영했다는 것은 그들이 익히 아는 사실이었다.

그런 상인이 외지인이라는 것 때문에 허무하게 무너졌으니 그들이 같이 분노하는 것은 당연하다. 어려울 때에 동병상련의 기분마저 느낄 수 있는 일이니 마치 자기가 당한 것처럼 흥분했다.

항주의 빈민가는 지난날의 그 어느 때보다 흉흉한 기운이 돌았다. 누군가가 자꾸 돌아다니며 항주의 상인들을 잡아 죽여야 한다는 내용이 적힌 붉은 쪽지를 집집마다 뿌렸다. 글을 읽을 줄 모르는 사람들도 그 붉은 쪽지의 내용을 다 알 정도였다.

이건 우연히 벌어질 수 있는 일이 아니다. 오래전부터 철저하게 준비를 하고 때가 되었을 때 한꺼번에 터뜨려 단숨에 민심을 선동한 것이 틀림없다.

"그, 그대들은 나를 이용하려 한 것이군!"

소학은 그를 찾아온 흑의죽립인에게 외쳤다. 처음에 소학을 찾아와 돈과 사람을 대준다던 그가 수십 명의 수하를 이끌고 소학의 집에 들어온 것이다.

이대로라면 난리가 난다. 글자 그대로 폭동이 날지도 모르는 것이다. 이유가 어떻든 폭동이 나면 주모자는 무조건 처형된다. 이번 경우는 일의 발단이 된 소학이 그렇게 될 것이다. 소학은 정말 당황한 듯 거의 악을 썼다.

그러자 흑의죽립인은 씨익 하고 웃으며 말했다.

"이용이라니, 우리는 어디까지나 소 장주를 돕고 있는 것이네. 하지만 일이 이렇게 되었으니 이저부터 소 장주의 운명은 다 스스로 하기에 따라 달렸지."

"무슨 소리냐?"

"그대가 우리에게 충성을 맹서하고 끝까지 협조를 한다면 이번 일이 끝난 다음에도 목숨을 부지하게 됨을 보증하지. 뿐만 아니라 크게 한몫을 떼어주마."

"병을 줘놓고 이제와서 약을 주겠다는 소리요?"

"물론 이제는 협조를 하지 않아도 소용이 없다. 어차피 이번에 그대의 역할은 화약고에 불을 붙이는 것이고, 마지막까지 책임을 지는 것이었으니까."

"그런!"

"하지만 우리 방은 원래 인재를 중시하지. 그대가 결심만 굳힌다면 새로운 인생을 살 수 있다. 이름과 성을 바꿔야 하겠지만 그건 그리 중요한 문제가 아니지 않나? 새로운 사람이 되어 다른 지방에서 다시 사업을 시작할 수 있고, 장래에는 한 지방을 아우르는 대상인이 될 수 있겠지."

"…다른 지방에서도 이런 역할을 하란 말이오? 그대들은 대체 누구시오?"

"충성을 맹세하기 전에는 말할 수 없지. 어떤가? 속마음은 어떻든 입으로 한마디만 하면 되네. 우리에게 충성을 맹세하여 상부의 명에 충실히 따르고, 절대로 배신하지 않겠다고 말이야.”

“난 상인이오. 딴마음을 먹은 채 입으로만 약속을 하지는 않겠소.”

거짓말이다. 이런 놈들에게 약속은 무슨 약속이냐. 하지만 지금은 그런 척해야 한다. 이래서 평소에 신용을 지켜야 하는 것이다. 소학은 속으로 그렇게 중얼거리며 뻣뻣하게 서서 버텼다.

흑의죽립인은 소학의 기백에 홀딱 넘어갔다.

“그 점을 우리는 높이 사고 있지. 내가 사람 보는 눈이 있어서 소 장주를 위에 추천한 것이니, 체면을 세워주게.”

“…생각할 시간이 필요하오.”

“얼마든지. 하지만 일이 돌아가기 시작한 이상 끝이 멀지 않았다는 것을 명심하게. 끝난 다음에는 늦어. 소 장주가 작두에 목이 잘린 후에는 우리도 다시 붙일 수 없으니까 말이야.”

흑의죽립인은 웃으면서 소학의 등을 툭툭 두드렸다. 이미 결정이 난 것이나 다름없다는 듯한 표정이었다.

“잊지 말라고, 목이 떨어지지만 않으면 늦은 건 아니야. 작두에 목이 걸린 상태라도 말이야.”

그 말에 소학은 소스라치게 놀랐다. 흑의죽립인은 어느 정

도 방심을 했는지 아무 생각 없이 농담을 했는데, 소학의 귀
에는 이게 단순한 농담으로 들리지 않았다.

처형되기 바로 직전에도 구할 수 있다는 뜻은 바로 관가에
도 손이 닿는다는 뜻이 아닌가!

'민란을 일으키는 세력이 관가와도 손이 닿아 있다니, 이
놈들은 정말 무서운 놈들이다.'

그러고 보니 이 일을 꾸민 것기 적어도 십 년 이상은 되었
을 것이라 했다. 소학은 상상도 못할 정도로 은밀하고 강대한
비밀 세력의 힘이 항주에 강림했다는 것을 알았다.

그의 존재나 진학상회는 고래 앞의 새우와도 같아 고래가
숨을 한 번 내쉬기만 해도 흔적도 없이 파괴되어 버릴 게 틀
림없다.

'강진아, 괜찮겠냐?'

소학은 정말로 불안에 떨었다. 아무리 생각해도 이건 강진
한 사람의 힘으로 될 문제는 아닌 듯했다.

한편, 강진은 이런 사태를 모두 냉정하게 지켜보았다. 소학
이상으로 그는 적이 상상외로 거대함을 느꼈다.

그러나 중요한 것은 저들의 최종 목표가 무엇인가 하는 점
이다. 그날 들은 대화의 내용으로 보아 청자상회를 노리는 것
이 분명하다. 청자상회의 상회주 일가족이 모두 모이는 것을

기다렸다면 그 이유는 한 가지, 몰살을 시키겠다는 의지다.

그 후에는 아마도 금담철곤이 차대 상회주가 되어 청자상회를 통째로 삼킬 속셈이 틀림없다.

그런데 민중봉기는 왜 시킬까? 민중봉기를 시킬 정도의 힘이 있다면 그냥 청자상회를 집어삼킬 수도 있지 않을까?

"음, 이건 뭔가 다른 이유가 있다."

강진은 결론을 내리고는 소학을 찾아갔다.

이미 소학의 주변에는 강진도 쉽게 다가갈 수 없을 정도로 수많은 무인들이 모여 있었다. 이처럼 밀접해서 소학을 감시하고 있으니 그들에게 들키지 않고 소학을 만나기는 쉽지 않다.

강진은 잠시 고민하다 입을 작게 벌려 내공에 소리를 실어보냈다.

전음입밀은 내가기공이 절정에 달한 무학의 고수만이 쓸 수 있는 수법으로 내공에 실린 소리는 다른 곳으로 퍼지지 않고 시전자가 원하는 사람에게만 전달된다.

수많은 사람들 중에 단 한 사람에게만 들리도록 소리를 보낼 수 있는 신묘한 무술이다.

"소학 형, 듣기만 해요."

소학은 갑자기 강진의 목소리가 들려오자 속으로는 흠짓 놀랐지만 겉으로는 전혀 그런 티를 내지 않았다. 강진은 이야기를 계속했다.

"지금 안전하면 눈을 한 번 깜박이그, 아무래도 위험하다고 생각되면 세 번 깜박이세요."

소학은 눈을 세 번 깜박였다. 강진은 어느 정도 안심하며 다시 말했다.

"기회를 봐서 종이에 형이 그동안 얼은 정보를 적으세요. 그리고 그걸 가능한 한 작게 접어서 방구석에 버리세요."

접근을 하는 것은 어렵지만 구겨진 종이 조각을 빼오는 것은 강진에게는 쉬운 일이다.

강진의 말을 들은 소학은 잠시 후 잡부를 정리하는 시간에 자리에 앉아 글을 적었다. 평소에도 늘 그 시간대에 하는 일이라 아무도 소학의 행동을 의심하지 않았다.

소학은 작은 세필로 그동안 자신이 들은 내용을 모두 적었다. 그리고는 그걸 구겨 책상 한쪽에 놓았다. 강진은 속으로 되었다고 중얼거리며 품속에서 낚싯바늘이 달린 줄을 꺼냈다. 그가 손가락에 낚싯바늘을 끼고 던지자 바늘이 소리도 없이 날아가 구겨진 종이에 박혔다.

줄 달린 낚싯바늘을 삼첩비엽술의 이치로 던져 소리없이 물건을 가져오는 것은 강진이 절문비곡에서 장난처럼 익힌 수법인데, 지금 생각하면 참으로 쓸 만하다. 아직 강진은 허공섭물을 사용할 수 없으니 이거라도 써야 했다.

슥!

줄을 잡고 살짝 손목을 흔드니 종이 뭉치가 딸려와 강진의 손에 들어왔다. 아무도 눈치 채지 못했다.

강진은 종이를 펴서 안에 적힌 내용을 보았다. 그가 추리했던 것과 큰 차이는 없었다. 단지 관에도 저들의 세력이 있다는 것이 의외였다.

강진은 모여 있는 자들의 얼굴과 무공 수준을 주의 깊게 가늠해 보았다. 상당한 전력이긴 해도 그의 힘으로 충분히 처리할 수 있는 수준이다.

"소학 형, 여기 있는 놈들은 제가 감당할 수 있어요. 하지만 일단은 저놈들에게 협조하는 척하셔야겠어요. 나중에 제가 준비를 끝내고 다시 연락을 드리면, 그때는 한번 제대로 뒤통수를 쳐 줍시다."

강진의 말에 소학은 알았다는 듯 눈썹을 세 번 끄덕였다.

그것을 확인한 강진은 몸을 돌려 청자상회로 갔다.

청자상회의 진고전과 처음 대화를 나눈 지붕 위에서 강진은 기다렸다. 자정이 되자 과연 진고전이 나타났는데, 그는 한 사람을 대동하고 있었다.

젊은 여인, 그것도 청초한 인상의 매우 아름다운 여인이었다. 달빛을 받은 얼굴이 옥처럼 은은한 빛을 내는 듯한데 크고 하얀 눈동자와 붉은 입술이 묘하게 사람의 마음을 자극한다. 하지만 여인은 자신이 그런 색감을 타고난 것을 자각하지 못하는 듯 허리를 곧게 펴고 당당하게 섰다.

마치 한 사람의 잘 정련된 무인과 같은 기세였다. 실제로 강진이 보기에 그 여인은 훌륭한 무공을 지니고 있는 듯 움직임에도 호흡에 흔들림이 없고 비탈진 지붕 위에서도 기와가 전혀 움직이지 않았다.

여인은 강진에게 포권을 하며 직접 자기 자신을 소개했다. 보통 규중의 처녀라면 외간 남자와는 절대로 대화를 하지 않고 소개도 동반인이 대신 할 터인데, 확실히 그녀는 강호의 물을 먹은 것 같았다.

"오숙께 강 소협에 대한 말씀은 많이 들었습니다. 저는 진 씨 일가의 진소군이라고 합니다."

"진 대야의 셋째 천금이신 진소군 소저시군요. 강진이라 합니다."

강진은 눈앞에 서 있는 진소군의 이름을 이미 들은 바 있다. 항주에서는 진삼청을 진 노야라 부르고, 그 장자인 진부손을 진 대야라 부른다. 진소군은 진 대야의 세 딸 중 막내로, 위로 다섯의 오라버니와 두 언니를 두고 있다.

갓난아기 때부터 총명하고 예뻐서 주변 사람들의 사랑을 독차지하다가 다섯 살에 검각의 각주인 자죽 신니의 제자로 들어갔다. 이번에 할아버지인 진삼청이 병들었다는 소식을 받고 검각을 나와 이곳에 왔다고 들었다.

진고전이 말했다.

"진 소저가 노야를 대신해서 이번 일을 주관하기로 했네. 그러니 모든 일을 진 소저와 상의하도록 하게."

"그렇군요. 잘 알겠습니다."

강진은 그가 지금까지 얻은 정보를 모두 그들에게 말했다. 이제 상황은 일촉즉발이니 만반의 대비를 해야 할 때다. 강진은 마지막으로 이렇게 말했다.

"본인은 일이 터지면 어떻게든 소 장주를 보호해야 합니다. 그러니 철금전장을 치고 관의 개입을 막는 것은 그대들이 알아서 하는 것이 좋겠소."

"철금전장을 치는 것은 쉬운 일이에요. 관을 막는 것도 그리 어려운 일은 아니지요. 항주의 지부대인을 움직이면 되니까요. 하지만 과연 철금전장을 친다고 해서 이번 사태를 막을 수 있을까요? 만약 정말로 민란이 일어나 빈민촌 사람들이 우리 청자상회를 향해 떼로 몰려온다면 우리로써는 무력으로 막을 수밖에 없어요. 피가 얼마나 흐르던 간에……."

"자신의 재산을 지키는 것은 알아서 하시오."

강진이 내 일이 아니라는 듯 말하자 진소군은 약간 기분이 상한 듯 소매를 휘둘러 허공을 쳤다. 팍 하는 소리와 함께 밤바람이 그녀의 소맷자락 기운에 끊겼다.

"말을 돌리지 말아요! 그렇게 되면 그대가 있는 진학상회
또한 무사할 수 없다고요."

"본인과 소 장주는 이번 일의 희생자라 할 수 있소. 비밀의
거대 세력과 청자상회 간의 일에 연루되어 피해만 봤을 뿐,
아무런 이익도 보지 못했으니 더 이상 무슨 생각을 할 수 있
겠소? 내 소 장주를 설득해서 하루라도 빨리 이곳 항주에서
몸을 뺄 생각이오."

"……."

강진이 능청을 떨고 있다는 것을 진소군은 뻔히 알고 있었
다. 하지만 그녀는 아무런 말도 하지 못했다.

지금 이 강진이란 사내가 진학상회의 소학과 함께 다른 지
방으로 도망을 가버리면 그 두에는 어떤 일이 벌어질까? 민란
을 일으킬 중심 인물이 사라졌으니 모든 것이 흐지부지 끝날
것인가?

아니다. 그대로 민란이 일어날 것이다. 이미 난민들의 마
음이 움직인 이상 소학이 있고 없고의 문제가 아니다. 소학은
사람을 모으기 위한 도구이지, 모은 다음에는 일종의 상징적
역할밖에는 하지 못한다.

그렇다면 결국 소학이 할 수 있는 가장 좋은 처세는 강진의
말처럼 지금 당장 가지고 있는 재물을 챙겨 항주 밖으로 도망
을 가는 것이다. 그렇게 사전에 도망가면 민란을 일으킨 책임

을 묻기도 어려우니 난을 벗어나 목숨을 부지할 수 있다.

"어떻게 하겠다는 거예요? 우리 솔직해져 봐요."

진소군은 퉁명스러운 표정을 지으며 강진에게 말했다. 감정을 숨기지 못하고 말을 하는 것이나 강진이 꿍꿍이가 있어 땡깡을 부린다는 것을 눈치 채고도 그대로 딸려오는 것을 보면 진삼청과는 전혀 닮지 않은 솔직 담백한 성격임을 알 수 있다.

옆에 서 있는 진고전은 고개를 돌려 달을 보고 있었다. 이번 일의 권한은 정말로 진소군에게 있다고 주장하는 태도다.

'허 참, 이런 큰일에 철없는 아가씨를 책임자로 보내다니, 진 노야의 속셈을 알기가 어렵군.'

강진은 속으로 혀를 차다가 그게 아니란 생각을 했다.

'진 노야는 한 번 스쳐 지나간 사람도 절대 잊지 않고, 또 짧은 대화라도 나누면 상대의 마음까지 읽는다고 했다. 이런 성격의 대상을 내게 보냈다는 것은 내가 이런 성격에 약하다는 뜻이 되겠군.'

강진은 긴장했다. 통천비학기서에도 적혀 있다. 남자는 여자에게 약하고, 머리가 좋은 사람은 둔한 사람을 조심해야 한다.

아무래도 남녀 사이의 감정은 이성만으로 해결되지 않고, 머리가 좋은 사람은 곧잘 자아도취에 빠져 남을 무시하게 되는데, 둔한 사람도 다 나름대로 생각이 있고 그들만의 방식이 있다는 것을 이해해야 한다는 듯이다.

더군다나 이 진소군은 성격이 단순하긴 해도 둔한 사람은 아닌 듯했다.

강진은 더 이상의 신경전은 그만두고 정중하게 다시 말문을 열었다.

"그렇게 말씀하신다면 본인에게 생각이 하나 있는데, 들어보시겠소?"

"그 생각이란 민란도 막고 우리 청자상회의 명성과 안위에 큰 문제가 없는 것인가요?"

그야말로 단도직입적이군. 강진은 씁쓸하게 웃으며 고개를 끄덕였다.

"좋아요. 제가 세이경청하도록 하죠."

문자 쓰지 마라. 어울리지 않는다. 강진은 속으로 그렇게 중얼거리며 그가 생각했던 계획을 말하기 시작했다.

그것은 이번 사태를 진정시키는 한편 청자상회의 명성을 크게 높일 수 있는 계획이었다. 물론 그 와중에 진학상회가 얻을 수 있는 이익은 말도 못하게 컸다.

강진의 이야기가 끝나자 진소군은 잠시 눈을 감고 입으로 무언가를 중얼거렸다. 아무래도 강진의 말을 그대로 다시 입 속에서 되뇌이는 것 같았다.

생각을 정리하는 것인가? 강진은 기다렸다.

잠시 후, 진소군은 고개를 끄덕이며 말했다.

"저는 강 소협의 계획이 아주 좋다고 생각해요. 하지만 여기에는 제가 혼자 결정할 수 없는 부분이 몇 가지 있으니 할아버지의 승낙을 받아야겠어요."

"그야 이를 말이겠소? 강 모는 내일 이곳에서 기다리겠소."

"좋아요. 어쨌든 시간이 많지 않으니 서둘러서 일을 처리해야 해요."

이야기가 끝나자 강진은 몸을 날려 어둠 속으로 사라졌다. 혹시라도 저들이 소학에게 무슨 금제를 걸지 모르니 가능한 한 지키고 있기로 한 것이다.

강진은 일단 소학의 집 근처에 몸을 숨긴 채 일을 벌리는 당일까지 몸과 정신을 날카롭게 다듬기로 했다. 이제는 머리가 아닌 손을 쓸 때가 된 것이다.

강진이 떠난 후, 진고전은 진소군에게 말했다.

"어떠냐, 생각이 있느냐?"

사실 진고전은 진삼청의 아들 중 한 명으로 첩이 낳은 자식이다. 진삼청은 자식들에게 엄하기는 해도 애정이 없는 부친은 아니었고, 측실의 소생인 진고전과 다른 몇몇의 아이들에게도 나쁘게 대하지 않았다.

진고전은 원래 무공을 익힌 후 강호에서 활동하다가 모친

의 유언으로 자신의 부친을 평생 보호하기로 맹세한 몸인데,
진씨 일가는 그런 진고전을 오숙이라고 부르며 공경했다.

진고조는 진 노야의 수석호위로 평소에는 거의 모습을 드러
내지 않는다. 하지만 알고 보면 청자상회에서 진 노야와 진 대
야 다음으로 큰 영향력을 발휘할 수 있는 사람이 바로 그였다.

진소군은 오숙과 둘만 남았고, 또 오숙이 자신을 조카로 대
하자 미소를 지었다. 이 오숙은 그녀가 어릴 때에 정말로 귀
여워해 준 사람 중 하나다.

"좋아요."

"클클, 부끄러움도 없구나."

"일평생이 걸린 일인데 부끄러워할 여유가 어디 있어요?
아무리 할아버지가 명하신 일이라고 해도 제가 싫으면 어쩔
수 없어요."

"네 성격은 진 노야도 잘 알고 계신다. 그러니까 직접 보고
결정하라고 말씀하신 게 아니냐? 이런 일은 머리로 생각하는
것은 물론이고 가슴으로도 느껴봐야 하는 거니까 말이다."

"머리로는 이미 충분히 생각해 봤어요. 강 소협은 약관의
나이로 오숙이 감탄할 만한 무공을 지니고 있고, 또 혼자 힘
으로 우리 청자상회가 알지 못했던 음모를 밝혀낼 정도로 지
모가 뛰어난 분이니 제가 오히려 부족할 정도예요. 방금 강
소협이 말한 계획은 또 얼마나 훌륭한가요?"

"마음에 들긴 든 모양이구나. 하지만 겸손해할 필요는 없다. 천하의 청자상회의 천금소저가 부족한 상대는 황제의 아들 정도뿐이다. 뭐, 내가 보기엔 황자도 네 앞에서는 교만을 떨지 못할 것 같지만 말이다."

"어쨌든 간에 이번 계획은 할아버지의 허락을 받아야 해요. 시간이 없으니 어서 가요."

"말을 돌리다니, 많이 컸구나. 하하하."

진고전은 오랜만에 웃음을 터뜨리며 조카를 놀렸다. 이제 진소군도 허락을 했으니 진삼청이 원하는 대로 일이 끝난 후에 강진에게 매파를 보내기만 하면 된다.

강진 같은 뛰어난 젊은이는 천하를 다 뒤져도 찾기 어려울 터, 진삼청은 이런 인재를 놓치고 싶지 않아서 가장 아끼는 막내 손녀인 진소군을 시집보내려 했다.

강진이 모르는 사이 또 하나의 음모가 진행되고 있었다. 그것이야말로 분홍빛 음모라 할 수 있었다.

第五章
암천혈투(暗天血鬪)

赤布龍王

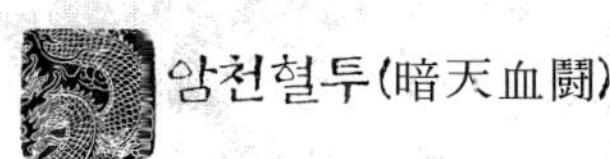
암천혈투(暗天血鬪)

드디어 그날이 되었다

소학은 그를 지키는 자들과 함께 빈민촌 사람들이 모여 있는 곳으로 향했다. 이미 소학이 나온다는 말을 들은 사람들이 구름처럼 몰려와 있었다. 적어도 천 명은 되어 보인다.

이제 소학이 억울함을 소호하며 모든 일의 원흉인 청자상회를 치겠다고 외치기만 하면 성난 군중은 노도와 같이 그곳을 향해 몰려갈 것이다.

불만이 심화된 것도 있지만 그렇게 부잣집을 한 차례 약탈하면 당분간 생활할 돈을 얻을 수 있다. 재수가 좋아 숨겨놓은 보물이라도 찾아낸다면 다시 인생을 시작할 수 있을지도 모른다.

난민들 대부분은 의식적이든 무의식적이든 이런 생각을 가슴속에 담고 있었다.

이윽고 소학이 높게 세워진 단 위로 올라갔다. 몇 사람이 그를 알아보고 외쳤다.

"소학, 소 장주다!"

소학은 손을 저어 그들을 진정시켰다. 사람들은 침을 삼키며 소학이 무슨 말을 하는지 귀를 기울였다.

이제 시작이다. 소학은 크게 심호흡을 하고는 입을 열어 외치기 시작했다.

"여러분, 여러분께서 이렇게 보잘 것 없는 이 소 모를 위해 나와주신 것을 감사드립니다. 제가 지난 십 년 동안 적지 않은 억울한 일을 당했다는 것은 여러분께서 이미 들으셨을 것입니다. 그리고 그 일의 배후에는 청자상회가 연루되어 있다는 것도 다 아셨을 것입니다."

"저런 나쁜 놈들."

"독사 같은 심성이다!"

여기저기서 욕설이 터져 나왔다. 소학은 그 반응을 보면서도 전혀 당황하지 않고 능숙하게 연설을 계속했다.

"항주에서, 어쩌면 중원에서 가장 큰 상회인 청자상회가 난민들과 함께 힘을 합쳐 겨우 일어난 우리 진학상회를 무너뜨린 것입니다. 청자상회는 사람이 장난으로 개미를 죽이듯 그저 손가락 하나로 누르듯 가볍게 손을 썼지만 그것은 저와 저를 돕는 동료들에게 있어 지옥과도 같은 경험이었습니다."

"소 장주가 얼마나 고생했는지 우리는 알고 있소!"

사람들이 다시 외치자 단 아러에서 지키고 있는 흑의죽립인은 고개를 끄덕였다.

소학은 정말 모든 사람들이 마음을 울릴 정도로 심하게 고생했다. 비록 그렇게 되도록 꾸민 사람이 자신들이지만 심해도 너무 심했다.

'흐흐흐, 내가 그런 생각이 들 정도라니! 저 소학이라는 자는 사이비 종교 단체를 세워도 충분히 교주를 해먹을 인재로군.'

그는 속으로 그렇게 중얼거렸다.

그때 소학이 처절한 목소리로 크게 외쳤다.

"여러분! 저는 이 일을 가슴속에 담아두고 참으려 했지만, 이 년간 준비한 재기의 순간 다시 방허가 들어오니 더 이상 참을 수가 없었습니다!"

"와아아아아아!"

"청자상회를 부수자!"

"소 장주를 위해 악인들을 처단하자!"

단숨에 끓어오른 민초들의 함성 소리와 함께 이곳저곳에
서 선동을 하는 외침이 튀어나왔다. 사람들은 그 외침에 더더
욱 열광적으로 불타올랐다.

단 아래에서 지키고 있던 흑의죽립인과 그 수하들은 이제
다 되었다 생각하고는 서로 미소를 교환했다.

그런데 그때, 소학이 외쳤다.

"그래서! 저는 사람을 보내 청자상회에 정식으로 따졌습니
다. 저와 제 동료들의 상업을 부당하게 방해한 것을 사과하라
고! 그리고 잃어버린 십 년을 보상하라고! 제가 보낸 사람은
청자상회의 상회주인 진삼청을 직접 만나 엄하게 그의 잘못
을 추궁했습니다."

"……."

생각지도 않은 말이 나오자 순식간에 분위기가 싸해졌다.

사람들은 진삼청의 이름이 나오자 입을 다물고 다시 소학
의 말에 귀를 기울였다. 누가 뭐래도 청자상회는 항주의 얼굴
이나 마찬가지고, 진삼청은 전설이다. 그런데 소학이 보낸 사
람이 진삼청을 직접 만났다고 하니 놀라지 않을 수 없다.

기겁한 것은 아래쪽에 있는 흑의죽립인 무리들이었다. 그
들은 소학의 연설이 예정과 다른 방향으로 튄 것에 크게 놀랐
다. 흑의죽립인은 즉시 수하들에게 손짓을 하며 말했다.

"죽여. 청자상회의 암수에 당한 것으로 처리한다."

그들 중 몇 명은 선동을 위하 허름한 옷을 입고 사람들 무리에 섞여 있었다. 그 순간,

슈웅!

머리에 제대로 맞으면 머리가 수박 터지듯 터지는 비황석이 바람을 가르며 날아갔다. 사람들이 놀라 비명을 질렀고, 소학은 피할 엄두조차 내지 못했다.

그때, 누군가가 뛰어오르며 뒤집어쓰고 있던 거적때기로 비황석을 쳐 냈다. 그리고는 눈 깜짝할 사이에 단 위로 뛰어올라갔다.

사람들이 놀라 소리치는 사이 군중 속에서 다시 한 사람이 몸을 날려 단 위로 올라갔다. 그들은 소학을 보호하려는 듯 양쪽에 버티고 섰다.

한 명은 오십 정도 되어 보이는 초로의 무인으로 짧은 단창은 손에 들고 있었다. 그리고 다른 한 사람은 젊은 여인인데 녹색의 비단 무복을 맵시있게 입고 윤기 나는 검은 머리를 뒤로 틀어 늘어뜨렸다. 그녀는 허리에 두 개의 검을 차고 있었는데 그것으로 보아 쌍검을 쓰는 듯했다.

그중 초로의 무인이 사람들에게 포권을 하며 외쳤다.

“본인은 진삼청, 진 노야의 수석호위직을 맡고 있는 진고전이라 하오.”

옆의 여인이 말을 받았다.

"저는 진소군으로 진삼청 노야의 셋째 손녀입니다."

"아! 진씨의 직계 손녀다!"

사람들은 놀라 외쳤다. 그때 진고전이 다시 외쳤다. 틈을 주지 않고 일을 진행하려는 의도였다.

"진 노야께서는 소 장주께 정식으로 사과를 하셨소. 이번 일은 진 노야께서 전적으로 잘못한 것이고, 소 장주께서는 충분히 화를 내실 만한 일이오. 본인은 여러분들이 보는 앞에서 진 노야를 대신해서 다시 한 번 소 장주께 사과를 드리오."

"저 역시 할아버지와 청자상회를 대신해서 소 장주께 사과를 드리겠어요."

둘은 동시에 고개를 숙여 소학에게 정중하게 인사를 했다. 그 모습을 본 사람들은 일제히 함성을 질렀다.

"와아아아!"

그때였다. 아래쪽에 있던 흑의죽립인은 일이 틀어졌다는 것을 알고 외쳤다.

"쳐라!"

갑자기 사방에서 암기가 날아들었고, 아래쪽에 포진하고 있던 십여 명의 흑의인들이 일제히 무기를 뽑아 들고 날아올랐다.

그러자 진고전은 코웃음을 치며 외쳤다.

"마각을 드러냈구나! 사과를 했는데 오히려 소 장주와 우리를 같이 죽이려 하다니! 너희들이야갈로 중간에서 소 장주를 핍박한 원흉이다!"

소학도 같이 외쳤다.

"사실 청자상회는 본인을 그렇게 괴롭히지 않았소. 이자들이 중간에 농간을 피워 본인을 극한까지 몰아붙여 이용하고 여러분을 선동한 것이오! 이 일이 끝나면 여러분과 나는 민란을 일으킨 범인이 되어 처형되고, 그사이 이자들은 청자상회를 약탈할 계획이오!"

동시에 진고전과 진소군은 손을 써 암기로부터 소학을 보호함과 동시에 단 아래에서 덤벼드는 자들을 상대했다.

강진이 말하기를, 만약 소학이 조금이라도 상처를 입으면 그 피의 대가를 청자상회가 치를 것이라고 했다. 그 조건으로 강진은 이처럼 사람들 앞에서 명성을 떨칠 기회를 청자상회에 양보하고 아무도 알지 못하는 철금전장을 치러 간 것이다.

그런 만큼 그들은 필사적이었다.

진고전의 단창은 가차없이 덤벼드는 자들의 목과 심장을 꿰뚫었다. 창날이 몸을 뚫기 전에 날카로운 기세가 이미 상대의 몸을 상하게 했다. 그야말로 강호의 고수들 중에서도 최고 수준에 달하는 무위였다.

진소군 역시 철들기 전부터 품에서 떼어놓지 않았던 자웅

쌍봉검으로 화려한 연환검을 시전했다. 금석을 두부처럼 자르는 자웅쌍봉검은 그녀의 화려함을 죽음의 기운으로 바꿨다.

막아도 소용이 없다. 낭아곤 같은 두꺼운 중병기도 단숨에 두 동강이 나는 형편이니 다른 무기는 더 말할 것도 없었다. 그녀는 오히려 진고전보다 더 무서운 살상력을 발휘하고 있었다.

피가 튀어 주변에 피안개가 뿌옇게 퍼졌다. 사람들은 갑자기 일어난 혈투에 비명을 지르며 정신없이 몸을 피하기 바빴다. 그러자 진고전이 내공을 실어 크게 외쳤다.

"진 노야께서는 이미 소 장주께 손해배상을 약속하셨다. 소 장주에게는 은자 십만 냥과 항주 남쪽의 임야 삼만 평, 농지 일만 평을 양도할 것이다."

은자 십만 냥! 임야 삼만 평! 농지 일만 평!

그야말로 하루아침에 거부가 된 것인가! 사람들은 놀라서 움직임을 멈추고 소학을 보았다.

진고선은 계속 외쳤다.

"그런데 소 장주는 농지 일만 평 모두를 타지에서 온 사람들에게 십 년간 무상으로 소작을 주고, 십만 냥으로 크고 작은 사업을 하면서 생기는 이익 또한 한 푼도 남김없이 난민 구제를 위해 쓰겠다고 했다. 그 배포에 진 노야께서 크게 감탄하여 다시 농지 이만 평을 더하고, 그 위에 노야의 장손녀인 진옥군을 시집보내기로 결정하여 항주의 지부대인께 중매를 부탁하셨다. 어제 소 장주는 그 중매를 받아들여 정식으로 청자상회의 맏손녀 사위가 되기로 결정되었다!"

순간 사람들의 입에서 일제히 탄성이 튀어나왔다. 진고전의 말은 너무나도 놀라운 내용이었기에 그들은 그게 정말인가 하고 속으로 중얼거리며 단 위에 시선을 집중시켰다.

그러자 진소군이 쌍검을 서로 부딪쳐 챙! 하고 검명을 내며 맑은 목소리로 외쳤다. 두 자루의 보검을 바람처럼 휘둘러 피의 비를 뿌리는 모습은 나찰처럼 보이기도 했지만, 그녀의 목소리는 여전히 옥이 구르는 것처럼 아름답고 평온했다.

"그냥 가지 말아요. 이 악도들을 처단한 이후 삼만 평의 농지에서 소작할 사람들을 뽑을 거예요. 여기 모인 사람들에게 우선권이 있으니 농사를 짓고 싶으면 그대로 계세요!"

"와아아아아아!"

사람들은 함성을 질렀다. 그리고는 단 한 발자국도 움직이지 않고 서서 단 위의 싸움이 그치기를 기다렸다.

피가 튀고 사람이 죽는 것은 더 이상 두렵지 않았다. 그저 빨리 저 싸움이 끝나고 추천이 시작되기만을 기다렸다. 그리고 그 추천에 자신들이 뽑히기만을 천지신명께 기원했다.

"이놈들, 네놈들이 다 된 밥에 재를 뿌리다니."

흑의죽립인이 이를 갈며 등에 메고 있던 대감도를 뽑아 들고 단 위로 뛰어올랐다. 진고전은 피식 하고 비웃으며 말했다.

"다른 사람은 몰라도 우리 청자상회는 재를 뿌릴 자격이 있지 않나? 그런데 네놈들은 실력도 없으면서 뭘 믿고 사람을 선동하는 거냐. 설마 잔머리 하나 믿고 이 일이 될 거라고 생각한 것이냐? 철없는 놈!"

파파팍!

진고전이 마치 어린아이를 꾸짖듯 말하면서 단창을 연속해서 세 번을 찌르니 흑의죽립인은 그 기세를 막아 흘리지 못하고 다시 단 아래로 뛰어내렸다.

한차례 손을 겨루어보니 흑의죽립인보다 진고전이 훨씬 뛰어난 실력을 지녔다는 것이 금세 드러났다.

"크윽, 그렇군. 네놈이 소문으로만 듣던 청자상회의 비밀 보표구나."

"그렇다."

진고전은 전투태세를 풀고 팔짱을 낀 채 오만한 눈빛으로 흑의죽립인을 내려 보았다. 그때 옆에서 진소군이 외쳤다.

"오숙, 내려가서 상대하세요. 여긴 제가 충분히 감당할 수 있어요."

"그러지."

혹시라도 흑의죽립인이 도망가면 곤란하다. 진고전은 진

소군의 제의를 받아들여 두 팔을 양옆으로 활짝 벌린 대붕전
시의 자세로 흑의죽립인에게 뛰어내렸다.

무인이 상대를 공격할 때 위로 뛰는 것은 일격필살의 의지
이다. 단숨에 제압하지 않으면 반대로 당하고 만다. 허공중에
서는 방향을 바꿀 수 없기 때문이다.

진고전 역시 그런 각오였는지 놀라 피하려 하는 흑의죽립
인의 머리 위에서 갑자기 몸을 뒤집으며 상대의 머리와 가슴,
그리고 왼쪽 무릎을 단창으로 찔렀다.

흑의죽립인은 놀라 대감도를 수직으로 세워 그것을 막았
다. 하지만 상대의 힘을 감당하지 못해 비틀거리며 뒤로 물러
났다. 중심이 흐트러지고 내력이 이어지지 않으니 이미 승부
는 끝났다고 봐야 했다.

팍!

진고전의 왼손 소매 안쪽으로부터 투명한 단창 한 자루가
튀어나와 흑의죽립인의 허리를 찍었다. 그 단창은 단검처럼
짧아서 원래 쓰던 오른손의 단창에 비해 절반의 길이도 안 되
었다. 하지만 수정으로 만들어져 투명했기에 방비하기가 극
히 어려웠다.

좌수의 수정단창은 상대를 제압하자마자 다시 소매 속으
로 빨려들듯 사라졌다. 아무도 그 수정단창을 보지 못했고,
심지어는 당한 장본인조차 자신이 어떻게 당했는지 모른 채

의식을 잃었다.

진고전은 흑의죽립인을 집어 들고 다시 몇 개의 혈을 집은 후 단 위로 올라왔다. 그리고는 그자를 진소군의 발치에 내려 놓으며 말했다.

"지키고 있어라. 수괴를 잡았으니 다른 놈들은 빨리 처리해 버려야겠다."

아직 사람들 속에 숨은 자들 몇 명이 간간이 암기를 던지고 있는 상황이다. 그들은 훈련이 잘되어 있는 듯 일이 이렇게 되었는데도 아무도 도망가지 않고 싸우기 위해 단을 향해 다가오고 있었다.

진고전은 크게 기합을 지르며 단 아래로 뛰어내려 그자들을 하나하나 처치했다. 이미 승부는 난 것이나 마찬가지였고, 구경하는 사람들은 청자상회의 호위보표들이 얼마나 무서운지 마음속에 각인하고 있었다.

소학은 이제 자신의 안전이 확보되었다는 것을 알고 여유 있게 뒷짐을 진 채 미소를 짓고 있었다.

고난은 끝이 나고, 이제 그는 장가를 가는 일만 남았다. 그것도 천하의 청자상회 상회주의 맏손녀가 그의 신부다.

동생이라는 진소군의 미모를 보니 언니도 대충 짐작이 간다. 오히려 진옥군은 무공을 배우지 않았다고 하니 더욱 좋다. 진소군은 아름답지만 무섭다.

‘저런 여자는 강 형제 정도는 되어야 제대로 다룰 수 있지.
아참, 강 형제에게는 설옥 누이가 있잖아. 아니지, 영웅이라
면 삼처사첩은 기본이고 강 형제는 의심할 여지없는 영웅호
걸이니 아무 상관 없겠지. 흐흐흐, 나는 영웅호걸은 아니지만
당당한 사내대장부니 이처삼첩 정도는 얻어야지.’

소학은 장밋빛 꿈에 부풀어 나름대로 상상을 했다. 그러나
그가 미처 모르는 사실이 있었다. 그에게 시집을 오기로 되어
있는 진옥군은 할아버지인 진삼청의 성격을 그대로 이어받아
무공을 배운 막내 여동생 진소군보다 훨씬 무서운 구석이 있
었다.

소학이 바람을 피우는 것은 그야말로 맑은 하늘에 스스로
벼락을 부르기 위해 제를 지내는 것과 마찬가지로, 죽을 때까
지 그는 엄처시하에서 눈치를 보고 살아야 할 팔자였다.

*　　　*　　　*

“빈민가 쪽에서는 곧 시작할 듯합니다.”

한 무사가 강진에게 다가와 보고를 했다. 동시에 주변에 있
던 백여 명의 무사들이 일제히 일어서서 정렬을 했다. 자동으
로 출동 준비를 끝낸 것이다.

강진은 조용히 찻잔을 들어 차 한 모금 마시고는 자리에서

일어났다.

　"손자의 병법에서 말하기를, 적을 알고 나를 알면 백전백
승이고, 적을 모르고 나를 알면 일전일승이라 했다. 빈민가의
싸움은 적의 힘을 알고 그에 맞추어 우리의 전력을 조정할 수
있었으니 필승이 보장된 싸움인 것이다. 하지만 우리가 지금
부터 칠 철금상회는 다르다. 적이 얼마나 있는지, 어느 정도
수준의 실력을 지니고 있는지 아무것도 밝혀진 바 없다. 이제
우리가 힘을 써서 쳐들어가면 저들은 본색을 드러낼 것이고,
그 후에는 틀림없이 누군가 이기고 다른 한쪽은 패할 것이다.
이럴 때 승부에 조금이라도 영향을 미치는 것은 바로 투지,
그리고 절대로 당황하지 않는 굳건한 담력이다."

　"……."

　강진은 필승을 이야기하지 않았다. 적의 전력을 모르는데
어찌 그런 말도 안 되는 장담을 할 수 있겠는가?

　하지만 그는 질 생각이 없었다. 이기는 싸움, 명성과 영광
을 얻을 수 있는 싸움을 청자상회의 두 사람에게 양보하고,
아무도 봐주지 않는 어둠 속의 혈투를 위해 스스로 이곳에 왔
다.

　청자상회가 비밀리에 동원한 이들 무사들과 철금전장을
쳐서 원흉을 삭초제근하고, 가능한 한 아직 밝혀지지 않은 음
모의 진상을 모두 밝혀내야 한다.

여기서 진다는 것은 있을 수 없다!

강진은 갑자기 전신에서 엄청난 기운을 뿜어대기 시작했다. 내공 수련을 한 자라면 누구라도 이렇듯 몸 밖으로 무형의 기운이 줄기줄기 뿜어내는 경지를 꿈에도 그린다. 바로 내가기공이 절정에 달해 내외가 합일되었다는 증거가 아니겠는가?

무사들은 강진의 기세에 숨이 막히는 듯 저마다 침을 삼켰다. 그러면서 떨리는 가슴을 억지로 안정시켰다. 이런 고수가 지휘를 한다면 오늘의 싸움은 흉보다 길이 많다. 이길 수 있다!

강진은 말로는 신중을 이야기하면서 몸으로는 필승의 의지를 보였다. 그래서 사람들은 더욱 강진에게 믿음을 가지게 되었다.

"이제 가자."

강진의 나직한 출동 명령에 사람들은 대답을 하지 않았다. 하지만 그들의 몸에서도 날카로운 기세가 흘러나오기 시작했다. 걸음을 옮기는 자들의 손에는 저마다 스스로의 생명을 지켜줘 왔던 무기가 잡혀 있었다.

훤한 대낮에 백여 명의 무인들이 무장을 한 채 달려가는 모습은 아무리 신기한 일이 많이 벌어지는 항주라 해도 쉽게 볼 수 없는 광경이다.

그 무리들이 목표로 하는 곳은 항주에서도 악명 높은 철금전장! 순식간에 거리에는 강아지 한 마리도 돌아다니지 않게 되었다. 바람과 귀신만이 감히 소리를 내며 철금전장 앞을 지날 수 있을 것이다.

쾅!

강진은 철금전장의 정문을 부수고 들어갔다.

"쳐라!"

강진이 외치는 소리에 답이라도 하듯 안쪽에서 암기가 빗발처럼 쏟아져 날아왔다.

강진은 검을 앞으로 세워 전신을 가렸다.

한 자루 검으로 전신을 가리는 경지!

파파파팍, 하는 소리와 함께 강진에게 집중적으로 날아온 백여 개의 암기가 모두 튕겨 나갔다.

담을 넘으며 들어온 다른 자들은 손에 나무로 된 방패를 들고 있었다. 그들은 한 손으로는 방패를 휘둘러 암기를 막으며 다른 한 손으로는 같이 암기를 던져 대응을 했다. 그러면서도 용감하게 앞으로 달려나갔다.

중앙에 있는 큰 건물에 접근하니 서너 개의 문이 일제히 열리며 안에서 무기를 든 자들이 뛰어나왔다.

"와아!"

함성과 함께 두 무리의 무력이 부딪쳤다. 하지만 강진은 그 속에 섞이지 않았다. 상대가 뛰쳐나오는 순간 몸을 날려 정면의 한 사람을 검으로 찌르며 그의 가슴을 발로 찼다.

그 반동으로 수직으로 날아올라 단숨에 그 큰 건물의 지붕 위로 뛰어올랐다. 연자략수[제비가 물을 찬다]란 표현이 어울리는 날렵한 몸놀림이었다.

휘익, 획!

지붕 위에도 매복한 자가 있었다. 강진은 날카로운 파공음과 함께 날아오는 암기를 소매로 휘감아 잡으며 검으로 그들을 공격했다. 두세 합이 지나기도 전에 모두 처치할 수 있었다.

기세를 탄 강진은 멈추지 않고 지붕 위를 달려서 건물 반대편으로 뛰어내렸다. 그곳에는 사람이 별로 없었는데 갑자기 나타난 강진의 모습에 놀라 저마다 비명을 질렀다.

강진은 그들을 향해 소매를 휘둘렀다.

파파팍! 하는 소리와 함께 비명을 지르지 않고 무기를 꺼내든 사람 셋이 피를 흘리며 쓰러졌다. 그는 다시 손목에 감고 있는 가죽 띠에서 세 자루의 비엽표를 뽑아 들었다.

삼첩비엽술은 한 번에 세 개의 비엽표를 날릴 수 있는데, 이 중 두 개는 살짝 말린 나뭇잎과 같은 형태여서 회선표의 움직임과 거의 같고, 오직 하나만이 곧다. 그 대신 무게가 세 배라 내력을 실어 던지면 벽도 뚫는다.

강진은 전력으로 달리면서도 단 한 개의 비엽표도 헛되이 쓰지 않고 모두 적중시켰다. 달리며 암기술을 쓰는 게 얼마나 어려운지는 암기의 전문가라면 누구나 안다. 당가에서도 전력으로 이동하며 암기를 날려 이처럼 정확하게 쓸 수 있는 사람은 거의 없을 것이다.

"이놈! 네놈은 누구냐!"

안에서 두 노인이 살기 띤 눈을 한 채 뛰어나왔다. 머리와 수염이 모두 하얀 것이 환갑은 지난 듯했다. 그들이 서로 사형제이거나 적어도 절친한 친우인 듯 똑같은 모양의 남색 옷을 입고 있었고, 들고 있는 무기도 둘 다 죽장이었다. 단지 그 끝에 서슬이 시퍼런 창날이 솟아 있어 사람을 죽이는 데 익숙한 자들이라는 것을 알 수 있었다.

강진은 그때서야 걸음을 멈추고 외쳤다.

"고도광은 나와라! 네놈에게 억울하게 이용당한 형의 원한을 갚으러 왔다."

일단은 애매하게, 강진은 교란을 목적으로 한 거짓 아닌 거짓을 말했다.

과연 두 노인은 눈살을 찡그리며 강진에게 물었다.

"오잉, 네놈의 형이 누구기에 감히 고 장주님을 찾는 거냐?"

"흥, 흑도의 거마가 신분을 숨기고 이곳에 웅크리고 있다고 해서 내가 못 찾을 줄 알았나? 내 고도광을 상대하기 위해 십 년간 고련을 했다. 이제 죗값을 받을 차례다.”

두 노인은 기가 막히다는 표정을 지었다. 고도광이 언제 신분을 숨기고 숨었단 말인가? 그가 과거 흑도인물이었다가 더 이상 국법을 어기지 않겠다 선언하고 이곳에 정착한 것은 항주 사람들 중 태반이 알고 있는 이야기였다.

하지만 그들은 강진에게 이 점에 대해 따질 여유가 없었다. 바깥쪽에서 계속해서 터져 나오는 병장기 부딪치는 소리와 들려오는 비명은 한두 사람의 것이 아니다. 보고받은 대로 백여 명에 달하는 자들이 일제히 이곳을 친 모양이다.

“어린놈이 분수도 모르고 자꾸 고 장주님의 고명을 함부로 불러!”

두 노인은 동시에 달려들었다. 좌측의 노인은 강진의 배를 노리고 찔러 들어왔고, 우측 노인은 창끝을 잡고 크게 옆으로 휘둘러 강진의 다리를 후려치려 했다. 그야말로 기가 막힌 연수합공이 아닐 수 없다.

여유가 없기는 강진도 마찬가지. 쓸데없이 초식을 낭비할 생각은 추호도 없었다. 그는 정면으로 들이닥치는 창을 피하려 하지 않고 오히려 한 걸음 앞으로 나가며 검을 땅에 박았다.

파칵!

다리를 노리던 창대가 검에 부딪쳐 어이없게 잘려 나갔다. 대나무 속에는 강철심이 들어 있어 날이 있는 검으로는 결코 자를 수 없다고 믿었던 것이 여지없이 깨져 버린 것이다. 노인은 놀라서 뒤로 물러나며 외쳤다.

"검기!"

대나무를 자르려면 검기를 검신 밖으로 발출할 수 있어야 한다. 이 젊은 놈은 일류의 고수다! 그는 속으로 비명을 질렀다.

그러나 그의 놀람은 좌측의 노인에 비할 바가 아니었다. 강진은 소매로 정면의 창을 감아 방향을 틀었다. 가슴을 노리던 창이 겨드랑이 사이로 헛되이 지나가 버렸다. 그러면서도 강진의 주먹은 소매와는 따로 움직이는 듯 앞으로 뻗어 나갔다.

슈욱, 뻑!

"크악!"

찌르기가 빗나가며 중심이 앞으로 쏠린 상황에서 가슴을 얻어맞으니 피하기는커녕 발경으로 충격을 완화시킬 겨를도 없었다. 나이가 들어 이미 근력이 약해진 노인이 내공마저 쓸 기회를 잃었으니 그대로 가슴이 뭉개지며 쓰러졌다.

동시에 강진은 땅에 박힌 검에 힘을 주었다. 그러자 검날이 휘다가 어느 순간 땅의 힘을 넘어서 핑 하고 튕겨 올랐다. 그것은 상상하기도 힘든 쾌검이었다.

"끄윽."

좌측의 노인은 심장에 구멍이 뚫려 비명도 제대로 지르지 못하고 쓰러졌다.

좌수로는 쇄혼금강신권의 건곤생사박의 초식을, 우수로는 반선반마검법의 변초인 현무번천을 동시에 사용한 것이다. 둘 다 공방일체의 절초인만큼 초식이 발현된 순간 노인들에게는 더 이상 기회가 없었다.

강진은 이미 피를 보았기에 살기가 더욱 강해져 귀신과도 같은 기세를 뿜어내며 앞으로 이동했다. 전과는 달리 뛰지는 않고 한 걸음 한 걸음 힘주어 걸음을 옮겼다.

그러자 정면에 있는 집에서 큰 웃음소리가 나며 몇 사람들이 나왔다.

"크하하하하! 장강의 뒤 물결이 앞 물결을 밀어낸다더니, 젊은 영웅이 하나 나타나 이 고 모를 찾는군."

저자다! 저자가 나의 걸음을 검추게 했다.

강진은 직감적으로 알 수 있었다. 강진이 노려보고 있는 것은 웃음을 터뜨린 고도광이 아니었다.

그의 뒤쪽에 서 있는 자! 그자는 얼글에 수도 없이 많은 흉터를 새기고 수염과 머리를 모두 파랗게 물들였는데, 얼굴과 손이 모두 바짝 말라 무덤에서 나온 강시처럼 보였다.

강진은 그자에 대해 들은 바가 있었다. 지난날 수련을 할

때 적포천존이 틈틈이 강호에 쓸 만한 수법을 지닌 사람들에
대해 말을 해주었는데, 그중에 저자가 있었다. 적포천존의 눈
에 들 정도의 고수라면 절대 방심할 수 없다.

강진은 그자를 향해 포권을 취했다.

"본인은 강진이라 합니다. 혹시 이십 년 전 강북 일대에 명
성을 떨치신 천흉마군이 아니신지요."

"크흐흐, 어린놈이 대번에 나를 알아보다니 기특하구나.
그렇다. 내가 바로 천흉마군 백자붕이다."

"알고 보니 고 장주께서는 천흉마군의 제자셨군요."

"그렇지. 그런데 네놈이 지금 하는 말을 들으니 원한을 풀
기 위해 온 것은 아니로구나."

"원한이 없는 것은 아니나, 이번에 제가 온 이유는 민초들
이 억울하게 이용당해 피를 흘리는 것을 막기 위함입니다."

"흐음, 이런 일이 있나? 어디서 비밀이 샌 거지?"

"같이 온 사람들은 청자상회의 친구들이지요."

"그런가. 우리가 진삼청을 너무 얕본 모양이군. 다 틀렸어,
틀렸다고. 이거 참, 돌아가서 뭐라고 변명을 해야 하나?"

백자붕이 혀를 차며 고개를 젖자 고도광이 말했다.

"아직 어긋난 것은 아무것도 없습니다. 이미 민초들의 기
세를 진정시키기는 불가능하니 우리의 계획은 성공한 것이나
마찬가지인데 어찌 미리 실망을 하십니까?"

"그건 나도 모르겠다. 하지만 저 젊은 놈의 얼굴을 보니 일이 다 끝난 것 같은 느낌이 드는구나."

윽, 얼굴 표정에서 속마음을 읽히다니. 강진은 깊이 반성했다.

백자붕은 고도광에게 말했다.

"네 말대로 아직은 괜찮을지도 모르니 수하들과 함께 다른 자들을 막아라. 저 녀석은 내가 직접 손을 쓰겠다."

"옛."

고도광은 짧게 대답을 하고 주변 사람들과 함께 정문 쪽으로 달려갔다. 그러고 보니 이번 일을 지휘하고 주도한 사람은 바로 이 천흉마군 백자붕인 것 같다.

이제 이곳에는 오직 강진과 백자붕만 남았다. 백자붕은 서 있기도 힘이 드는 듯 몸을 부르르 떨며 말했다.

"젊어 한때지, 그때가 인생의 황금기야. 이제는 나이가 들어 가만히 있어도 뼈마디가 쑤신단 말이야. 이런 내가 여러 사람들을 상대로 몸을 움직이며 싸우기는 힘들지. 하지만 자네같이 하늘 높은 줄 모르고 날뛰는 천둥벌거숭이 한 명 정도는 처리할 힘은 남아 있다네."

"제가 정면대결을 피하고 지구전으로 이끌면 어쩌시겠습니까?"

"잉? 그건 안 되지. 노인을 공경해야 되지 않나? 우리 그러지 말고 저 전각 안으로 들어가 시원하게 싸워보세.”

백자붕은 마치 어린아이가 같이 놀자고 응석을 부리듯 말했다. 하지만 그의 눈이 실낱같이 가늘어지고 눈동자가 뱀처럼 좁혀지는 것이 이미 내공을 끌어올리고 있었다. 만약 강진이 정말로 몸을 피하려 한다면 득달같이 달려들 기세였다. 그렇지 않다면 백자붕으로써는 정말로 피곤할 테니까.

강진은 백자붕의 제의를 거절하지 않았다.

“둘이 들어가 한 사람이 나오는 것도 나쁘진 않지요. 먼저 들어가시지요.”

“클클클, 예의는 있는데 겁이 없는 놈이로고.”

백자붕은 웃으면서 전각 안으로 걸어 들어갔다. 강진도 순순히 그 뒤를 따랐다.

전각의 문이 닫히니 이제는 쉽게 빠져나갈 수 없다. 바깥이라면 경공을 이용해 달리면서 노인의 체력이 다할 때까지 버틸 수도 있겠지만 이런 건물의 안이라면 그것도 불가능하다.

노인은 평생 쌓아 올린 경륜과 내공을 일시에 쏟아 부어 단기승부를 내려 할 것이다. 그래야 몸이 버틸 테니까.

강진은 그것을 알면서도 들어왔다. 유리함을 버리고 일부러 불리함을 택했다.

백자붕은 그게 신기한 듯 손을 쓰기 전에 먼저 제의를 했다.

"네 녀석의 그 말도 안 되는 담력을 봐서 한 가지 제의를 하겠다. 나와 함께 같이 가는 것이 어떠냐? 내 네가 살 길을 열어주겠다."

"아무런 금제도 없이 같이 가자는 것입니까?"

"그럴 리가? 단약을 한 개 먹으면 된다. 몸에 좋은 거고, 해약을 먹으면 세 배로 더 좋은 효과가 나니 걱정할 필요는 없다."

"사람을 금제하면서 오히려 몸을 보하는 효과까지 있다니 대단하군요. 하지만 본인은 원래 단약을 좋아하는 성격이 아닙니다."

강진은 거절했다. 금제가 없다면 위험을 감수하고 흉수의 뒤에 누가 있는지 확인해 볼 마음이 있지만, 단약까지 먹을 마음은 없었다.

백자붕이 웃음을 그치고 싸늘한 표정을 지었다.

"그럼 죽어라."

슈욱!

말이 끝나기도 전에 그의 소매 속에서 뼈만 남은 뱀과 같은 모양을 한 채찍이 튀어나왔다.

흑사골편. 정말로 뱀의 뼈와 가죽으로 만든 채찍인데 비늘 속에 눈에 보이지도 않는 미세한 우고침이 박혀 있고, 그 침에는 뱀의 독이 발려 있다. 스치기만 해도 사망이다.

강진은 이미 그 점을 잘 알고 있었기에 검을 뻗어 뱀의 머리 부분을 정확히 찍었다. 날아오는 암기를 검끝으로 찍는 것과 같이 힘든 수법이지만, 이 정도는 강진에게 있어 여유라 할 수 있었다.

찌직!

뱀의 머리 가죽이 베어지며 그 안에 있는 해골이 부서졌다. 무게중심이 흐트러진 흑사골편은 힘을 잃었다.

"이런 죽일 놈이! 흑사골편의 약점을 어떻게 알고."

백자붕은 놀람과 분노를 터뜨리며 급히 흑사골편을 회수했다. 그와 동시에 흑사골편을 손에 둘둘 말아 그 주먹으로 강진을 공격했다. 백자붕 자신은 뱀독에 익숙하니 상관없지만 상대는 그렇지 않다. 말하자면, 사독장과 비슷한 사독권이라 할 수 있었다.

강진은 검을 늘어뜨리고 가만히 서서 백자붕이 접근해 오기를 기다렸다. 시선도 백자붕이 아닌 전각의 단청을 보고 있었다.

거의 백자붕을 무시하는 태도다. 이 싸움은 자신과는 관계가 없다고 말하는 듯했다.

그러나 기실 강진의 몸속에서 움직이는 기운은 정반대로 격렬했다. 대무신공이 단전으로부터 일어나며 서서히 그 성질이 변해갔다. 지금까지는 그냥 대무신공의 기운을 그대로 썼지만 이제는 달랐다. 강적을 만나 진심이 된 것이다.

적포천존은 강진의 천성이 착하여 쉽게 화를 내지 않는 것을 보고 걱정을 했다. 그러나 그는 중요한 착오를 했다. 원래 참는 사람이 더 위험한 법이다.

강진은 인내력이 강했고, 그만큼 안에 쌓기 쉬운 체질이었다. 참았다 터뜨리는 분노는 그 격렬함이 열 배다!

그는 처음 항주에 와서 소학이 철금전장의 사람들에게 얻어맞는 그 순간의 기억을 되살렸다.

분노로 주먹에 피가 맺히도록 힘을 주었지만 앞으로 나서서 그들을 막을 수가 없었다. 숨어서 음모를 꾸미는 자들에게 스스로를 감춰야 했기 때문이다.

소학이 이들이 보낸 자들에게 둘러싸여 항상 불안에 떨며 지내는 것을 보고서도 구할 수 없었다.

지금 이 순간을 위해 그동안 강진은 숨을 죽이고 모습을 감춰야 했다. 이제는 더 이상 참을 필요가 없다!

츠츠츠츠!

공기가 타는 소리와 함께 강진의 검날에 붉은 기운이 서렸다. 그것은 곧 붉은 광채가 되어 완전히 검을 감쌌다.

백자붕은 걸음을 멈췄다. 내공을 극성까지 끌어올려 달려들다 갑자기 멈추려니 무릎이 비명을 지르고 가슴속에도 내성이 생겼는지 심하게 아렸다.

그래도 그는 멈췄다. 그리고 홍광으로 빛나는 검과 강진을 번갈아 보았다.

붉은색의 옷, 붉은색의 강기.

세상에 붉은 비단옷을 입고 다니는 화화공자가 한두 명이 겠냐만은 그런 자들은 검에 강기를 담을 수 없다.

"이런, 씨발!"

백자붕은 그 순간 강진의 정체를 깨달을 수 있었다. 그는 욕을 내뱉으며 몸을 돌려 전각 밖으로 뛰려 했다. 전대의 고수가 목숨을 걸고 경공술을 펼치니 신형이 흐려지고 잔상이 남을 정도로 빨랐다.

그러나 아무리 빨라도 빛을 피할 수는 없다. 피할 수 있으면 그건 강기라 할 수 없다.

파앗!

검이 휘둘러지자 강기가 섬광처럼 터지고, 붉은빛이 해일처럼 백자붕의 몸을 뒤덮었다. 별똥별처럼 순간적으로 점멸한 뒤에는 백자붕의 몸은 아무런 흔적도 남지 않고 사라졌다.

오로지 그가 입고 있던 옷이 안에 들어 있던 내용물과 함께 바닥에 떨어졌다. 백자붕의 몸은 강기의 힘에 덮여 일체의 생명력이 흔적도 남지 않고 소멸된 것이다.

살기는 살아 있는 생명을 죽일 수 있다. 살형기는 생명체의 몸을 흔적도 남기지 않고 소멸시킬 수 있다! 물론 마음만 먹으면 바위도 가루로 만들 수 있으니 이보다 더 강한 힘은 세상에 없으리라.

일체의 초식을 끊는 힘, 강기(罡氣)!

천하를 통틀어 이렇게 무형의 기운을 유형으로 바꾸어 발현할 수 있는 고수는 딱 세 명이다. 강호의 사람들은 그들을 상대하지 못할 대상으로 규정하고 절대삼무란 칭호를 붙였다.

강진은 태혼살형기를 이용하여 강기를 발출할 수 있었다. 그러나 그는 아직 그렇게 자유자재로 강기를 다룰 수 없었다.

강진은 검을 한 번 휘두른 후 땅에 꽂았다. 그리고는 자리에 주저앉아 가부좌를 틀고 대무심공을 운용하기 시작했다.

살형기가 가슴을 가득 채워 심장이 거북할 정도였다. 이대로 계속 싸우는 것은 결코 현명한 일이 아니다. 일단 어느 정도는 살형기를 녹여 다시 대무심공으로 회수해야 한다.

강진은 운기조식을 하면서도 주변을 살필 수 있었다. 그의 감각에는 아무도 잡히지 않았다. 그는 마음 놓고 운기를 했다.

일각 정도 지나자 강진은 마음의 평정을 되찾을 수 있었다. 아직 살형기를 완전히 녹인 것은 아니지만 다시 태혼살형기를 일으키지 않으면 상관이 없을 정도는 되었다.

싸움은 끝나지 않았다. 괴수를 처치했으니 이제 다른 자들을 도울 차례다.

강진은 백자붕의 옷을 집어 그 안에 든 물건들을 싸서 둘둘 말았다. 그리고는 봇짐처럼 등에 메었다. 물건을 확인하는 것은 나중에 천천히 해도 되니 우선은 상황을 정리하기로 했다.

그는 바닥에 꽂아놓았던 검을 들고 전각을 나섰다. 과연 둘이 들어갔다 한 사람이 나오니 생사투라 할 만했다.

❖읽거나 말거나❖

태혼살형기는 생명체만을 전문적으로 파괴하는 생화학 무공이었다!

살기는 돌을 부수지는 못해도 식물을 말라죽게 할 수는 있다고 합니다. 필자는 오래전부터 나쁜 놈이 가진 거는 그대로 놔두고 몸만 싹 사라지는 무공이 있었으면 좋겠다고 생각했지요. ._.

第六章
금강동인(金剛銅人)

赤龍王

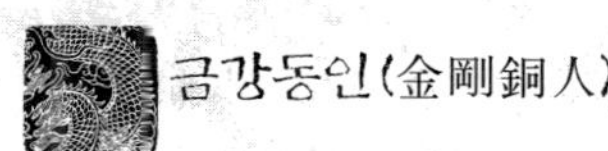금강동인(金剛銅人)

　　소학과 진옥군의 혼인식에는 항주에서 좀
알려진 사람은 거의 다 참석했다. 그 총인원이 삼천 명이나
되니 집 근처는 혼란에 빠져 소란이 끊이지 않았다.

　거리에는 수없이 많은 화약이 두 사람을 축하하기 위해 터
졌고, 소학이 창고에 쌓아놓은 술의 태반이 거리로 내보내져
아무나 원하는 사람들에게 제공되었다.

　소학은 진학상회의 상회주로 항주 근근의 난민을 구제하
는 일을 주로 담당하기로 했다.

　항주의 각 상회들은 지난날의 죄를 사죄하는 의미로 저마

다 적지 않은 예물과 자금을 보내왔는데, 이것만 가지고도 소학은 항주에서 열 손가락 안에 드는 부자가 되었다고 할 수 있었다.

물론 그는 그 자금을 모두 난민구제 사업에 쓰겠다고 공언했다. 중국 각지에서 식량을 사와 사람들을 먹이고, 의원들을 고용하여 노상의 병자들을 구하게 했다.

그렇다고 해서 원금을 까먹어가며 그런 일을 하는 것은 아니다. 그는 생각없는 사람이 아니라 어떤 면에서는 냉혹할 정도로 계산을 하는 상인이었다.

소학은 여러 가지 사업을 벌였고, 그에 필요한 노동력은 난민들 사이에서 사람을 뽑아 썼다. 사업에서 벌어들이는 이익으로 난민을 구하니 모든 사람들이 그를 칭송했다.

빈민구제는 나라도 하지 못한다고 했는데, 그는 적지 않은 사람을 구해 항주의 지부대인이 양자로 삼고 싶다고 제의를 할 정도였다.

강진은 그런 소학의 성공을 그저 미소와 함께 바라보며 축하해 주었다.

일이 어느 정도 정리되자 강진은 떠날 준비를 했다.

그날 백자붕의 몸에서 나온 것들은 모두 청자상회에 넘겼다. 그리고 청자상회는 그것을 강남무림맹에 보내 도움을 받기로 결정했다.

백자붕의 몸에서 나온 서신에는 이 음모의 계획이 적혀 있었는데, 놀랍게도 그들의 최종 목적은 바로 항주 상회 전체의 약탈과 항주의 장악이었다.

민중봉기를 일으켜 청자상회를 치고, 그틈에 청자상회의 상회주 일가족을 모두 제거한다. 민중봉기 중에 섞여 있는 그들의 동료들이 조직적으로 모든 상회를 하나씩 약탈하는 것으로 일차 목표가 달성되는 것이다.

각 상회들이 어디에 어떤 재물을 숨겨놓았는지 그들은 지난 십여 년 동안 심혈을 기울여 조사를 했다. 그걸 적은 장부도 백자붕으로부터 나왔는데, 그건 강남무림맹에 넘기지 않고 그냥 청자상회가 꿀꺽했다.

그리고 금담철곤이 진삼청의 뒤를 이어 청자상회의 상회주가 되면 상처 입은 항주의 상권을 다시 일으켜 세우는 것이다.

여기에 두 가지 심각한 문제가 나타났다.

우선 가장 심각한 문제는 바로 그들의 정체이다. 그들은 강남 일대에서 귀신보다 더 흉악하다고 알려진 흑룡방의 수하들이었다!

흑룡방은 흉신악살이라고 불리는 강남해적왕 왕진의 유일한 제자인 나용문이 세운 조직으로, 지난 십 년에 걸쳐 강남무림맹과 처절한 싸움을 계속하고 있는 공포의 대상이다.

　그들이 십 년을 넘게 용의주도하게 준비하여 항주의 재물을 약탈하고 비밀거점을 세워 장악하려 했으니, 이건 악몽이라 아니할 수 없다. 그래서 강남무림맹에 도움을 청할 수밖에 없었다.

　두 번째 문제는 흑룡방이 관에 줄을 대어 그들의 도움을 받으려 했다는 점이다. 놀랍게도 항주로 내려오는 감찰어사가 그들의 뒤를 봐주기로 되어 있었다.

　민중봉기가 일어나면 때마침 암행하던 감찰어사가 대권을 장악하고 군을 움직여 민란을 막는다. 그 와중에 용의자는 물론 피해자인 상인들도 조사 차원에서 모두 잡아들이게 되어 있다.

　한 번 관에 잡혀 들어간 사람들은 참깨에서 기름을 짜듯 금은자를 있는 대로 토해내지 않으면 풀려날 수 없다. 사회의 상인들은 흑룡방의 주구들에게 약탈을 당하고, 다시 탐관오리 감찰어사에게도 밑천을 털리는 신세가 될 뻔한 것이다.

　이에 관련된 문서는 즉시 항주의 지부대인에게 넘겨졌고, 감찰어사란 자는 길을 오는 도중 어디론가 자취를 감췄다. 그걸로 그 부분은 오리무중이 되었다. 사람들은 그나마 다행이라고 가슴을 쓸어내렸지만 여전히 불안이 남는 것을 사실이다.

　이 일로 인해 가장 큰 이익을 본 것은 당연히 소학이었다.

그는 삼 개월 사이에 거지가 왕후장상이 된 것처럼 신분이 급상승하고 막대한 자금과 인맥, 그리고 명성을 얻었다.

또한 사람들 사이에는 은밀하게 혜성처럼 강호에 등장한 한 사람의 젊은 협사에 대한 소문이 돌았다. 그가 바로 이번 음모를 파헤치는 데 가장 중요한 일을 도맡아 했고, 또 적의 본거지를 쳐서 필요한 자료를 모두 확보한 것도 그라고 했다.

강남무림맹 역시 이번 일에 크나큰 관심을 기울여 즉시 사람을 보내 세밀하게 조사를 했는데, 소문의 젊은 협사가 실제로 존재한다는 것을 알 수 있었다.

사람들은 그 협사가 화화공자처럼 붉은 비단옷을 입고 한 자루 검과 버드나무 잎과 같은 모양의 비엽표를 사용하는데, 그 행동이 신출귀몰하고 지략이 뛰어나 인중의 용이라고 말했다. 또한 명리를 탐하지 않고 민중을 위하며, 악을 원수처럼 미워하여 위험을 두릅쓰고 협행을 한다고도 말했다.

그래서 그 이름 모를 협사에게는 홍의검협(紅衣劍俠)이라는 칭호가 붙었다. 아무도 그와 적포천존을 연관지어 생각하지 못했다.

원래 적포천존이 입고 다니던 옷은 굳은 피처럼 칙칙한 붉은색인 것에 반해 강진의 옷은 꽃잎처럼 화려한 선홍색의 비단이었다. 사실 적포천존도 같은 옷이니 비단일 터. 단지 때가 타서 비단처럼 보이지 않았던 것이다.

또 적포천존은 보기만 해도 무식하게 굵은 두 개의 단철봉을 무기로 썼고, 강진은 여인들이 장신구로 지니고 다녀도 전혀 이상하지 않은 한 자루 패검을 사용한다.

그리고 강진은 비엽표를 사용하는데 적포천존은 그런 암기를 취급도 하지 않는다.

적포천존은 일찍이 독문암기랍시고 사람 손바닥만 한 손도끼를 던지고 다녔다. 그의 전설 중 한 가지가 바로 암기로 사람의 몸을 두 쪽 낼 수 있다는 것이니, 그게 과연 암기라 할 수 있는지도 의심스러웠다.

이렇듯 사부와 제자는 속에 쌓은 내공은 같아도 쓰는 무기가 전혀 달랐고, 같은 옷을 입어도 사부는 사십 년간 빨지 않은 데 비해 강진은 적어도 열흘에 한 번씩은 꼭꼭 빨았다.

어쨌든 간에 모든 사건이 일단락되자 강진은 떠날 준비를 했다. 그동안 이곳 일 때문에 미루어두었던 일이 있다. 이제는 동생인 장대근을 만나러 소림사로 가야 한다.

선친의 복수를 하러 천룡교를 찾아가는 것도 중요하지만, 일단은 장대근이 먼저다. 죽었던 동생이 살아 돌아온 것이다.

열한 살 때에도 그렇게 컸었는데 이제는 얼마나 커졌을까? 그때 두 어깨와 등을 다쳤다고 했는데 다친 상처는 모두 나았을까?

강진은 여러 가지 생각을 하며 서둘러 짐을 정리했다.

"강 소협, 안에 계신가?"

막 정리가 끝났을 때 밖에서 누군가가 강진을 불렀다. 목소리를 들어보니 진고전이었다. 또 한 사람의 인기척도 느낄 수 있었는데, 그 사람은 바로 진소군인 것 같았다.

강진은 문을 열고 밖으로 나갔다.

"진 대협, 어서 오십시오."

"허허허, 무슨 일을 하고 계셨는가?"

"예, 동생이 소림사에 있다고 해서 만나러 갈 준비를 하고 있었습니다."

별로 숨길 생각은 없다. 강진은 자신의 거취를 확실히 밝혔다. 그러자 진고전은 약간 당황한 표정을 지었지만 바로 아무렇지도 않게 웃음을 지으며 말을 이었다.

"그렇군. 동생을 만나러 간다니 참 좋군. 그런데 말이야."

"예, 말씀하시지요."

"강 소협과 나는 그래도 서로 힘을 모아 외적에 대항을 한 사이가 아닌가."

"그렇지요."

"그래서 내가 직접 왔다네. 조금이라도 더 가까운 사이가 말하기도 편하고 말이야."

“……?”

강진은 의아한 표정을 지었다. 이 진고전이라는 사람은 그렇게 달변가는 아닌 듯 본론만 빼고 말을 한 것이다.

진고전은 헛기침을 한 번 하고는 다시 말했다.

“이런 일은 경험이 없어서 조금 두서가 없군. 단도직입적으로 말하겠네. 여기 이 진소군, 진씨 처녀를 어떻게 생각하는가?”

“예?”

강진은 당황했다. 아무리 머리가 좋아도 이럴 땐 당황할 수밖에 없다. 다른 사람의 일이 아니라 본인의 일이기 때문이다.

그리고 강진은 열두 살 이후로 무공만 죽어라고 수련했기에 처음 겪는 일이었다. 실전에 해당하는 남녀상열지사는 상당한 경험자라 하겠지만 중신을 서는 월하빙인의 방문이라니!

진고전은 그렇게 놀란 강진의 표정을 처음 보기에 껄껄 웃으며 말했다.

“어렵게 생각할 필요는 없네. 이미 진 노야와 진 대야는 나에게 이 일을 적극적으로 추진하도록 명했고, 본인인 진씨 처녀도 승낙을 했네. 진 소협이 고개만 끄덕이면 내일이라도 당장, 아니, 그건 힘들고 일주일, 음. 청자상회의 체면이 있으니 적어도 준비에 보름은 걸려야 하지. 하기야 그게 무슨 상관이 있겠나. 강 소협이 바쁘다면 신랑과 신부가 둘 다 강호의 물을 먹는 사람이니 일단 약식으로 혼약식만 치르고 같이 소림사로 떠나도 아무런 상관이 없네. 괜찮지 않느냐, 소군아?"

진고전이 묻자 진소군은 부끄러움을 타는지 얼굴을 붉히고 살짝 고개를 끄덕였다. 철이 들어 지금까지 대담하기 짝이 없는 행동을 해온 진소군이었지만 이렇게 중매의 대상 앞에서 직접 승낙의 뜻을 표하려니 말도 제대로 할 수 없었다.

원래 양갓집 규수라면 혼인식 전까지 신랑의 얼굴도 봐서는 안 되지만, 진삼청이 진고본과 상의한 끝에 강진과 같은 성격의 협사에게는 장본인이 직접 만나 만사를 결정하는 것이 가장 빠르고 확실하다는 결론을 내린 것이다.

거기엔 일단 진소군의 용모를 볼 때, 활짝 피어난 두견화처럼 미모를 자랑하여 사내의 가슴을 뛰게 하는 매력이 있지 않은가? 이런 미녀를 눈앞에 두고 결정을 하라고 하면 아무래도 마음이 동해 거절하기 어렵다는 계산도 저변에 깔려 있었다.

진삼청은 강진을 만나보고 그의 무공과 재능, 그리고 성품이 모두 마음에 들어 꼭 자기 사람으로 만들겠다고 결심했던 것이다. 소학도 마찬가지로 그의 눈에 들어 맏손녀 사위가 되긴 했지만, 진 노야가 근래에 들어 가장 원하는 인재는 바로 강진이다.

이 노야는 한 번 결심한 부분에 대해서는 굉장히 집요하고, 또 수단과 방법을 가리지 않으며 가끔씩은 체면도 잘 돌보지 않는다.

덕분에 강진은 매우 어려운 처지가 되었다. 이걸 어떻게 말해야 하나? 그는 잠시 고민을 하다가 이런 경우는 뒤끝을 남기지 않기 위해서라도 확실하게 맺음을 지어야 한다고 판단했다.

강진은 정중하게 진고전과 진소군에게 허리를 굽히며 말했다.

"실망을 시켜 드려서 죄송합니다. 저는 이미 성혼을 한 몸이니 아무래도 진씨 처녀와의 혼담을 받아들이기엔 염치가 없군요."

"뭐라고! 이미 부인이 있다고!"

진고전은 크게 놀라 자신도 모르게 소리를 질렀다.

옆에 서 있던 진소군도 큰 충격을 받은 듯 제대로 서 있지 못하고 비틀거렸다. 그녀는 작은 목소리로 '내가 처음으로 마음을 준 남자가 유부남이라니……' 라며 중얼거리고 있었다.

기가 막힌 것은 진고전도 마찬가지였다. 분명히 그가 조사한 바로는 강진은 십 년 동안이나 산 속에 틀어박혀 무공을 수련했다고 했다. 이건 소학의 부인이 된 진옥군이 남편에게 살살 애교를 부리며 알아낸 정보이니 틀림이 없을 것이다.

강진의 얼굴을 보면 이제 갓 스물을 넘었거나, 어쩌면 스물이 안 되었을지도 모습이다. 기껏해야 스물하나나 둘이다. 그렇다면 열 살 정도부터 무공을 수련했단 소린데 어찌 부인이 있을 수 있단 말인가?

진고전은 가까스로 마음을 진정시키고 다시 강진에게 물었다.

"혹시 태중 정혼한 약혼녀가 있는 것인가?"

강진은 고개를 저었다.

"아닙니다. 저는 열두 살에 혼인하여 사부님과 함께 산 속에 들어갈 때에 내자도 같이 갔습니다. 후일 내자도 사부님의 문하로 들어와 제 사매가 되었고, 그 후로는 같이 무공을 수련했습니다."

휘익!

"아니, 소군아! 어디를 가느냐? 일단 진정해라!"

진소군이 갑자기 경공술을 펼쳐 담을 넘어 사라졌다. 진고전은 안타까움을 담은 목소리로 외치며 같이 담을 넘어 진소군을 따라갔다.

강진은 본의 아니게 규중의 처녀를 상심하게 한 것이 속이 답답하여 하늘을 올려 보았다.

한 조각의 구름이 둥둥 떠 있는 것이 어쩌면 그리 평온해 보이는지. 사람의 마음이 구름과 같으면 좋으련만 오해가 상심을 부르는구나.

*　　　*　　　*

강진은 항주에 와서 위급한 일을 처리하자마자 소학을 통해 소림사에 먼저 서신을 보냈다. 그 서신은 강진이 항주를 떠날 무렵에 소림사에 도착하여 공진 대사에게 전해졌다.

공진 대사는 십 년이 지나도 조금도 늙지 않고 여전히 중년의 모습을 유지하고 있었다. 그의 사질인 소림방장 일엽 대사는 계속해서 얼굴에 세월의 상처를 새겼다.

공진 대사는 서신에 적힌 글을 보며 강진의 성품이 강직하면서도 성격이 침착함을 알 수 있었다. 그리고 그의 장대근에 대한 정을 느낄 수 있었다.

장대근을 구해준 공진 대사에게 동생의 생명을 구해준 것은 자신을 목숨을 구한 것과 같으니 어떻게 은혜를 갚아야 할지 감히 상상하기도 어렵다는 대목에서 공진 대사는 미소를 머금으며 중얼거렸다.

"흘흘흘, 역시 우리 대근이가 보물이야. 이 나이가 돼서 횡재를 한번 하게 되었구먼."

적포천존의 제자가 은혜를 갚겠다고 하니 이보다 더 한 횡재가 어디 있겠는가? 사부의 복은 나눠먹지 못했지만 제자의 복은 꼭 반으로 쪼개 받겠다고 결심한 지 십 년, 드디어 결실을 맺었다. 그것도 결실이 하나가 아닌 두 개이니 기쁨이 세 배다.

"할아버지, 무슨 서신을 읽고 계세요?"

"오, 대근이냐? 어서 오거라. 이건 너한테 온 거다."

공진 대사가 고개를 돌리니 키가 한 길은 되어 보이는 거한이 서서 그를 보고 있었다. 전신이 근육질로 뒤덮여 있어 불교에서 전해지는 마귀를 벌하는 인왕과도 비슷했다. 하지만 그의 얼굴은 체구에 걸맞지 않게 어린 티가 났고, 말투 또한 치기가 가득 찬 것이 어린아이의 말투와 거의 비슷했다.

"저한테 서신이 왔다고요? 누가 보냈는데요?"

장대근은 십 년간 이곳에서 지내면서 서신은커녕 쪽지 한 번 받아본 적이 없다. 그는 글자도 제대로 익히지 못해 쉬운 문장도 더듬거리며 겨우 읽을 정도이고, 어려운 책은 아예 읽지도 못했다. 그런데 서신이라니?

공진 대사는 미소를 지은 채 조용히 서신을 내밀었다.

하얀 종이에 적힌 글자는 명필이라고는 할 수 없어도 한 글자 한 글자가 또박또박 정갈하게 쓰여져 있는 것이 서신을 쓴 이가 침착한 사람이라는 것을 짐작하게 했다. 하지만 장대근이 그런 걸 알 리는 없고, 그는 오로지 자신이 아는 글자를 찾아 열심히 해독을 하려 했다.

그러다가 그는 서신의 가장 아래에 쓰여진 보낸 사람의 이름과 수결에 시선이 닿았다.

"강… 진……. 어! 강진 형! 강진 형이 보낸 건가요?"

"허허허, 그렇단다. 강 소협이 무공 수련을 마치고 출관을 했다고 하는구나. 항주의 일이 조금 복잡하여 바로 오지는 못하지만 근일 내로 오겠다고 적혀 있단다."

"와아! 드디어 형이 오는군요."

장대근은 흥분한 음성으로 소리쳤다. 듣는 공진이 손가락으로 귀를 막을 정도로 큰 소리였다. 공진은 장대근에게 사자후 수련을 시킨 것을 순간적으로 후회하며 말했다.

"아구구, 이놈아! 목소리 좀 줄여라."

"어, 헤헤헤. 할아버지, 죄송해요. 정말 형이 오는 거 맞죠?"

"그렇단다. 늦어도 한두 달 이내로는 오겠구나."

"헤헤헤, 드디어 형하고 같이 다닐 수 있게 됐네요. 이제는 제가 형을 지켜줄 수 있겠죠?"

"그래그래, 넌 십 년간 노력을 했으니 충분하다. 아마 네가 네 형을 지키면 웬만한 놈들은 가까이 오려 하지도 않을 거다."

"맞아요. 전 죽어라고 수련을 했어요. 이제는 그 나쁜 놈들이 다시 와도 절대로 지지 않아요."

장대근은 그날 일만 생각하면 분통이 터지는지 이를 갈았다. 악어가 이를 가는 것처럼 부드득부드득하는 소리가 주변 공기를 울릴 정도였다.

공진은 그런 장대근의 심정을 이해하는지 미소를 지으며 손을 들어 그의 등을 쓰다듬었다.

장대근은 공진 대사의 손을 통해 느껴지는 온기가 좋아 그대로 있었다. 어느새 마음이 가라앉았는지 이도 갈지 않았다.

지금 느끼는 이 따뜻한 기운이 소림의 무공 중 하나인 보현신공이라는 것을 안 것은 몇 년 전이다. 뿐만 아니라 장대근은 이 내공심법을 익히기까지 했다.

이유는 간단하다. 강진 형이 다쳤을 때 치료를 해주기 위해서이다. 세상에서 내상을 치료하는 기운 중 가장 효능이 좋은 것이 바로 이 보현신공이기 때문이다.

"대근아."

갑자기 공진 대사가 장대근을 불렀다.

"예? 말씀하세요, 할아버지."

"네가 떠나면 이 할아버지는 좀 적적하겠구나."

"……죄송해요."

장대근은 할 말을 찾지 못했다. 그러자 공진 대사는 웃으면서 말했다.

“괜찮다. 원래 우리 불가에서는 오고 가는 인연을 모두 소중히 한단다. 적적한 것도 다 좋은 정에서 오는 것이니 나쁘진 않은 거지. 하지만 한편으로는 네가 좀 걱정이 되는구나.”

“할아버지, 제 걱정은 마세요. 이제 전 바위로 몸을 때려도 끄떡없다고요. 칼에 맞아도 상처가 안 나고요.”

“안다, 알아. 하지만 무림에서 활동을 하다 보면 몸이 튼튼하고 무공이 강한 것도 중요하지만, 그에 못지 않게 중요한 것이 있단다.”

“그게 뭔데요?”

“남에게 속지 않는 거하고, 마음을 강하게 먹고 결심한 것을 실행하는 의지란다.”

“마음을 강하게 먹는 건 모르겠는데… 남에게 속지 않는 건 자신없어요.”

장대근은 풀이 죽은 목소리로 말했다.

“하지만 전 강진 형을 따라 다닐 거니까요. 형은 남에게 속지 않아요.”

“그렇겠지. 하지만 넌 형을 지키려는 거지, 형에게 보호를 받으려는 게 아니지 않느냐.”

“……”

“사실 네 머리가 훨씬 맑아지는 방법이 있기는 있단다.”

“네? 그런 방법이 있나요?”

　장대근의 평생 가장 큰 한은 바로 자신의 머리가 둔하다는 것이다. 지금은 그것을 받아들여 더 이상 부끄럽게 생각하지 않지만 어렸을 때에는 많이 울었다. 강진을 만나기 전까지는 만나는 사람마다 거의 대부분 장대근에게 바보라고 손가락질을 했었다.

　그런데 머리가 좋아지는 방법이 있다니?

　공진 대사는 말했다.

　"그건 네 머리로 통하는 기맥을 뚫는 방법인데… 이게 좀 고통이 심해서 참기가 쉽지 않다."

　"고통은 상관없어요. 팔다리가 뜯겨 나가는 고통도 참을 수 있어요!"

　"예끼, 이놈아. 그런 말은 하는 게 아니다. 그렇지 않아도 네 어깨가 아직 완전히 낫지 않아서 마음이 아프거늘……."

　"죄송해요, 할아버지."

　"아니, 괜찮다. 생각해 보니 네 어깨도 완전히 고칠 수 있을 수 있을 것 같구나. 어떠냐? 아픈 걸 참을 자신이 있으면 한번 시험해 보겠느냐?"

　"예, 할게요."

　"그래그래, 일단은 네 전신 경맥을 넓히고 강하게 만들어야 한다. 그걸 위해서라면 아주 좋은 방법이 있지."

　공진 대사는 그렇게 말하면서 입고 있던 가사를 벗었다. 그러자 건장한 그의 맨몸이 드러났다.

공진 대사는 한창 무승으로 강호를 활보할 때의 체형을 거의 그대로 유지하고 있었다. 반로환동을 한 다음에는 더욱 건장해진 면도 있었다.

우람하게 벌어진 그의 가슴근육과 울퉁불퉁한 팔근육은 당장 소림의 나한전에 가서 어떤 무승과 비교해도 전혀 손색이 없을 것이다. 그리고 그 가슴과 팔에는 하나의 긴 용의 문양이 찍혀 있었다.

장대근은 전에도 공진 대사의 등목을 해주면서 몇 번이나 그 용 문양을 보았다.

그건 문신으로 새긴 것이 아니라 화인으로 찍은 것으로, 말하자면 화상의 흉터나 마찬가지였다. 그런데 신기하게도 문양이 찍힌 주변 살이 보기 흉하게 주름이 잡히기는커녕 매끈한 피부 위에 문양만 선명하게 새겨져 있었다.

공진 대사는 손으로 자신의 용 문양의 머리부터 꼬리 부분까지 쓰다듬으며 말했다.

"이건 우리 소림사의 제자들 중 내외공을 두루 수련한 무승이 거치는 승룡관이란 시험의 합격 증표다."

"승룡관이요?"

"그래, 간단하게 말하자면 무승으로서의 성취를 심사하는 것인데, 합격을 하기 위해서는 뛰어난 무공 실력 이외에도 근력과 끈기, 그리고 투지가 필요하다."

"헤헤, 할아버지는 무지하게 세다고 들었으니 이 시험도 거뜬히 통과했겠네요."

"아니다. 이건 아무리 무공이 강해도 결코 쉽게 통과할 수 없는 성질의 것이다. 열이 도전해서 하나가 겨우 통과할까 말까 하지. 어떠냐? 너도 승룡관에 도전해 보는 게."

"예? 하지만 저는 소림사의 제자가 아니잖아요."

"그렇지. 난 너에게 소림의 정식으로 무공을 가르친 적이 없다. 사자후니 보현신공이니 하는 것은 다 심심풀이로 가르친 것이고, 실전보다는 파사(破邪)나 구인(救人)을 위한 것이지. 네가 익힌 무공은 주로 네 형이 가르쳐 준 불괴철혼공과 근왕무적도법이지 소림의 무공이 아니다."

"헤헤, 그것도 다 할아버지가 도와주셔서 겨우 익힐 수 있었는걸요. 저 혼자였다면 아마 절반도 제대로 펼칠 수 없었을 거예요."

"내가 가르쳐 준 부분은 좁쌀만큼 조은 것이다. 나머지는 네 노력으로 이룬 것이지. 아무튼 승룡관은 꼭 소림의 제자만 도전할 수 있다는 규정은 없느니라. 넌 내 의손자니 내가 소개장을 써주마."

승룡관이 소림 제자만 도전할 수 있다는 규정이 없는 이유는 그게 너무나도 당연한 일이기 때문이다. 하지만 일단 소림의 규칙에 딱 적혀 있는 것은 아니니 충분히 우길 수 있다.

이런 면으로는 무한한 융통성을 발휘할 수 있는 것이 바로 공진 대사다.

일례로 장대근을 의손자로 받아들인 것도 그렇다. 출가한 자는 있는 가족도 다 버리게 되어 있어 일체의 인연으로부터 자유로워지는 게 원칙이다. 그런데 신승씩이나 되면서 의손자가 웬 말인가?

그런데 공진 대사는 그 부분에 대해 사질인 일엽 대사에게 이렇게 설명했다.

"어느 날부터 대근이가 날 할아버지라 부르는데, 그걸 어떻게 못 부르게 하나. 애가 기분 상하는 건 아주 안 좋은 일이야. 그냥 내가 죄를 좀 짓고 말지."

그 말에 일엽 대사는 할 말을 잃고 그저 한숨만 내쉬었다. 사실 장대근은 일엽 대사에게도 할아버지라 불렀는데, 그도 장대근을 귀여워하지만 의손자로 받아들일 생각은 한 적이 없었다. 그런데 공진 대사 때문에 의손자도 아닌 의조카가 된 것이다.

장대근은 공진 대사의 제안을 선뜻 받아들이기 어려운 듯 잠시 망설였다.

"우웅, 그러면……."

"승룡관은 하나의 시험이나 자체로써 수련의 관문이기도

하니, 그걸 통과하면 전신 경맥이 굵어지고 튼튼해진다. 이건 아주 크게 도움이 되는 일이다. 그리고 난 네가 나처럼 이 용 문양을 몸에 새기고 강호에 나갔으면 한단다."

"할아버지의 뜻이 그러시면 제가 도전해 볼게요."

경맥이 굵어지고, 할아버지와 같은 용 문양을 몸에 새길 수 있다. 그 말을 들으니 할 마음이 부쩍 성기는 장대근이었다.

다음날, 장대근은 공진 대사가 부른 사람을 따라 소림사 경내로 들어갔다.

장대근을 데려간 사람은 일엽 방장의 막내 사제인 일문 대사였는데, 그가 바로 나한전 전주이자 승룡관의 관주였다.

공진 대사는 일문 대사에게 말했다.

"신화승룡관을 열어주게."

그 말에 일문 대사는 약간 놀란 표정을 지으며 되물었다.

"대근이가 감당할 수 있겠습니까?"

"무공도 의지도 충분할 걸세. 난 이 아이를 믿네."

"알겠습니다."

일문 대사는 더 이상 묻지 않고 장대근을 경내로 데려와 승룡관을 열었다.

"들어가라. 출구는 이쪽이 아니라 반대쪽에 있는데, 시간은 충분하니 서두를 필요는 없다. 하지만 너무 시간을 끌어도 안 된다. 안에서 한 달 이상을 머문다면 탈락으로 치니 그 점을 잊지 말고 기억해라.”

“예.”

“못 견디겠으면 언제든지 포기한다고 외치면 된다. 그 순간 탈락이지만, 때로는 포기하는 용기도 필요하다. 이 신화승룡관은 잘못하면 사람이 죽거나 다칠 수도 있다는 것을 명심해라.”

“예.”

“그럼 이제 들어가라.”

일문 대사의 말을 다 들은 장대근은 성큼성큼 걸어서 커다란 문이 있는 곳으로 걸어갔다. 그러자 일문 대사가 내공을 실어 크게 외쳤다.

“승룡관 개문!”

지이이잉!

한 젊은 승려가 자신이 키만 한 징을 치자 드디어 장대근의 앞에 있는 커다란 문이 열렸다. 장대근은 크게 심호흡을 한 번 하고는 당당하게 그 안에 들어갔다.

일문 대사는 장대근의 무운을 비는 의미에서 투전승불경을 외워주었다. 투전승불은 곧 서유기에 나오는 손오공을 의미하는데, 불가에서 가장 싸움을 잘하는 부처이다.

장대근은 손오공이라기보다는 저팔계에 가까운 체형을 하고 있지만 투전승불경의 강렬한 기운이 그의 가슴속에 불타고 있는 투지를 더욱 거세게 했다.

승룡관은 모두 삼 단계로 나뉘는데, 각 단계는 다시 여섯 개의 방에 하나씩의 시험이 있어 모두 열여덟 개의 관문으로 구성되어 있다.

그중 첫 번째 단계의 여섯 관문은 모두 기관진학으로 구성되어 있고, 여섯 번째 방에서는 목인들과의 무한투가 과제였다.

장대근은 쉬지 않고 싸웠다. 승룡관에는 무기를 들고 들어가지 못하기 때문에 장대근은 오직 두 주먹으로만 목인들과 싸웠다.

목인들은 사방의 벽에 뚫려 있는 여덟 개의 구멍에서 튀어나와 바닥에 패인 여러 가지 선을 따라 움직였다. 그런데 그 움직임의 조화가 어찌나 묘한지 장대근은 꼭 사방팔방에서 동시에 목인들의 공격을 받았다.

펑!

파파파파팍, 뻑!

"아옥!"

한 대 때리고 여섯 대를 맞았다. 그리고 그중 뒤통수를 때린 한 대는 제대로 발경으로 튕기지 못해 고통이 머릿속으로 파고들었다. 장대근은 화가 나서 외쳤다.

"제기랄, 다 부숴 버리겠다!"

목인들이 튀어나와 사라지는 시간은 정말 찰나에 불과하다. 눈이 뒤집힐 정도로 빠르니 딱 한 번밖에는 반격할 수 없는 것이다. 장대근은 그 한 대라도 제대로 때리기로 결심했다. 한 번에 한 대씩, 그 한 대에 목인을 꼭 부수어 버린다.

위잉!

"온다!"

장대근은 크게 외치며 근왕무적도법의 구결대로 팔을 크게 휘둘러 원을 그렸다. 손에 도가 있었다면 위력이 비교할 수 없게 강할 테지만, 그래도 아쉬운 대로 주먹에 근육의 힘을 모두 실었다.

쾅!

"부쉈다!"

빠바바박!

"커어억."

부쉈다고 좋아하다 제대로 네 대를 맞았다. 머리를 만져 보니 혹이 나 있었다. 외가기공을 십 년간 수련했는데 목인의 주먹이 더 단단한 모양이다.

하지만 부순 건 부순 거다. 장대근은 이를 악물고 다시 주먹을 휘둘러 다음에 나타난 목인 중 하나를 부쉈다.

목인들은 시간이 지날수록 그 움직임이 점점 빨라졌다. 그리고 부서진 목인들은 다시 나타나지 않았다. 오직 계속해서 멀쩡한 목인들만 나오는 것이다. 부수그 또 부숴 이미 오육십 개의 목인을 처리했는데, 여전히 사방팔방에서 목인들이 튀어나왔다. 그야말로 끝이 없었다.

"씨, 이러다가 나무에 맞아죽겠네."

보통 사람이라면 이쯤되면 질려서라도 포기를 하게 되어 있다. 그러나 장대근은 아무런 생각이 없었다. 그는 자신이 몇 개나 되는 목인을 뽀겠는지 숫자를 세지도 않았다. 그저 다 부순다고 결심한 순간부터 모든 것을 잊고 무조건 하나씩 부쉈다.

그렇게 끝까지 흔들리지 않고 버티니 어느 순간 기관 돌아가는 소리가 멈췄다.

원래 목인은 모두 백팔 개로 전부 다 부서질 때까지 기관이 멈추지를 않는다. 그리고 부서진 목인이 많으면 많을수록 기관 전체의 무게가 가벼워져서 빨라진다.

마지막 하나를 부술 때까지 흔들리지 않고 싸울 수 있는 투지. 그것이 바로 무한투의 수련요결인 것이다.

장대근은 그걸 무식함으로 깼다.

"우싸!"

방금 전까지 죽도록 고생한 것은 벌써 잊었다. 오직 그의 머릿속에는 또 하나 깼다는 기쁨뿐이다. 기쁜 일은 기억하고 괴로운 일은 빨리 잊는 것이 바로 장대근이 가진 가장 큰 장점일지도 모른다. 그는 용기백배하여 다음 방으로 향했다.

*　　　　*　　　　*

공진 대사는 장대근을 보낸 후 직접 땅을 파고 흙을 모아 무엇인가를 만들었다. 그것은 대장장이들이 불을 피울 때 쓰는 가마였다. 공기를 집어넣는 기구도 나무를 깎아 만드니 뜬금없이 소림사 뒤쪽에 간이 대장간이 하나 생겨났다.

"허허허, 정말 오랜만이군."

공진 대사는 백 년 전의 일이 어렴풋이 기억나 추억에 잠겼다. 그의 부친은 대장장이였다. 그것도 대장장이 중에서도 백미라는 검 장인이었다. 뛰어난 실력으로 명성이 퍼져 무림인 중에서도 그에게 검을 만들어달라고 부탁하는 사람이 종종 있었다.

그런데 한 흑도방파가 다른 방파와의 쟁투에 대비해 무기를 확보하고, 또 신속한 수리를 위해 그들 일가족을 납치했다.

그날부터 불행은 시작되었다. 하루 종일 원하지 않는 무기를 만드는 장인은 살아갈 의욕조차 잃었다. 결국 공진 대사의 부친은 일 년만에 병이 들어 죽고, 이용 가치가 없어진 가족은 노예로 팔려갈 운명에 처했다. 그런데 공진 대사는 가족과 헤어지기 싫었기 때문에 어린 나이로 죽은 부친을 대신해서

무기를 만들었다. 힘은 들었지만 어찌 되었든 무기를 만들 수
는 있었다. 그 뒤 삼 년간 그는 가족을 위해 무기를 만들었다.
열 살도 되기 전의 일이다.

그러나 삼 년 만에 그 흑도방파는 멸망했다. 다른 방파와의
쟁투에서 패한 것이다. 그때 공진 대사의 일가족이 모두 몰살
당하고, 공진 대사도 거의 죽을 정도토 부상을 입고 쓰러졌
다. 모든 것이 허무하게 끝나려는 순간, 한 노승이 그를 구했
다.

소림의 정금 대사는 시체가 쌓여 있는 참혹한 현장에서 유
일한 생존자인 아이를 구해 치료했다.

처음 일 년간은 말도 제대로 하지 못할 정도로 충격을 받은
아이가 어느덧 기운을 차리고 다른 사람의 흉내를 내며 무공
을 수련하기 시작했다. 그런데 그 아이는 천재 중의 천재여서
흉내를 내는 것이 오히려 본판보다 더 좋았다. 본판이 틀려도
아이는 스스로 그것을 바로잡았다.

정금 대사는 그 아이를 자신의 제자로 받아들이고 법명을
공진이라 정했다.

공진 대사는 이십 년에 걸쳐 소림의 절기를 수련하고 강호
에 나오자 십여 년에 걸쳐 척마멸사를 부르짖으며 눈에 보이
는 흑도의 무리들을 모조리 쳐 죽였다.

소림폭호진이란 명호는 그때 얻었다. 그러나 십 년이 지나

자 그는 자신의 행동이 협행이 아닌 복수에 눈이 뒤집힌 살인 행위라는 것을 깨달았다.

그리고 아무리 흑도의 무리들을 때려죽여도 흑도의 수가 줄지를 않았다. 그가 나타나면 모두 두려워서 벌벌 떨며 숨지만, 그가 지나가면 다시 고개를 쳐들고 나타나 하고 싶은 짓을 했다.

오히려 그동안 숨어 있느라 쌓인 갑갑함을 풀기라도 하듯 더더욱 흉악한 짓을 했다.

그 시기를 경계로 공진 대사는 변했다. 이제는 더 이상 살생을 하지 않고 덕과 자비로 사람을 대했다.

신기하게도 그렇게 십여 년을 보내니 소림의 무공에 담긴 숨겨진 뜻을 이해할 수 있었다. 그가 지금까지 익힌 무공은 수박 겉 핥기에 불과한 것이었다!

그 이후로 공진은 천하제일의 고수로 불리게 되었다. 지금까지 그는 정파무림의 정신적 지주이자 인간의 한계를 벗어난 세 명의 고수 중 한 명으로 존재한다.

장대근을 보니 과거의 자신이 생각났다. 그래도 다행인 것이 장대근은 복수귀가 아니다.

"손자가 강호행을 나선다는데 할아버지인 내가 손에 맞는 무기라도 챙겨줘야지."

공진 대사는 그렇게 중얼거리며 하얗게 타오르는 백화에

그의 철장을 집어넣었다. 곧 철장은 빨갛게 달아올랐다.

만년한철의 성분이 절반 이상이나 차지하고 있는 그의 합금철장은 백화가 아니면 달궈지지도 않는다. 그리고 백화를 피우고 그 열기에 버티려면 인간 같지드 않은 내열성을 타고 나던가, 공진 대사와 같이 한서불침의 경지에 이르러야 한다.

때가 되자 공진 대사는 철장을 꺼내 그가 과거 사용하던 망치로 힘차게 두들겼다. 백 년간 수련한 내공이 담긴 망치질에 철장은 엿가락처럼 부드럽게 펴졌다.

캉! 캉! 캉!

공진 대사의 마음이 담긴 망치질은 곧 하나의 거대한 도를 완성시킬 수 있었다.

모양은 바뀌어도 무게는 바뀌지 않는 법이니 이 거대한 도의 무게는 백 근이나 되는 셈이다. 철장의 무게가 백 근이었으니 틀림없다.

도신부터 손잡이까지 모두 통짜의 합금철로 된 대도는 보기만 해도 무식해 보였지만 도신을 이루는 곡선의 수려함이 돋보이기도 했다.

"나쁘지 않군."

공진 대사는 마음에 든 듯 뒤처리를 하기 시작했다. 그리고 마지막에 공진 대사는 검신의 안쪽 손잡이 바로 위에 검의 이름을 새겨 넣었다.

소림백근도―공진

자신의 수결마저 새겨 넣은 후, 공진은 껄껄 웃으며 말했다.
"대근이 녀석, 승룡관을 통과해서 경맥이 굵어지면 이것도 가볍다고 한 손으로 휘두르겠지."
그날을 상상만 해도 기분이 좋아지는 공진 대사였다.

＊　　　＊　　　＊

승룡관의 마지막인 열여덟 번째 관문은 작은 방이 아닌 꽤 넓은 대관에서 치러졌다. 그리고 마지막으로 장대근을 시험하는 것은 기관이 아닌 사람이었다.
곤을 든 열여덟 명의 사람들. 그들은 저마다 묘한 자세를 취한 채 얼기설기 섞여 있었다.
그중 한 승려가 장대근에게 말했다.
"우리를 다 때려눕힐 필요는 없다. 우리는 너를 네가 나온 구멍으로 다시 넣을 생각이다. 반면에 너는 저 통로로 나가야 한다. 저기로 나가는 순간 시험을 통과한 것이 된다."

“지금 며칠이나 지났어요?”

장대근이 엉뚱한 질문을 하자 승려는 웃으면서 대답했다.

“네가 들어온 지 딱 보름이 지났다.”

“헤헤, 안 늦었구나. 안에서는 해도 볼 수 없고 벽곡단을 먹어도 항상 배가 고프니 날짜를 셀 수가 없었어요. 혹시라도 늦었을까 봐 얼마나 걱정했는데요.”

“아직 시간은 많다. 넌 매우 빠르게 통과를 한 거다. 자, 준비됐으면 시작하자.”

“예.”

장대근은 대답을 하고는 중년의 승려가 가르쳐 준 통로를 향해 일직선으로 뛰었다. 그러자 상대는 어딜 하고 외치며 일제히 곤을 휘둘렀다.

파파팍!

순식간에 장대근의 양다리는 곤에 의해 두들겨 맞아 힘이 풀렸다. 그 상태에서 곤이 그의 팔과 다리를 꼬아 허공으로 들어 올렸다.

“어어어!”

쿵!

땅바닥에 내동댕이쳐진 후 허리를 문지르며 일어나 보니 그가 방금 나온 그 통로 안쪽이었다. 중년의 승려가 말한 대로 장대근은 나온 곳으로 다시 들여보내진 것이다.

"껄껄껄, 쉽지 않을 거다. 우리 십팔나한이 펼치는 나한 진을 뚫기가 쉬운 줄 아느냐? 힘으로는 안 되니 머리를 써라."

"씨, 그런 불가능한 요구는 하지도 마요."

장대근이 제일 싫어하는 소리 중 하나가 바로 머리를 쓰라는 것이다. 들이받는 것 말고는 따라 쓰는 방법을 모르는 머리가 아닌가? 숫자 계산을 하라는 것과 머리를 써서 생각을 하라는 것은 그에게 죽으라는 소리나 마찬가지다.

장대근은 기합을 지르며 다시 달려나갔다. 그러나 곧 열여덟 개의 곤이 반찬을 집는 젓가락처럼 그를 들어 올려 내동댕이쳤다.

이렇게 되면 끈기 싸움이다. 장대근은 끊임없이 뛰어나갔다. 던져져도 던져져도 포기하지 않았다. 나중에는 십팔나한이 지쳐 버릴 정도가 되었다.

결국 십팔나한은 부드럽게 손을 쓸 생각을 버리고 장대근의 관절을 때렸다. 완전히 뻗어 움직이지 못하게 할 생각이었다.

"이놈아, 크게 다치기 전에 포기해라. 그런 식으로는 절대 안 된다."

십팔나한의 수좌가 마지막으로 경고를 했다. 그 말에 장대근은 걸음을 멈췄다. 그가 생각하기에도 이러면 안 될 것 같았다. 장대근은 작은 목소리로 중얼거렸다.

"맞는 건 상관없지만 들어 올려지면 안 돼. 내동댕이쳐지 잖아."

장대근은 크게 깨달은 듯 연신 고개를 끄덕였다. 그리고는 땅에 철퍽 하고 엎드렸다. 사지를 몸 아래쪽에 파묻고 낮게 땅을 기었다.

"얼라, 저 녀석이?"

십팔나한은 모두 기가 막힌 얼굴을 한 채 잠시 행동을 멈추고 장대근이 열심히 땅에 기는 모습을 보았다. 그 잠깐 사이 장대근은 벌써 절반이나 되는 거리를 기어갔다. 그는 필사적이었다.

"막아!"

십팔나한의 수좌가 외치자 퍼뜩 정신이 든 다른 나한들이 곤으로 장대근의 몸을 들어 올리려 했다. 그런데 장대근은 몸을 웅크린 채 이리저리 비틀어 곤이 파고들지 못하게 버텼다. 퍼퍼퍼퍽! 하는 소리와 함께 열여덟 개의 곤이 그의 몸을 찔렀지만 결국 들어 올리지는 못했다.

"한쪽으로 와서 굴려!"

무식에는 무식이 답이다. 십팔나한의 수좌가 외치자 나한들은 모두 장대근의 좌측으로 와서 그의 몸을 한 방향으로 밀듯이 찔렀다. 일단 장대근의 몸을 뒤집으면 어떻게든 곤으로 그의 팔과 다리를 꼬을 수 있을 것 같았다.

그런데 이럴 때 장대근은 의외로 임기응변을 취할 머리가 있었다. 그는 상대가 모두 한쪽으로 건너가자 몸을 더욱 바짝 낮추고 팔로 머리를 보호하는 한편, 반대편 팔과 다리는 활발하게 움직여 기는 속도를 더 높였다.

파파파팍!

몸이 완전히 땅에 붙은 상태이니 아무리 찔러도 굴릴 수는 없다. 그나마 지지직 하고 밀릴 뿐이다. 놀라운 것은 장대근의 몸의 단단함이다. 십팔나한들이 상당한 내공을 실어 곤을 찌르는 데도 큰 고통을 느끼지 못하는 듯했다. 그러다가 어느 순간 장대근은 아하, 하고 서서히 몸을 일으켰다.

이때가 기회라고 생각한 나한들이 얼른 장대근의 무릎 관절을 쳤다. 한 방만 제대로 맞으면 다리의 힘이 풀려 하루 정도는 일어나지도 못할 것이다.

그런데 그들의 예상은 틀려 버렸다. 장대근은 무릎을 맞고도 전혀 중심을 잃지 않고 그냥 일어났다. 그리고는 성큼성큼 걷기 시작했다.

파파팍!

곤이 다리 사이를 파고들려 했다. 그러나 장대근이 허리를 낮춘 채 손을 저어 곤을 모두 쳐냈다.

"소용없어요. 힘은 내가 세니까 그 막대기를 다리 사이에

끼지만 않으면 날 넘어뜨릴 수 없거요.”

장대근은 그걸 발견한 자신이 대견스러운 듯 웃으며 말했다.

“뭐 이런 바위 같은 놈이 다 있지?”

십팔나한의 수좌는 기가 막혀 혀를 차며 중얼거렸다. 그들이 힘을 모으면 곤으로 사람보다 더 큰 바위도 집어 던질 수 있는데, 장대근에게는 그게 안 됐다.

엄밀하게 말하면 장대근에게는 힘을 모을 수 없었다. 그의 본능이 이리저리 팔과 몸을 비틀어 십팔나한이 힘을 모으는 것을 알아서 막았다.

“허, 이 녀석이 머리가 나쁜 건지 좋은 건지 모르겠군.”

마침내 십팔나한의 수좌는 감탄을 하고 말았다. 수백 번을 곤으로 두들겨 맞아도 끄떡없는 장대근의 단단함과 팔로 곤을 쳐내는 수법의 정묘함은 무서울 정도다.

그사이 장대근은 합격을 의미하는 통로에 들어섰다. 십팔나한은 그 순간 공격을 멈추고 원래 추했던 자세로 돌아갔다. 수좌가 대표로 크게 외쳤다.

“통관!”

징!

징이 울렸다. 드디어 장대근은 승룡관을 모두 통과해 합격을 한 것이다.

"헤헤, 이제 할아버지처럼 용 문양을 새기면 되는 건가?"

장대근은 생각만 해도 신이 나는 듯 걸음을 빨리하여 통로를 지나갔다. 그러나 통로를 모두 지나 하나의 방에 들어서자 그의 입에서 웃음이 사라졌다.

거대한 향로가 보였다. 붉은 구리로 된 화로는 안에 있는 불씨로 인해 시뻘겋게 달궈져 있었다. 그 화로의 주변에 음각으로 그려진 용의 무늬는 어디선가 많이 보던 것이었다. 바로 공진 대사의 가슴에 새겨진 그 용 문양이었다.

화로의 맞은편에서 일문 대사가 말했다.

"그 화로를 들어 이 단위에 올려놓으면 출관문이 열린다. 조심해야 할 것은 화로를 들어 올릴 때 팔로 양쪽에 있는 고리를 잡고 가슴으로 버텨야 한다는 것이다. 배가 닿으면 아무리 너라고 해도 내장이 타버릴 테니 힘들면 그냥 포기해라."

"포기는 안 해요!"

장대근은 크게 소리치고는 생사대적에게 달려들 듯 화로로 다가가 양쪽 손 고리를 잡았다. 치이익 하는 살 타는 소리가 그의 가슴과 팔로부터 들려왔다. 엄청난 고통 속에서 장대근은 비명인지 기합인지 모를 소리를 지르며 화로를 들어 올렸다.

"끼아아아압!"

그러자 화로의 열기가 그의 손을 태우고도 모라자 그의 몸 속으로 스며들어 가 가슴과 팔의 모든 경맥을 자극했다.

장대근은 아직 모르고 있지만 이것은 다른 승룡관 화로와는 다른 것으로 화로의 열기가 보통의 몇 배나 되었다. 소림의 초기에는 승룡관을 열 때 모두 이 화로를 썼지만, 이 열기를 몸이 견디지 못하고 실패하는 사람이 너무 많이 나오자 결국 열기가 좀 더 약한 화로로 대체를 한 것이다.

내공이 약한 자는 열기의 침투를 견디지 못하고 허파가 타서 죽는다. 외공이 약한 자는 살과 근육이 녹아버리고 뼈가 탈 것이다. 인내심이 없는 자는 고통을 견디지 못하고 힘이 빠져 허리를 굽히거나 화로를 내려놓는다.

이 승룡관의 화로야말로 정, 기, 신을 모두 극한까지 몰아붙이는 가혹한 시험인 것이다.

하지만 이런 신화에 몸을 태우면서도 견뎌낼 수 있다면 한 가지 좋은 점이 있다. 바로 그 열기에 자극받아 열린 가슴과 팔의 경맥이 전보다 몇 배는 튼튼해진다는 점이다. 그건 어깨의 견정혈도 마찬가지이다.

한번 근맥이 끊어져 십 년 동안 완전히 회복되지 않은 장대근의 어깨가 경맥이 확장되며 순식간에 회복되었다. 장대근은 곧 가슴과 팔은 오히려 시원하다고 느끼고, 반대로 어깨만 불로 지지는 듯한 고통을 느꼈다.

그는 그 상태로 화로를 들고 천천히 걸음을 옮겨 마침내 일문 대사가 지정한 장소에 화로를 내려놓았다. 그러자 바닥이 조금 내려가며 밖으로 나가는 문이 열렸다.

일문 대사는 처음 장대근이 승룡관으로 들어갈 때처럼 내공을 실어 크게 외쳤다.

"합격! 제삼대 금강동인(金剛銅人) 출관!"

장대근은 아무 생각 없이 승룡관을 떠났지만 그의 합격은 소림에 있어 결코 작은 일이 아니었다.

승룡관을 나선 자는 소림의 무력을 상징하게 되는 몸으로 최소한의 규율만 빼고 다른 자잘한 구속에서 벗어나 강호를 마음대로 종횡할 수 있다.

인간의 한계를 시험하는 승룡관에 합격한 자를 소림은 금강동인이라고 부르는데, 현재 소림의 일대 제자 중에 금강동인은 딱 두 명이다. 수많은 소림의 무승들 중 삼십 년에 두세 명 나오는 것이 바로 금강동인인 것이다.

그리고 사실을 말하자면 장대근이 지나온 승룡관은 이들과는 또 다른 신화승룡관으로 이걸 통과한 사람은 팔십여년 전 공진 대사 이후로 아무도 없었다.

그는 바로 역사상 첫 속가의 금강동인이고, 비공식적이지만 공진 대사의 후인이 되었다. 하지만 공교롭게도 장대근은 소림의 제자가 아니다. 뿐만 아니라 그에게는 공진도 할아버지이고 일엽도 할아버지다. 물론 나한전주인 일문도 할아버지다.

장대근 한 사람으로 인해 소림의 배븐은 완벽하게 꼬였다고 할 수 있었다.

第七章
형제상봉(兄弟相逢)

赤龍王布

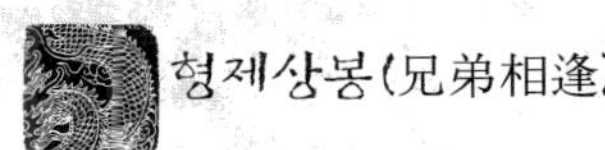

형제상봉(兄弟相逢)

　　　　강남에서는 이미 운명의 수레바퀴가 격렬
하게 돌아가고, 강진의 행보는 바람과 구름을 모아 승천하는
용처럼 주변 모든 것을 진동시키고 있었지만, 사천의 천산 일
대에는 시간의 흐름이 멎은 것처럼 여전히 고요함의 시절을
보내고 있었다.

　사천의 고산맥 일대에 살고 있는 여러 이민족들, 즉 강족과
장족 등은 매일같이 양의 젖과 고기를 먹는다. 그러다 그게
모자라면 고산나물을 캐서 먹으면 그만이다. 황교의 가르침
에 따라 매일 간단하게나마 불사를 드리니 참으로 경건한 세

월이라 아니할 수 없다.

천산의 숨겨진 비경 절문비곡의 생활에도 그러한 경건함이 있었다.

적포천존은 제자인 강진을 밀어내고 폭포수 아래에 그의 묵죽대간을 드리웠다. 강진이 떠난 이후에도 여전히 그는 낚시에 전념하고 있었던 것이다.

이제는 적의가 아닌 백의를 입어 백포천존이라고 해야 어울리는 그였지만, 지금은 그게 중요한 게 아니다.

그날 본 영물빙어는 그 이후로 한 번도 나타나지 않았다. 벌써 해가 바뀐 것도 몇 번째인데! 적포천존은 답답함을 넘어서 초조함까지 느꼈다.

어느 날, 적포천존은 결국 직접 물속으로 들어가 뒤져 보기로 했다. 과연 그 영물빙어가 어디서 왔고, 어디로 갔는지라도 알면 그나마 새로운 각오를 다질 수 있지 않겠는가?

결과적으로 말해 탐색하여 얻은 수확이 있었다. 적포천존은 폭포 아래에서 어린애 하나가 지나갈 정도의 바위틈을 발견했다. 그 안으로부터 차가운 한수가 새어 나오고 있었다.

지심한천, 아무래도 거대한 지저 호수가 이곳으로 연결되어 있나 보다.

적포천존은 낚싯줄을 잡고 축골공을 써서 구멍 속으로 들어가 보았다. 그러나 바위의 틈으로 난 구멍이 십여 장이나 이어지다가 갑자기 앞이 확 하고 벌어지면서 정말로 지심한 천에 들어서자 그만 돌아 나오고 말았다. 빛이라고는 한 점도 없는 지하 호수에서 잘못했다가 길이라도 잃으면 정말 큰일이다.

"그렇다면 그놈은 그 지저 호수에서 사는 놈이라는 건데… 알이라도 낳으러 나온 건가?"

자, 여기서 냉정하게 생각해 보아야 한다. 지저의 호수가 있고, 이곳을 통해 바깥세상으로 나올 수 있다. 아무리 한기에 강한 내성을 지닌 물고기라 해도 알을 낳을 때에는 따뜻한 곳을 찾는 법이니 이곳으로 온 것은 이해가 된다.

그런데 따뜻한 곳이 과연 여기뿐일까? 다시 말해서 지상의 물로 연결된 구멍이 딱 요기 한 군데뿐일까?

그럴 리는 없다. 어떤 식으로든 여러 갈래의 물길이 지상으로 나 있을 것이다. 그렇다던 그 영물빙어는 이미 다른 곳에 가서 알을 깐 지 오래고, 지금쯤은 그의 삶의 터전인 지저 호수 한가운데에서 먹고 싶은 것 잡아먹어 가며 잘 살고 있을 가능성이 크다.

"이런 젠장, 다 헛수고였잖아!"

적포천존은 거의 미칠 것 같은 기분이 되었다. 하루 이틀도 아닌 몇 년을 투자했는데 수확이 없다니! 이럴 줄 알았으면 그냥 제자보고 잡으라고 할 걸 그랬다.

강제로 자리를 빼앗다시피해 몇 년 동안 지극정성으로 공을 들이고도 실패했으니, 어디 가서 하소연도 하지 못한다. 그저 강호로 나가 화풀이 삼아 걸리는 놈들을 모두 족치는 정도로 만족해야 하는가.

적포천존은 아연실색하여 폭포수 한가운데에 멍하니 서 있었다.

그때 설옥이 와서 적포천존을 불렀다. 그래도 요즘은 집으로 돌아가서 식사를 하기 때문에 설옥이 매번 부르러 온다.

"사부님, 식사하세요."

"……."

"사부님, 괜찮으세요?"

"……."

"저어, 사부님."

"옥아."

"네?"

"난 망했다."

적포천존은 울 것 같은 표정으로 자기에게 선언하듯 말했다. 그의 인생 중 가장 허탈한 순간을 꼽아보았을 때 지금이 적어도 세 손가락 안에 들어간다고 느꼈다.

설옥은 적포천존의 이런 힘없는 모습을 처음 보는지라 불안과 걱정이 가득 찬 얼굴로 물었다.

"혹시 영물빙어를 놓치셨나요?"

"그놈이 낚시에 걸리기만 해도, 아니, 모습을 드러내기만 해도 내가 기뻐서 춤을 추겠다. 휴우."

"에이, 그럼 아직 안 나온 거네요. 언젠가는 나오겠죠, 뭐. 산채 볶음 정식을 해놨으니 일단 따뜻한 밥을 좀 드시고 기운을 내세요. 아, 옷도 다 젖었네요. 여분으로 준비해 놓은 옷이 있으니 그걸로 갈아입으세요. 아무리 사부님의 무공이 높아도 젖은 옷을 입고 있으면 기분이 안 좋을 거예요."

"옥아."

"네."

"너밖에 없구나."

사람이 슬프거나 기운이 빠질 때, 따뜻한 밥 한 공기가 얼마나 큰 용기를 북돋아주는지 적포천존은 알고 있었다. 그 위에 산채볶음 정식이라니! 그건 적포천존이 가장 좋아하는 음식이다.

적포천존은 이게 바로 행복이라는 생각을 했다. 말년에 귀여운 여제자가 그를 감동시키고 있었다. 그는 일단 영물빙어에 대한 미련을 잠시 접고 밥을 먹으러 갔다.

배가 부르게 밥을 먹고, 깔끔한 새 옷을 입으니 기분이 새로웠다. 식사 후에 설옥이 끓여준 차를 마시다가 문득 웃음이 나왔다. 적포천존은 물고기 한 마리에 울고 밥 한 공기에 웃는 자신이 굉장히 우습게 느껴졌다. 결국 그는 참지 못하고 크게 웃음을 터뜨렸다.

"으하하하하하하하하!"

푸드드득!

계곡이 무너질 것같이 울리고 새들이 놀라 일제히 날아올랐다. 설거지를 하던 설옥이 놀라 그릇을 하나 깨뜨렸고, 같이 차를 마시던 강선도는 사레가 들려 연신 기침을 했다.

적포천존은 신경 쓰지 않고 기지개를 켜며 중얼거렸다.

"아, 속이 다 시원하구나. 옥아, 아무래도 백포는 흙먼지도 잘 묻고 때가 많이 타니 다음엔 흑포를 준비해라. 백포는 싸우기 전에만 입고, 평소 낚시할 때는 흑포가 낫겠다."

적포천존은 다시 묵죽대간을 들고 폭포수로 향했다. 아까 좌절했던 것은 모두 다 잊은 듯했다.

"그놈이 이미 알을 깠으면, 그놈 형제나 부인 혹은 애새끼라도 잡으면 되지. 설마 그놈이 세상에 혼자 존재하는 놈이겠어? 암, 모든 일은 낙관적으로 생각해야지. 반드시 끝을 본다!"

적포천존은 마음을 굳혔다. 다시 한 번 독하게 마음을 정하니 더 이상 흔들리지 않았다.

그는 세월을 잊었다. 그냥 하루 종일 낚싯대를 드리운 채 앉아 있다가 설옥이 부르면 밥을 먹을 뿐이다. 졸리면 잤고,

나중에는 서서 몸을 풀기도 했다.

그러자 신기하게도 전보다 더 많은 잡어들이 잡혔다. 그것도 몇 배나 더 많이 걸렸다. 적포천존은 그게 귀찮아져서 잡힌 물고기들 중 몇 마리를 보고 말했다.

"난 너희들 같은 허접한 놈들하고 놀 생각 없으니 다시는 오지 말아라. 가서 그놈을 불러오란 말이다!"

그리고는 그 물고기들을 모두 놓아주었다. 그러자 다음날부터 낚시에 걸리는 잡어가 확 줄었다. 혹시 물고기들은 사람의 말을 알아듣는 것인가? 만약 굴고기가 그렇다면 저쪽에 서 있는 소나무도 들을 수 있겠지. 어쩌면 수풀이나 돌멩이에도 귀가 달렸는지도 모른다.

자신의 그런 생각에 적포천존은 히죽 웃었다.

어쨌거나 작은 물고기들은 적포천존이 원하는 대로 점점 낚이지 않게 되어 어느 순간부터는 일절 걸리지 않았다.

적포천존은 그냥 낚싯대를 드리운 채 하루 종일 아무 생각도 하지 않았다. 그야말로 태공망처럼 세월을 낚는 기분이었다.

그 때문에 설옥의 식탁에는 생선이 사라질 위기에 처했다. 보다못한 강선도가 절벽 쪽 하류에 그물을 놓아 작은 계곡어를 잡아왔다.

시간이 얼마나 흘렀는지도 모른다. 아직 첫 눈이 오지 않은 것으로 보아 일 년도 지나지 않은 것은 확실하다. 주변의 나무로부터 나뭇잎이 하나둘 떨어지고, 바람이 점점 차가워질 때였다. 적포천존의 모습에 색다른 변화가 생겼다. 그걸 가장 처음 발견한 것은 설옥이었다.

"어, 사부님 머리가 검어졌네요?"

"응? 어, 정말이네? 크헐헐, 이것 참 재미있구나."

적포천존은 물에 자신의 얼굴을 비춰보고 신기하다는 듯 웃었다. 그런데 그때부터 하루가 다르게 적포천존의 얼굴에서 주름이 사라지고 누렇게 변했던 이가 다시 하얀색으로 돌아왔다. 첫눈이 올 무렵에는 완전히 사람이 바뀌어 강선도보다 더 젊어 보였다.

설옥은 놀람과 함께 불안을 느꼈다. 한 달 사이에 사부가 다른 사람으로 변한 것이다. 그래도 사부는 여전히 사부이니 전과 마찬가지로 밥과 빨래를 하면서 봉양했다.

정작 적포천존은 자신의 변화에 전혀 신경 쓰지 않았다. 정확하게 말하자면, 그럴 여유가 없다고 해야 할 것이다. 그는 요즘 새로운 경지에 눈을 뜨고 그걸 시험하고 있었다.

그것은 바로 살기가 아닌 다른 기운을 내공에 실어내는 무공이다.

세상에 인간이 느끼는 감정은 희로애락의 사대 감정을 비롯해 수없이 많다. 그중에서 가장 격렬한 것이 분노이고, 그중에서도 날카롭기로는 살기가 최고다. 그래서 태혼살형기는 살기를 이용한다.

하지만 만류귀종이라고 했다. 살기를 내공에 섞을 수 있다면 다른 감정도 섞을 수 있어야 말이 된다. 힘이 더 들든 덜 들든 실을 수 있는 것만큼은 확실했다.

적포천존이 요즘 주로 연습하고 있는 것은 바로 내공에 뜻을 실는 것. 구체적으로 말해 그는 영물빙어를 꼬시고 있었다. 한줄기 내공에 자신의 의지를 담아 지저 호수 쪽으로 쏘아 보내고 있었다.

다른 물고기들에게 잡히지 말라고 한 이후부터 안 잡히는 것을 보고 처음에는 우연인가 했지만 시간이 지날수록 그게 정말로 자신의 의지로 물고기들을 조종한 것임을 느꼈다.

한 번 느끼니 곧 의도적으로 그걸 행사할 수 있었다.

그 덕분에 강진이 왜 그렇게 낚시를 잘하는지 알게 되었다. 강진 역시 무의식 중에 자신의 의지를 굴속으로 보내 물고기들을 모았던 것이다. 그걸 보면 강진의 정신력이 얼마나 대단한 것인지를 알 수 있다. 적어도 타고난 정신력은 범인의 상상을 한참 초월한다.

'허허허, 그놈도 이미 다 할 수 있는더 단지 그걸 깨닫지 못할 뿐이지.'

일부러 가르쳐 줄 마음은 없다. 언젠가는 스스로 깨닫고 단숨에 날아오를 것을 믿기에.

　지금 그가 가르쳐 주면 강진의 날개는 적포천존의 그것보다 무조건 작아진다. 스스로 깨달아야 자신의 그릇에 꽉 차는 정말 튼튼한 날개를 얻게 될 것이니.

　적포천존은 오늘도 지저 호수로 자신의 의지를 쏘아 보냈다.

　'이리 와라, 응? 좋게 말할 때 오는 게 좋다.'

　그가 드리운 것은 단간의 낚싯대이지만 의식은 호수 전체에 그물을 치고 있었다. 일단 걸리기만 하면 절대 빠져나갈 수 없을 것이다.

　아무리 영물이라고 해도 사람의 정신력을 따라잡을 수는 없다. 특히 나 같은 천재의 의지는 천기도 움직인다!

　적포천존은 조용히 앉아 때를 기다렸다. 반로환동은 그에게 있어 별것 아닌, 그야말로 깨달음의 부속물이었다.

*　　　*　　　*

　강남 절강성의 항주에서 하남성 등봉현에 있는 소림사까지는 정말로 먼 거리라 할 수 있다. 말과 마차를 타고 가도 거진 한 달을 가야 한다.

　길을 알면 훨씬 빠르겠지만 처음 가보는 사람은 도중에 헤맬 가능성도 크고, 생각지도 못한 재난을 만날 수도 있다.

하지만 강진은 항주를 떠난 지 보름도 되지 않아 등봉현의 소실봉 아래에 도착할 수 있었다. 대근이의 얼굴이 자꾸 머릿속에 떠올라 걸음을 재촉하다 보니 그렇게 되었다.

확실히 천뢰신행보는 적포문의 절기 중에서도 태혼살형기를 빼고는 일절이라 할 만하다. 달리면 달릴수록 힘이 나고, 땅이 기운을 나눠 주어 저절로 달리게 하는 듯했다.

"일단 의복을 제대로 갖춰야지."

강진은 먼지를 뒤집어쓴 채 소실봉어 오를 수 없다고 생각하곤 적당한 여관에 짐을 풀었다. 그리고는 그곳에서 물을 받아 목욕을 하고 옷을 빨았다.

내공을 이용해 순식간어 옷과 몸을 말릴 수 있는 것이 무공을 수련한 자가 얻은 작은 편리함이 아니겠는가?

습기만 약간 남은 머리를 설옥이 챙겨준 빗으로 빗어 깔끔하게 묶으니 그야말로 부잣집에서 태어나 평생 풍류를 즐기며 살아온 화화공자처럼 보였다.

하지만 강진은 그런 분위기가 별로 마음에 들지 않았다. 그는 적포문의 장문 표식인 자신의 옷을 보며 작게 한숨을 내쉬었다.

"어서 태혼살형기를 구성까지 연성해서 이 위에 흑의 무복이나 백의 장삼을 걸쳐야지. 학자도 무인도 아닌 화류계의 풍류공자는 별로 하고 싶지 않아."

지금의 성취는 칠성. 아직 갈 길이 멀다. 특히 사부인 적포천존에 비하면 정말 까마득하다.

강진이 살기를 모으고 모아 결정적인 순간에 강기를 한 번 쏠 수 있는 반면, 적포천존은 전신에 붉은 호신강기를 둘둘 감고 양손을 번갈아가며 연속해서 수십 개의 강기를 발출할 수 있다. 그것도 전력은 아니란다.

그때 적포천존은 그 시범을 보이고는 말했다.

"너도 이 정도까지는 금방이다. 강호를 다니다 보면 정말 죽이고 싶은 놈들이 사방에 우글우글하니까, 그놈들 때려잡다 보면 살기가 넘치고 흐르게 된다. 뭐, 넌 발전이 좀 느리겠지만 그만큼 안정되니 잘해봐라."

사부의 말대로 이번에 철금전장을 치고 천흥마군 백자붕을 살형기로 처치하면서 그의 가슴에 쌓인 살기는 정말로 무거운 것이었다.

이런 식이면 강호행을 계속하며 실전을 경험함에 따라 구성까지는 확실하게 올라갈 것 같았다. 그 뒤로가 문제긴 한데, 일단 일차 목표는 구성이니 거기까지 간 다음에 다시 생각해도 된다.

"천룡교로 가서 복수를 끝냈을 무렵에는 구성에 도달하겠지."

강진이 조심스럽게 자신의 성장에 대한 예측을 하면서 의

복을 단정하게 정리할 때, 누군가가 방문 밖에 다가와 문을
두드렸다.

"저, 나으리. 손님이 찾아오셨습니다."

점소이의 목소리였다. 그런데 웬 손님? 강진은 의아해하며
문을 열었다. 점소이의 옆에는 한 젊은 승려가 서 있다가 강
진을 보고 합장을 했다.

"저는 소림사의 접객당에 속한 회명이라 합니다. 강 소협
이 맞으신지요."

소림의 이목이 이곳 등봉현 전체에 미치는 모양이다. 여관
에 투숙하여 식사를 하고 목욕과 빨래를 했으니 아직 두 시진
밖에 지나지 않았을 터인데, 벌써 그들은 강진이 온 것을 알
고 사람을 보낸 것이다.

"아, 소림에서 나오셨군요. 이렇게 직접 마중을 나오시다
니, 친절에 감사드립니다."

"천만의 말씀이십니다. 장 사형께서 학수고대하고 기다리
고 계시니 어서 가시지요."

강진은 회명으로부터 장대근이 상당히 대우를 받고 있는
것을 알 수 있었다. 공진 대사의 불목하니로 들어갔다더니 확
실히 고승의 불목하니는 정제자에게도 인정을 받는 듯했다.

강진은 회명의 안내를 받아 소실봉을 올랐다. 풍경이 화려
하지는 않아도 정감이 가고 오르기 편한 것이 소림의 기풍을

느끼게 해주었다.

경내로 들어가니 주기적으로 선종이 울리고, 가끔씩 여러 젊은 무승들이 일제히 지르는 기합 소리와 나이 든 노승의 불경 소리가 조화를 이루었다. 모든 것이 안정되어 있으면서도 너무 조용하지는 않은, 나름대로 활기찬 곳이었다.

"이쪽입니다."

회명은 강진을 소림사의 뒤쪽 언덕에 있는 작은 초가집으로 데려갔다. 그곳이 바로 공진 대사가 지난 사십 년 동안 은거를 한 거처였다.

"사숙조, 회명입니다. 손님을 모셔왔습니다."

"들어오시게."

안에서 대답 소리가 들리며 싸리문이 열렸다. 그 순간 강진은 알 수 없는 힘이 자신을 감싸려 하는 것에 놀라 얼른 뒤로 한 걸음 물러서려 했다. 그러나 곧 그 기운이 전혀 위해한 성질이 아니라는 것을 깨닫고 걸음을 옮기려다 말았다. 그러니까 그냥 움찔한 정도였다.

중년의 모습으로 보이는 공진 대사는 껄껄 웃으며 말했다.

"강 소협의 경지가 빈승이 상상했던 것보다 훨씬 뛰어나구먼. 적포 시주가 좋아할 만하네."

강진은 눈앞의 중년승이 겉보기와 달리 결코 사십대의 나이가 아니라는 것을 대번에 눈치 챘다. 분위기부터 달랐고,

또 사부인 적포천존을 평대로 달했다. 그렇다면 역시 소림신
승 공진 대사일 것이다.

"신승을 뵙습니다."

"허례를 차릴 필요는 없네. 어서 들어오게."

강진이 들어가니 공진 대사는 싸릿문을 닫아버렸다. 밖에
서 있던 회명이 인사를 하고 돌아가는 게 느껴졌다.

공진 대사는 잠시 두 눈을 가늘게 드고 강진을 보았다. 그
리고는 고개를 끄덕이며 '선재로다' 하고 합장을 했다.

"내 한 가지 물어볼 게 있네. 아까 내가 문을 열었을 때 왜
갑자기 피하려고 했는가? 그리고 또 금세 피하지 않으려 한
이유는 무엇인가?"

"아무래도 신승께서 생각하시는 이유가 맞지 않겠습니까?"

"머리 쓰기 좋아하는 시주로군. 우리 선문답은 하지 말고
그냥 편하게 대화를 하세. 내가 요즘 점점 머리가 굳어서 이
제는 생각을 하는 게 내공을 쓰는 것보다 힘들다네."

"예, 제가 실례를 했습니다."

"내가 생각하기에 강 소협은 내 보현신공에 놀라 그 영역
에서 벗어나려 했다가 보현신공이 날 해하는 기운이 아니
라 보하는 기운이라는 것을 깨닫고 멈춘 듯하네. 맞는가?"

"그렇습니다."

"허어, 보현신공을 느끼곤 다시 순간적으로 그 성질을 알

아차렸다… 아무래도 당금 천하에 강 소협과 대적할 수 있는
사람은 손에 꼽을 정도밖에 없을 듯하군."

"과찬이십니다. 아직 부족한 게 많아 사부님을 대할 면목
도 없는 몸입니다."

"음음, 적포 시주한테 배우다 보면 아무래도 조금은 기가
죽게 되겠지. 하지만 너무 서둘지는 말게. 적포 시주도 소협
의 나이 때에는 소협보다 강하지 못했네."

"그저 저의 길을 갈 뿐입니다."

"아미타불, 선재로다."

공진 대사는 합장을 하며 불호를 외웠다. 십 년 만에 외우
는 불호였지만 강진이 그것까지는 알 수 없었다.

공진 대사는 잠시 입을 다물고 생각에 잠겼다.

'아무래도 대근이가 강 소협을 지키기에는 좀 힘이 부치겠
구나. 약관의 나이에 이미 도에 이르러 외부의 자극에 흔들리
지 않고 정신하는 경지라니, 적포 시주가 어떻게 가르쳤기에
십 년 만에 이런 제자를 길러냈을까?'

공진 대사가 보기에 강진의 정신력은 이미 만근거석보다
튼튼하여 태풍이 불어도 끄떡없을 것이다.

내공이나 초식은 쉽게 가르칠 수 있지만, 이런 정신의 경지
는 재능있는 사람이라도 장년이 되기 전에는 이루기가 거의
불가능하다. 반대로 재능이 뛰어날수록 정신이 산만해지기

가 쉬우니 명가의 제자라도 정말 정신력이 뛰어난 사람은 손에 꼽을 정도이다.

그런데 천하의 적포천존, 그 산만하고 자기 멋대로 살기로 둘째가라면 서러워할 사람이 어떻게 제자를 이런 식으로 길러낼 수 있었을까?

공진 대사는 강진을 처음 보았을 때 그의 무공 수준에 놀랐지만 그의 정신 경지를 엿보고는 더욱 놀라 불호를 외우고야 말았다.

물론 공진 대사는 큰 착각을 하고 있었다.

강진의 정신력은 낚시를 하면서 통천비학기서를 익혀 스스로 쌓아올린 것으로 적포천존은 눈꼽만큼도 그 부분에 대해 기여한 바가 없다.

오히려 적포천존은 강진이 너무 침착한 것이 마음에 들지 않아 사람의 정신을 사납게 만드는 적포를 벗어주기까지 했다. 천 리를 꿰뚫어보는 공진 대사라 해도 그런 점까지 알 리는 없기에 공진 대사는 적포천존의 신통광대함에 놀라 혹시 적포천존이 알고 보면 뛰어난 정신 수준을 지닌 진정한 무학의 대종사인가 하는 생각마저 했다.

하지만 공진 대사가 오해를 하든 말든 강진은 동생을 만나보고 싶었다.

"대근이는 잘 있는지 모르겠군요. 만나볼 수 있겠습니까?"

“허허, 대근이는 지금 승룡관에서 입은 상처를 치료하고 있네.”

“대근이가 다쳤습니까?”

“걱정할 필요는 없네. 대근이는 십 년 전 두 어깨를 다쳤는데, 그걸 고치기 위해서는 승룡관의 신화로의 열기로 경맥을 확장시킬 필요가 있어서 그리한 걸세. 그 아이는 훌륭하게 승룡관을 통과하여 몸에 용문을 새겼네. 어깨는 나았지만 용문의 화상을 치료하기 위해서는 삼사 일 정도 안정이 필요한 것이지.”

“그것 참 대단한 일이군요. 저는 형으로써 대근이가 자랑스럽습니다.”

“나도 그 아이가 대견하네. 허허허. 그런데 대근이는 강 소협에게 아픈 모습을 보이고 싶어하지 않을 테니 잠시 기다리는 것이 어떻겠나? 이틀 후면 아마 기운을 차릴 걸세.”

“대사님의 말씀에 따르겠습니다.”

강진은 대근이를 생각하는 공진 대사의 진심을 알고 순순히 그 말에 따르기로 했다.

마음 같아서는 일분일초라도 더 참기 어려웠지만, 공진 대사의 말대로 대근이는 그의 앞에서 약한 모습을 보이고 싶어하지 않을 것이다.

그가 장대근의 입장이라도 십 년 만에 형을 만나는데, 가

슴에 용문을 새기고 당당한 기세를 풍기면서 만나야지 침상
에 누워 전신에 화상약을 바른 모습을 보이고 싶진 않을 것
이다.

강진은 참기로 했다.

강진은 잠시 공진 대사와 이런저런 이야기를 나누다가 해
가 질 무렵에 다시 돌아온 회명의 안내를 받아 소림의 객방으
로 갔다. 그곳에서 소림을 구경하다가 이틀 후에 다시 올라오
기로 했다.

강진이 떠난 후, 방장인 일엽 대사와 나한당의 일문 대가가
찾아왔다. 그는 이미 강진을 만났는지 공진 대사를 만나자 몇
번이나 불호를 외웠다.

"정말 뛰어난 인재더군요. 사질이 비무를 해도 백 초 안에
는 우위를 점할 수 없을 것입니다."

일문 대사가 약간 홍분한 얼굴로 말했다. 그는 나이가 들어
도 여전히 무공에 뜻이 있어 강한 사람을 보면 그런 식으로
말하는 버릇이 있었다.

일엽 대사는 그저 웃었고, 공진 대사는 고개를 저으며 말했
다.

"십 초도 힘드네. 강 소협은 이미 적포 시주의 재주 중 태
반을 이어받았어."

"아!"

공진 대사의 말은 십 초 안에 일문이 패한다는 뜻이다. 그 말에는 일엽 대사도 의외였던 듯 탄성을 질렀다.

"내가 보기에 어쩌면 강 소협은 강기까지 사용할 수 있을 것 같네."

"아미타불, 어찌 그럴 수 있습니까?"

"세상에는 신묘한 무공이 정말 많은데, 적포 시주의 무공이 그중 하나라네. 무공을 연성하여 어느 정도의 경지에 오르면 강기를 쓸 수 있다고 들은 적이 있네."

"그런 무공도 있었군요."

"우리 소림에도 있다네. 하지만 그게 뭔지 말해주는 건 조사 때부터 금지된 사항이니 묻지 말게."

"아미타불."

두 사람은 매우 안타까운 표정을 지었다.

강기야말로 모든 무림인들의 꿈이 아닌가?

이야기에 나오는 영웅들이 대부분 강기를 사용하는 것만 봐도 이 강기무공이 인간의 한계를 넘어선 환상의 경지라는 것은 의심할 여지가 없을 것이다. 그런데 소림에도 제대로 수련만 하면 강기를 쓸 수 있는 무공이 있다고 한다.

그게 뭘까? 소림의 무공에 대해 전문적으로 연구, 발전시키는 사명을 지닌 곳이 바로 나한전인데, 나한전주인 일문이 아무리 생각해도 그게 뭔지 짐작도 가지 않았다.

그들은 정말 공진 대사의 양쪽 소매를 붙들고 늘어져서라
도 그게 뭔지 묻고 싶었다. 그러나 어쩌겠는가, 조사의 명이
라는데. 그저 불호를 외우며 한숨만 내쉴 뿐이었다.

공진 대사는 두 사질의 애만 태우고 바로 화제를 돌렸다.
그는 약간 근심스러운 표정으로 갈했다.

"내 강 소협이 이 정도일 줄은 몰랐단 말이야. 아무래도 우
리 대근이가 좀 딸리는 면이 있네."

"사숙, 딸린다는 표현은 그다지 점잖지가……."

"난 원래 흑도방파에 소속된 노예장인 출신이니 이해하게
나. 헐헐헐."

"……."

"아무튼 이대로는 안 되겠으니 방장께서는 품속에 든 것을
좀 풀어놓으셔야겠네."

"예? 무엇을 말입니까?"

"대환단."

옆에서 듣던 일문 대사가 말했다.

"사숙, 대환단은 조금… 소환단이라도 괜찮지 않을까요?"

"대환단. 그게 꼭 필요하네. 사질은 소림의 금강동인이 강
호에 나가 형한테 주눅들어 지내는 모습을 보구 싶은가?"

"아미타불."

꼭 필요하단다. 일문은 다시 불호를 외웠다. 그때 일엽이

대답했다.

"알겠습니다. 방장의 권한으로 대근이에게 대환단의 수여를 제의하고, 여기 나한전주인 일문과 사숙께서 동의를 하신 셈이니 결정된 것으로 치겠습니다."

대환단은 그렇게 쉽게 유출시킬 수 있는 물건이 아니다.

무조건 방장의 허가가 필수고, 그 외에도 최소한 장로 급 요인 두 사람의 동의가 필요하다.

뿐만 아니라 어떤 다른 장로가 반대 의사를 표명하면 방장도 마음대로 하지 못하고 장로회의를 열어 결정하도록 되어 있다.

그러나 신승이 동의를 했으니 아무도 반대를 하지 않을 것이라고 일엽은 생각했다.

"오호, 일엽 사질, 방장질을 오래하더니 융통성이 상당히 좋아졌구먼."

"다 사숙의 가르침 덕분입니다."

"험험, 이제는 말을 돌려서 사숙을 욕할 줄도 아니 과연 자리가 사람을 만든다는 고인의 말은 한 치도 틀림이 없네."

공진 대사는 껄껄대며 웃었다.

다음날, 일엽 대사가 대환단을 가지고 왔다. 단 하루 만에 다른 장로들을 모두 만나 반대를 하지 않는다는 확인을 받았다고 한다.

　사실 몇몇은 아무리 공진 대사의 귀여움을 받는 청년이고, 금강동인이라고 해도 외인에게 대환단을 내줄 수는 없다며 반대하려 했다. 그런데 일엽 대사는 상대가 반대하려고 하는 순간 먼저 말을 자르며 대신 이렇게 말했다.

　"아마 사제가 반대를 하면, 사숙께서는 내일부터 사제의 선방 앞에 초가집을 짓고 지내실지도 모르네."

　충분히 있을 수 있는 이야기다. 그 말을 듣고 반대하는 사람은 없었다.

　공진 대사는 대환단을 받아 들자마자 그 외에 준비한 여러 가지 물건들을 들고 장대근한테 갔다. 방에 들어서자 그는 다른 사람을 모두 물리치고 장대근과 단둘이 되었다.

　"대근아."

　약 기운에 취해 잠들었던 장대근은 긍진 대사의 부름에 잠이 깨어 눈을 떴다. 그는 얼른 몸을 일으켜 앉았다.

　"할아버지, 오셨어요?"

　"그래, 내가 사람들에게 물어보니 내일쯤은 완전히 회복될 거라고 하는구나."

　"지금도 별로 나쁘지는 않아요. 헤헤헤."

　"화상도 화상이지만 경맥이 확장되었으니 약으로 잘 치료를 해야 산통이 없느니라. 느낌상 괜찮다고 함부로 몸을 굴리면 두고두고 고생을 하니 하루만 더 참아라."

“네, 그럴게요.”

“참, 그리고 네 형이 이미 왔다.”

“와아! 정말요?”

“그래, 내일 만나기로 했으니 이 옷을 입고 나가 만나거라.”

공진 대사는 말을 하면서 들고 온 보따리를 풀었다. 그 안에는 한 벌의 남색 무복이 들어 있었는데, 장대근을 위해 특별히 맞춘 옷인 듯 그의 체구에 맞을 정도로 컸다.

장대근은 남색을 좋아했기에 활짝 웃으며 좋아했다. 공진 대사는 다시 그가 만든 소림백근도를 꺼내 장대근에게 보여주었다.

“네 어깨가 완전히 나은 이상 평범한 계도는 젓가락처럼 가볍게 느낄 것이다. 그러니 이걸 쓰거라.”

“어, 소림사에 그런 대도도 있었나요?”

“아니, 이번에 이 할아버지가 만든 거다. 그 내가 들고 다니던 선장이 있지 않더냐? 그걸로 만들었다.”

“그럼 할아버지는 뭐를 집고 다녀요?”

“난 이제 백 근이나 되는 철장은 필요가 없다. 그냥 대나무 죽장만 해도 충분하니 이제 네가 쓰거라.”

“헤헤헤, 고마워요.”

“그런데 말이다. 네 형을 만나보니 생각보다 무공이 강하더구나.”

“그래요? 할아버지가 칭찬할 정도면 무지하게 세나 보네요. 정말 잘되었어요.”

“그래, 그런데 문제는 아무래도 너보다 강할 것 같다.”

“…그래요?”

장대근은 그때서야 왜 공진 대사가 강진의 무공에 대해 말했는지 알았다. 강진 형이 강한 건 좋다. 그런데 그보다 강하다면 아무래도 형을 지켜주겠다는 그의 생각이 반대로 되어버린다.

“헤헤, 괜찮아요. 저도 죽어라고 계속 수련하다 보면 언젠가는 강해지겠죠. 형은 바쁜 사람이니 무공 수련에만 몰두하지는 못할 거예요. 반면에 저는 밥 먹고 할 게 그거밖에 없거든요. 제가 형 몫까지 수련하면 돼요.”

“그래그래, 넌 이미 도리를 알고 있으니 충분히 대성할 수 있다.”

공진 대사는 장대근의 대답에 미소를 지으며 고개를 끄덕였다. 그리고는 다시 말했다.

“내가 네 머리를 맑게 해주겠다고 그랬지?”

“어! 맞아요. 정말로 머리를 맑게 하는 방법이 있나요?”

장대근은 그동안 잊고 있었다가 다시 생각난 표정을 지었다. 그의 두 눈이 기대에 찼다.

"네 어깨가 나은 것과 비슷한 이치다. 경맥이 확장되면 묵은 상처도 나을 수 있는 것처럼, 머리를 막고 있는 경맥을 뚫을 수만 있다면 머리가 아주 많이 맑아질 거다. 하지만 쉬운 일은 아니다."

"헤헤헤, 고통은 참을 수 있어요. 사실 요거 새길 때 그 화로도 무지하게 뜨거웠지만 전 참을 만했거든요."

"그래, 그 정도 고통이었던 것 같구나. 그럼 일단 이걸 먹고 내공을 운기하거라."

공진 대사는 대환단을 장대근에게 내밀었다. 장대근은 그게 뭐냐고 묻지도 않고 그냥 받아서 단숨에 삼켰다.

잠시 후, 장대근은 불괴철혼공을 운용하여 내공을 움직이기 시작했다. 그러자 뱃속에서 방금 삼킨 대환단이 불덩이로 변해 내공의 흐름에 따라 전신으로 퍼져 나갔다.

"으으으!"

내장이 타는 듯한 괴로움은 역시 참기 어렵다. 장대근은 이를 악문 채 신음성만 내었다. 그때 공진 대사가 두 손을 뻗어 장대근의 명문혈 부근에 장심을 대었다. 그러자 장대근의 몸에서 일어난 기운이 서서히 공진 대사에게 빨려 들어갔다.

장대근은 자신의 내공이 갑자기 마음대로 움직이자 당황했지만 등에 손을 댄 사람이 공진 대사라는 것을 깨닫고 그가 이끄는 대로 내공을 보냈다.

공진 대사는 공흡의 묘리를 이용해 장대근의 내공을 빨아들였다. 그리고 자신의 내공을 이용해 그것을 불태웠다.

원래 장대근이 수련한 불괴철혼공은 상승정종의 무공이라 내공의 순도가 대단히 높았는데, 그것을 공진 대사가 다시 한 번 연단을 하니 더더욱 순도가 높아졌다.

대환단의 기운도 여지없이 녹아들어서 하나의 내공이 되었다. 공진 대사가 아니었다면 대환단의 기운을 녹이는 데 한참 시간이 걸리고, 그 약효 중 얼마간은 그냥 사라져 버렸을 것이다.

공진 대사는 그렇게 연단한 기운을 다시 장대근에게 보냈다. 그렇게 장대근이 세 차례 대주천을 하는 동안 계속하니, 결국 대환단의 기운이 모두 녹아 장대근의 몸에 흡수되었다.

그러나 그걸로 끝이 아니다. 이제 시작일 뿐이다. 공진 대사는 여전히 한 손으로 장대근의 내공을 유도하면서 왼손으로는 손가락을 세워 장대근의 전신 혈맥을 두드리기 시작했다.

파파파팍!

“으으으, 으으으.”

송곳으로 급소를 후벼파는 고통이란 이런 것이리라. 뼛속까지 구멍이 뚫리는 듯한 느낌에 장대근은 계속해서 신음성을 내었다. 그러면서도 그는 내공운기를 멈추지 않았다.

그때 공진 대사가 작은 목소리로 장대근에게 말했다.

"이제부터 단전에 기운을 모아라. 그리고 몸 안의 기운을 다 모았을 때, 단숨에 그걸 전부 머리 위 백회혈로 보내거라."

"……!"

그러면 죽지 않나요? 장대근은 그렇게 묻고 싶었다. 그러나 그는 공진 대사를 믿고 시키는 대로 했다. 생각은 머리 좋은 강진 형이나 할아버지가 하면 된다.

몇 배나 강해진 내공이 모두 단전에 모이자 장대근은 정말로 단숨에 그걸 전부 백회혈로 밀어 올렸다. 거센 폭포수가 거꾸로 하늘로 치솟는 형국이다. 무식은 용감해서 그걸 중지시킬 수 있는 여력은 조금도 남기지 않았다.

장대근의 내력이 백회혈로 올라갈 때, 공진 대사 역시 갑자기 내공을 일으켜 그의 명문혈에 엄청난 기운을 쏟아 넣었다. 그 기운은 장대근의 내공을 받치고 밀어 올려 더욱 거센 힘으로 만들었다.

동시에 그는 손에 힘을 주어 장대근의 등을 밀었다. 장대근의 허리가 굽어지자 그는 가부좌를 튼 채 허리를 굽혀 땅에 거의 머리를 닿을 정도의 자세가 되었다. 그 자세는 위로 올라가는 기의 흐름을 순간적으로 몇 배나 가속시키는 효능이 있었다.

바로 소림의 비전인 역근경에 그려져 있는 개천역근세(開天易根勢)의 첫 번째 자세이다.

주먹으로 기와를 치면 산산조각이 난다. 하지만 창술의 고수가 바람처럼 빠르게 순간적으로 기와를 찌르면 깨지지 않고 구멍이 나게 된다. 정말 크고 빠른 힘은 자신을 가로막는 힘을 순간적으로 부수는데, 그 충격이 바깥으로 펴지지 않고 안으로 모인다.

쾅!

장대근은 자신의 백회혈에서 천둥이 치는 소리와 함께 벼락이 떨어지는 충격을 느꼈다.

모든 혈맥의 중심인 백회혈어 충격을 받자 전신 기경팔맥이 모두 놀라 벌떡 뛰는 듯했다. 순간적으로 영혼이 육체를 이탈한 것처럼 몸의 감각이 조금도 느껴지지 않았다. 고통보다는 상실감 비슷한 것이 참기 어려울 정도로 장대근의 의식을 뒤흔들었다.

그러나 그것은 순간적인 느낌일 뿐, 곧 장대근은 자신이 머리 위로 올려 보낸 내공이 백회혈을 뚫고 지나가 반대편 혈을 타고 단전으로 돌아오고 있다는 것을 느꼈다.

장대근, 그는 죽지 않았다.

"놀라지 말고 그대로 운기조식을 겨속해라. 적어도 대주천을 서른여섯 번 연속으로 행할 때까지는 절대로 멈추면 안 된다."

공진 대사의 말에 장대근은 다시 허리를 펴고 내공운기를 계속했다. 신기하게도 내공이 백회혈을 지날 때마다 머리가 시원해지는 느낌이 들었다.

'정말 내 머리가 좋아지나 보다!'

장대근은 신이 나서 더욱 열심히 내공운기를 했다. 곧 그는 무아지경에 빠져 아무 생각없이 전 신경을 내공의 흐름에 집중하게 되었다.

공진 대사는 그때까지도 계속해서 장대근의 몸에 내력을 흘려보내고 있었다. 그러면서 한 손으로는 장대근의 내공이 지나는 기맥마다 적절한 힘으로 추궁과혈을 행했다.

어느 순간, 장대근의 몸에서 뼈들이 우두둑 소리를 내며 움직이기 시작했다. 경혈이 계속해서 확장되니 뼈가 버티지 못하고 경혈의 굵기에 맞게 재구성을 시작한 것이다.

동시에 장대근의 몸에서 검은 땀이 흘러나왔다. 또한 피부가 누렇게 변하더니 허물을 벗겨지듯 한 겹 한 겹 일어나 먼지처럼 부스러져 내렸다. 그러면서 안에서 끊임없이 새 살이 다시 생겨났다.

장대근의 어깨와 등에 난 흉터가 점점 흐려지더니 얼마 안 가 흔적도 없이 사라져 버렸다.

가슴과 팔뚝에 걸쳐 난 용 문양도 점점 흐려졌지만 그 신화의 기운은 경혈에까지 미친 것이기에 완전히 사라지지는 않았다. 화인으로 찍은 듯한 느낌은 완전히 없어지고 그냥 붉고 가는 주사로 그림을 그린 것처럼 보이게 되었다.

반면에 공진 대사는 점점 얼굴에 주름이 생기고 몸의 근육이 줄어들면서 체구가 작아졌다. 등도 조금씩 굽더니 곧 아주 늙은 노승의 모습으로 변했다.

그래도 공진 대사는 웃었다.

"성공이다. 과연 역근경이로구나. 천하를 다 뒤져도 개정대법으로 다른 사람을 환골탈태시킬 스 있는 수법은 역근경에 적힌 개천역근대법[하늘을 열고 뿌리를 바꾸는 대법]밖에는 없지. 아미타불."

힘없는 목소리이지만 원하는 것을 이룬 성취감이 가득 차 있었다. 공진 대사는 백 년에 걸쳐 쌓아올린 내공을 모두 장대근에게 흘려보냄으로써 개천역근대법을 시행했다.

이로써 장대근이 얻는 이익은 이루 말할 수 없이 크다. 기본적으로 그가 익힌 내공심법인 불괴철혼공이 극성을 넘어서 새로운 경지를 열었다.

장대근의 몸은 내외가 모두 더할 나위 없이 강해져 그야말로 금강불괴라 할 정도로 단단해진 것이다.

"흘흘흘, 이 정도면 이십 년 이내에는 강 소협이 대근이를 추월하기 힘들지. 암."

공진 대사는 만족한 웃음을 지으며 의식을 잃은 장대근을 제자리에 눕혔다. 이제 그는 모든 내공을 소실한 상태라 장대근의 거구를 지탱하기도 힘들었다.

일이 끝나자 공진 대사는 비틀거리는 걸음걸이로 자신의 거처로 돌아갔다. 그러면서 자꾸 다리에 힘이 빠지는 것을 느끼고 투덜대듯 말했다.

"정말 죽장이라도 하나 구해야지. 지팡이가 없으니 걷기도 힘들구먼."

다음날 아침, 강진은 의관을 정제하고 방장인 일엽 대사, 나한전의 일문 대사와 함께 공진 대사의 거처에 갔다. 두 대사는 장대근과 특히 친했기에 강진과 장대근이 만난 후에 그냥 뒷길로 떠날 것을 알고 작별인사를 위해 같이 동행을 한 것이다.

그런데 공진 대사의 거처에 이른 세 사람의 얼굴이 심각하게 굳었다. 공진 대사의 방 안에서 느껴지는 기척이 어제와는 많이 달랐다. 문을 열지 않아도 확연히 알 수 있을 정도였다.

"사숙, 강 소협이 왔습니다."

일엽 방장이 불안함을 참고 일단 말을 꺼냈다. 그러자 문이 열리고 안에서 공진 대사가 손짓을 했다.

"아니, 사숙! 어떻게 된 것입니까?"

사람들은 소스라치게 놀라 안으로 뛰어 들어갔다. 소림신승이 하루아침에 아무런 힘도 없는 노인이 되었으니, 이건 청

천하늘에 날벼락이 떨어져 사람을 통째로 불태우는 것보다
더 황당한 일이다.

공진 대사는 소란을 피우지 말라는 듯 손을 좌우로 저으며
말했다.

"거, 역시 우리 소림의 대환단은 효능이 좋더군. 덕분에 대
근이가 개천역근대법을 성공시켜 백회혈이 타통되었네."

"아! 개천역근대법!"

일엽 대사는 너무나도 놀랐다. 그 대법이 의미하는 것은 그
도 잘 알고 있었다. 공진 대사는 일신의 모든 내공을 모두 소
모해 버린 것이다.

한 번 완전히 비어버린 단전은 시간이 지나도 회복되기 어
렵다. 밑천이 있어야 그걸 굴려 크기를 불릴 수 있는데, 아무
것도 없다면 처음 내공 수련을 하는 사람과 별로 다를 바가
없다.

더군다나 이처럼 나이를 먹은 사람이 내공을 잃으면 뼈와
근육에도 기운이 없어 노화를 하는데, 이렇게 되면 내공이 회
복되어도 원래대로 돌아오지 않는다.

물론 공진 대사처럼 반로환동을 한 사람은 어떨지 아직 알
려진 바는 없다. 하지만 단전이 비어 있으니 처음부터 다시
내공을 쌓아 반로환동에 필요한 최소한의 기운을 모으려면
얼마나 시간이 걸릴 지 모른다. 그전에 늙어서 귀천할 가능성

이십 중 십이다.

일문 대사가 눈물을 흘리며 말했다.

"사숙, 대근이를 귀여워하시는 것은 알지만 이건 아닙니다. 대의를 보더라도 당장 그 흉신악살이 이 일을 알면 어떻게 하겠습니까? 강남무림맹과 우리 소림사에 환란이 닥칠 것입니다."

"알긴 어떻게 알아! 이건 비밀이야. 방장, 나한전주. 절대 이 사실을 남에게 알리면 안 되네. 강 소협도 마찬가지. 꿈에서라도 남에게 말하면 내 원망을 두고두고 들을 각오를 하게."

"……."

비밀이란다. 일엽 대사는 한숨을 쉬고는 다시 말했다.

"대의도 대의지만 저희 사질들의 마음을 조금은 생각해 주십시오. 사숙께서 이렇게 내공을 잃고 건강이 약해지셨다가 무슨 일이라도 있으면, 저희는 대근이를 원망할 수밖에 없습니다."

"허허허, 그 점은 염려 말게. 사실은 내가 말이야. 이렇게 안 해도 앞으로 이삼 년 있으면 귀천할 것 같았단 말이야."

"네? 어찌 그럴 수 있습니까? 어제만 해도 소림에서 가장 건장한 무승을 뽑으라면 사숙께서 뽑혔을 겁니다."

"몸이야 그렇지. 그런데 문제는 여기야."

공진 대사는 손가락으로 머리를 톡톡 가리켰다. 그러면서 말했다.

"내 반년 전부터 자꾸 사물에 대한 기억을 잃어버리는데, 그 느낌이 단순한 건망증하고 달라서 한 번 잊은 것은 아예 처음부터 기억에 없었던 것처럼 전혀 모르겠더란 말이야."

"……."

"그래서 조사를 좀 해봤는데, 윗분 즈사님들 중 몇 분께서 비슷한 병을 앓으셨더군. 기억소실증이라고 해서 결국 사형제나 제자마저도 기억하지 못하게 되어 귀천을 한다는 거야."

"기억소실증은 저도 들은 바 있습니다. 그걸 사숙께서 걸리셨단 말입니까?"

"그래, 그래서 다시 조사를 해보니까 과거 무림에서 명성이 높았던 선배 고인들 중에도 그 병에 걸리신 분이 꽤 되었던 거지. 그러니까 아무리 내공이 높고 깨갈음을 얻어도 이 병은 피할 수 없는 거야. 오래 살면 살수록 걸릴 확률도 높아지고."

"……."

"그렇지 않았다면 반로환동을 하신 선배들이 왜 대부분 백살도 못 살고 돌아가셨겠나? 무당파의 장삼봉 노선배는 내가 다섯 살 때 백이십 살의 세수를 끝으로 우화등선하셨다고 들었는데, 그때 그분의 겉모양은 백발이 성성한 노인이 아닌 중년의 도인 모습이셨다고 했네. 이렇듯 백이십 년 동안이나 육체의 노화를 막으신 분께서도 결국 지금까지 살아 계시진 못하셨지. 육체의 노화는 막아도 여기 머리통은 안 되는 거야. 기억이 있으니 그걸 지우고 되돌릴 수는 없는 거지.”

“아미타불.”

“아무튼 난 갈 때가 되었네. 이 년 뒤에 내가 죽으면 그건 숨기기 어렵지. 그때는 정말 왕노적을 무서워해야 하거든. 그러니 그전에 대책을 마련해야지.”

“아미타불.”

“그러니까 말이야. 내 생각은 이렇단 말이야. 내가 여기서 버티고 있기만 하면 왕노적도 설마 내가 이런 평범한 노인이 되었다고는 생각하지 못할 거야. 혹시 의심이 가도 그냥 내가 죽을 때까지 기다릴걸? 그러니까 이, 삼 년은 시간을 버는 걸세.”

“그럼 그사이에 대근이가 강호를 구할 거란 말입니까?”

“여기 있는 강 소협과 둘이서 구하는 거네. 강 소협.”

“말씀하시지요.”

“내 이렇게 대놓고 말하긴 조금 그렇지만, 상황이 급하니 좀 떼를 쓰겠네. 이번에 자네 동생인 대근이는 백회혈이 뚫려 머리가 아주 맑아졌을 걸세. 어느 정도 효능이 있는지는 몰라도 이제 더 이상 둔하다거나 바보라거나 하는 소리는 안 듣겠지. 뿐만 아니라 역근경의 기운으로 금강불괴의 몸을 지니게 되었거든. 아마 강기술이 아니면 대근이의 몸을 해할 방법은 없다고 봐도 될 거야."

"그렇군요. 대사님의 은혜를 어떻게 보답해야 할지 모르겠습니다."

"그건 서신에도 썼으니 다시 탄복할 필요 없네. 그건 그렇고, 내 생각해 봤는데 자네는 이미 강기술을 쓸 수 있겠지? 완벽하지는 않아도 적포 시주의 무공을 배웠다면 가능할 거야."

"신승께서는 이미 알고 계시는군요."

역시 이백 년도 넘은 능구렁이 할아버지는 감당하기 어렵다. 강진은 속으로 중얼거리며 그개를 끄덕였다.

옆에서 듣고 있던 일엽 대사와 일문 대사는 강진이 순순히 시인하자 연속해서 아미타불을 입에 담았다.

공진은 계속 말했다.

"하지만 강 소협은 아직 몸에 호신강기를 두르지는 못할 거야. 그러니 방심하다 검에 쫄리기라도 하면 죽거나 부상을 당할 수도 있는 거지."

"예, 아직 부족한 게 많아서 남에게 밝히기도 부끄럽습니다."

"약관에 강기 사용이 되는데 그걸 부끄러워하나? 남 염장 지르지 말게. 아무튼 한 사람은 최고의 보검이고, 다른 한 사람은 무엇이든 막을 수 있는 갑주이니, 둘이 같이 다니면 상대가 거의 없을 거야. 그러니까 왕노적이 직접 나오기 전까지는 정말 신나게 하고 싶은 일을 할 수 있는 걸세.”

“예, 혹시 시키실 일이 있으면 말씀하십시오. 저와 대근이가 대사님의 뜻을 받들어 행하겠습니다.”

“흘흘흘, 그거야. 암, 내 꼭 부탁하고 싶은 일이 있네.”

공진 대사는 아주 기쁘게 웃으면서 강진에게 요구사항을 말했다.

“지금 강남 일대에는 왕노적의 제자인 나용문이라는 자가 스스로 흑룡왕이라 칭하고 비밀 흑도방파인 흑룡방을 세워 악행을 저지르고 있네. 강남무림맹에서는 사력을 다해 그자를 막으려 하지만 원래 열 사람이 도둑 하나 막기 어렵다고, 이 흑룡방의 행사가 워낙 신출귀몰하여 총단의 위치도 아직 모르고 있는 형편이거든.”

흑룡방이라면 이번에 항주 약탈을 계획한 놈들이다. 그들의 음모는 은밀하고도 악랄했고, 뒤에 도사리고 있는 고수가 많았다. 강진은 고개를 끄덕여 흑룡방에 대해 자신도 안다는 것을 밝혔다.

“그러니 강 소협이 우리 대근이와 함께 강호를 돌아다니다가 혹시 여유가 생기면 흑룡방의 총단을 좀 찾아주게. 가능하면 나용문이란 놈도 잡아서 혼내주고 말이야.”

"적을 치려면 단숨에 머리부터 쳐야 한다고 들었습니다. 나용문이란 자보다 강남해적왕 왕진을 상대할 필요가 있지 않겠습니까?"

"어렵고도 어려운 일이야. 무엇보다 아직 강 소협은 왕노적에 비하면 무공이 좀 떨어진단 말이야. 적포 시주라고 해도 왕노적이 수작을 피우면 결과가 어떻게 나올지 장담하기 힘들 정도니까. 지금은 욕심부리지 말고 일단 흑룡방을 정리하는 게 상수네."

"그렇게 하지요. 꼭 흑룡방이 총단을 찾아 강남무림맹에 알리고, 수괴인 나용문도 찾아서 처단하겠습니다."

"서두를 필요는 없네. 그냥 그런 생각만 가지고 있으면 다 기회가 올 테니까. 원래 일이란 게 급할수록 멀어지고, 반대로 마음을 비우면 스스로 다가오는 경우가 많다네."

"명심하겠습니다."

강진이 대답하자 공진 대사는 두 사질을 보며 웃었다. 그 표정이 마치 어린아이와 같았다.

내공을 잃은 후 성격이나 말투도 예전의 신비함이 사라지고 종종 거친 속어도 사용했다. 이제는 더 이상 체면을 차릴 필요가 없다는 투였다. 하지만 공진 대사의 말을 들으면 이상하게도 마음이 편안해지는 것은 예전과 마찬가지였다.

"흘흘흘, 보게나. 벌써 흑룡방을 처리할 사람을 구했지 않나? 내가 이래 봬도 강남무림맹 태상호법으로서 일할 마음이 굴뚝같이 있단 말이야.”

“사숙님의 심모원려에 이 사질은 감복할 뿐입니다.”

공진 대사는 신이 난 표정으로 살짝 목소리를 낮춰 말했다.

“이건 내 특별히 가르쳐 주는 건데, 원래 도박장에서 승승장구하던 도박사가 그보다 더 강한 운을 가진 사람을 만나면 순식간에 있는 밑천을 모두 털리고 보통 사람보다 못한 거지꼴이 되지 않나? 뭐, 승려인 내가 도박장 예를 드는 건 별로 좋지 않다는 건 잘 아니 그런 눈 하지 말게.”

“…….”

“사람의 운세란 것도 마찬가지야. 운세가 강한 사람이 더 강한 사람하고 부딪치게 되면 순식간에 운이 쪽쪽 빨려 폐가망신하는 것을 내가 백 년을 살면서 적지 않게 봐왔거든. 지금 무림에서 가장 운세가 강한 사람은 바로 여기 강 소협과 적포 시주라 할 수 있으니, 왕노적이 이들과 얽히는 순간 그가 가진 운은 모두 재난으로 바뀔 걸세. 아마 말년이 편하진 못할 거야, 암.”

또 나왔다. 공진 대사가 지난 십여 년간 틈만 나면 주장해 온 무림운세론. 천기를 보고 말을 한다는 데야 쉽게 반박도 할 수 없어서 일엽 대사는 그저 듣기만 해 왔다.

그런데 십 년 만에 이렇게 강진을 만나 그의 무위를 보니 어쩌면 공진 대사의 주장이 노인의 망령기 아닌 정말 천기일 지도 모른다는 생각이 강하게 들었다.

사람은 희망을 보면 자신도 모르게 그쪽으로 모든 생각을 맞추는 버릇이 있는데, 일엽 대사도 공진 대사의 말에 넘어가 자신도 모르는 사이 근거 없는 희망적 운세론에 기대를 하기 시작했다.

공진 대사는 잠시 입을 다물고 웃음을 멈췄다. 그는 천장을 꿰뚫고 하늘을 보기라도 하듯 고개를 위로 든 채로 무엇인가 를 보았다. 그러다가 문득 입을 열어 혼잣말을 하듯 말했다.

"적포 시주는 전생에 사람을 백만 명쯤 구했는지 재수가 억수로 좋아 강 소협을 후인으로 두었지. 나는 사십 년쯤 헛 되이 보내다가 그 뒤로는 제법 덕을 쌓아서 그 공덕으로 대근 이와 인연을 맺었어. 하지만 왕노적은 평생 악업을 쌓았으니 나중에는 후배에게 두들겨 맞는 수치를 경험하게 될 거야."

그것이 예언인지 바람인지, 아니면 저주인지는 알지 못한 다. 하지만 강진과 일엽 대사, 일문 대사는 가슴속에 그 말을 새겼다.

그날, 강진은 대근이를 만나 서로 재회의 기쁨을 나누었다. 대근이는 정말 미친 듯이 기뻐하며 강진을 끌어안고 어린애 처럼 울었다.

그 후 두 사람은 두 분 대사의 배웅을 받으며 소림을 떠났다.

　장대근은 공진 대사에게 마지막 인사를 하려 했지만 일엽 대
사는 공진 대사가 장대근의 머리를 맑게 해주느라 힘을 너무 많
이 써서 당분간 폐관수련을 해야 한다고 말했다. 소림의 규칙
은 대단히 엄하여 일단 폐관에 들어가면 아무도 만날 수 없다.
　결국 장대근은 어쩔 수 없이 그냥 떠나야 했다. 하지만 장
대근은 소실봉을 거의 벗어날 무렵까지 계속해서 뒤를 돌아
보았다. 아무래도 무엇인가를 느끼는 듯 걱정스러운 표정을
얼굴에서 지우지 않았다.
　소실봉 기슭에 도착하자 강진은 장대근에게 말했다.
　“대근아, 할아버지가 계신 곳이 어디냐?”
　“저쪽이요.”
　“그래, 그럼 그쪽에 대고 절을 아홉 번 해라.”
　“예.”
　이제는 응이 아닌 예라고 대답하는 장대근은 확실히 성장
을 했다. 며칠 사이 부쩍 어른스러워진 듯했다.
　장대근은 강진이 시키는 대로 절을 했다. 아홉 번 절을 끝
내자 강진은 다시 말했다.
　“어디 가서 누가 사문이 어디냐고 물으면 가슴을 펴고 당
당하게 소림사라고 말해라. 누가 뭐래도 넌 공진 대사의 의손
자가 아니냐?”
　“헤헤, 그래도 되나요?”

장대근도 일찍부터 그러고 싶었는지 좋아라 했다.

강진에게 무공을 배운 이후, 다른 사람에게는 배우지 않겠다고 결심하고 공진 대사의 가르침도 거절을 한 그였지만, 사실상 공진 대사가 너무나도 많은 것을 가르쳐 주었다는 것을 그 또한 느끼고 있었다. 단지 강진에게 허락을 받지 못해 아직 마음을 열지 못했던 것이다.

그날부터 장대근의 머릿속에 남이 아닌 자신의 가족이 더 많이 생겼다. 이제는 강진과 설옥뿐만 아니라 소림사 사람들 모두가 가족이었다.

第八章　은퇴취소(隱退取消)

赤布龍王

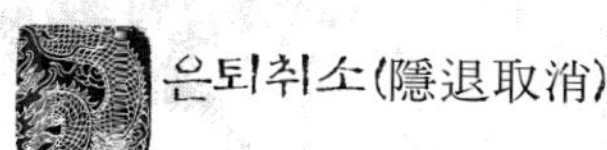

　　수십 마리의 검은 용이 벽에 가득 그려져 있
었다. 갓 알에서 깨어나는 모습부터 하늘을 나는 모습, 바다
를 헤치고 튀어나오는 모습, 고래를 통째로 뜯어먹는 모습 등
용이 할 수 있는 행동이 모두 벽화로 그려진 모양이다.

　　그 앞에는 황제나 앉을 수 있을 것 같은 큰 태사의가 있었
다. 단지 그걸 덮고 있는 모피는 호랑이의 가죽이 아닌 거대
한 상어의 가죽이었다.

　　태사의에 앉아 있는 사람은 나이를 짐작하기 어려운 남자
였는데, 그는 검은 용이 그려진 가면을 쓰고 있었다.

그는 상체를 모두 벗어 웃통을 드러내고 있었는데 전신에
는 흑룡의 문신에 새겨져 있었고, 그 목 부분이 묘하게 가면
과 연결되어 한 마리의 완성된 용 문신이 되었다.

태사의 옆에 세워져 있는 사람 키만 한 작살은 그의 독문병
기인 듯, 대가 길어 작살과 장창의 중간 형태로 보였다. 단지
창 끝에 고리가 있고, 그 고리에 정교한 쇠사슬이 달려 사내
의 손목에 있는 강철팔찌와 연결되어 있었다.

기괴한 벽화에 기괴한 차림의 사내, 그러나 가장 두려운 것
은 바로 사내의 몸에서 흘러나오는 끈적끈적한 마기였다.

그 기운 때문에 태사의 앞에 엎드려 있는 사람은 오줌을 지
릴 정도의 공포에 떨고 있었다.

이윽고 태사의의 남자가 손을 들자 한쪽에 시립해 있던 사
람들 중 한 명이 나왔다. 그자는 흑룡방의 형당을 맡고 있는
철수교흉(鐵手鮫凶) 전광비였다.

전광비는 오른손에 든 철척을 그의 왼쪽 의수에 캉! 하고
부딪쳐 사람들의 이목을 집중시킨 후에 말을 꺼냈다.

"고도광, 이번에 내가 저지른 실수는 우리 흑룡방이 지난 십
년간 치른 크고 작은 행사 중 가장 큰 실패라 할 수 있다."

"주, 죽여주십시오."

고도광은 떨리는 입으로 겨우 말을 꺼냈다. 입으로는 죽여
달라고 말했지만 속마음은 오래도록 만수무강하고 싶었다.

지난 십 년간은 그래도 참 살만 했는데, 하루아침에 이 모양이 되어 내일 잠에서 깨어날 수 있을까를 걱정해야 하는 처지가 되니 참으로 서글펐다.

전광비는 다시 말했다.

"고도광, 너는 항주의 민중봉기와 상가약탈, 청자상회의 접수, 감찰어사의 비밀보위란 세 가지 임무를 맡아 십 년간 방의 대대적인 지원을 받았으면서도 단 한 가지도 이루지 못했다. 뿐만 아니라 적이 쳐들어 왔는데 목숨을 걸고 싸우기는커녕 형세가 불리함을 느끼는 순간 수하들을 버리고 몸을 뺐다. 네가 버린 사람들 중에는 네 스승도 포함되어 있었지."

"……"

고도광은 더 이상 목숨을 구걸할 기력도 없는지 그저 꿇어 엎드린 채 가만히 있었다. 그는 스스로 이곳에 온 것이 아니라 모든 것을 버리고 숨으려 했다가 잡혀 온 처지였다. 이미 살기 어렵다는 것은 알고 있었다.

전광비의 추궁은 계속되었다.

"고도광! 너는 무능했고, 욕심이 닳았고, 의리가 없었으며, 방에 대한 충성심도 없었다. 그리고 삶에 대한 미련은 또 많으니 방에서 금지한 다섯 가지 큰 항목을 어긴 셈이다."

전광비는 거기까지 말한 이후 고개를 돌려 태사의에 앉은 남자를 보았다. 그리고는 허리를 굽히며 결론을 보고했다.

"고도광의 죄는 본인뿐만 아니라 일가족을 모두 벌해도 모자랍니다. 하지만 이미 그의 처자식 역시 이자의 버림을 받아 모두 잡히거나 죽었으니 고도광 한 명을 벌할 수밖에 없습니다."

전광비는 다시 한 번 철척으로 의수를 때리며 선언하듯 말했다.

"저는 형당당주로써 고도광의 팔과 다리를 모두 상어에게 물어뜯게 하고, 따뜻한 남해 바다에 칠 일 동안 몸을 담가 몸통을 조개의 먹이로 주어야 한다고 주장하겠습니다."

전광비의 말에 시립해 있던 사람들은 한차례 몸을 떨었다. 산채로 사지를 상어에게 물어뜯기는 것도 잔인하지만 남해 바다의 조개에게 몸통을 먹히는 것은 정말 참기 힘든 극형이라 할 수 있다.

조개가 몸속으로 파고들어 조금씩 살을 떼어먹어도 좀처럼 사람은 죽지 않는다. 게다가 남해 바다는 따뜻해서 얼어죽을 염려도 없으니 정말 재수가 없으면 며칠 동안이나 죽지 않고 극한의 고통을 맛볼 수도 있는 것이다.

이런 죄인을 처벌하는 것은 형당당주 전광비의 발언이 절대적이다. 이제 고도광은 십중팔구 그가 주장한 형을 받게 될 것이다.

그런데 이번에는 사람들의 예상이 빗나갔다. 태사의에 앉은 남자가 귀찮다는 듯이 손을 저으며 말했다.

"그냥 바다에 갔다 버려라."

"방주님, 살려서 버립니까, 죽여서 버립니까?"

전광비가 다시 묻자 남자는 자리에서 일어나며 말했다.

"이미 죽었다. 네놈이 상어 어쩌구 할 때 혀를 깨물더라. 바로 죽는 걸 보니 이빨에 독침이라도 숨겨뒀나 보군."

놀란 전광비가 발로 고도광을 차서 뒤집었다. 과연 고도광은 얼굴이 검게 변한 채 숨이 끊어져 있었다.

흑룡방의 방주, 나용문은 태사의 옆에 꽂힌 작살을 뽑아 들며 말했다.

"이런 병신 새끼 한 명 때문에 내가 해적왕께 한소리 들어야 한다는 게 분통이 터지지만 어쩌겠나. 이미 망한 거."

나용문은 이런 일은 빨리 잊어버리는 게 상책이라는 듯 고개를 흔들었다. 그러다가 문득 생각났다는 듯 말했다.

"그런데 그놈의 행방은 찾았나? 그 겁도 없이 날뛰었다는 홍의검협인가 홍피변견인가 하는 놈."

"찾았습니다. 하북으로 향했다고 합니다."

"미치겠군. 죽기 싫어서 강북으로 튀었잖아. 이봐, 순찰당주."

"옛, 순찰당주 조박 여기 있습니다."

"그놈의 행방을 계속 감시해. 그리고 혹시 우리 영역 쪽에 들어오면 바로 보고하고."

"복명!"

"사업은 이미 실패했지만 뒤처리는 깨끗이 해야지. 우리는 흑룡방이야. 복수도 제대로 못하면 누가 우리를 두려워하겠나?"

"……."

"그럼 순찰당은 당분간 그놈을 추적하고, 다른 당주들은 하던 사업을 계속 추진해. 죽은 놈 원망하지 말고 살아 있는 사람이 손해본 거를 메워야지."

사람들은 일제히 외쳤다.

"복명!"

"그럼 난 간다. 잘해봐."

흑룡왕 나용문은 그대로 홀로 장내를 벗어났다. 그러자 그 뒤에 몇 사람이 나타나 태사의를 들고 나갔다. 그 뒤에 다시 몇 명이 뒤에 세워져 있던 벽들을 조심스럽게 부쉈다.

알고 보니 이 벽은 수백 개의 벽돌을 쌓아 세운 것인데, 벽돌 사이에 정교한 접착물을 발라 붙여놓은 것이라 결을 따라 약간만 충격을 주어도 바로 떨어졌다. 하지만 그러다가 벽돌이 깨지기라도 하면 큰일이다. 일단 깬 장본인은 무조건 처형된다고 봐야 한다.

그렇게 몇 사람의 작업이 끝나자 안에는 아무 흔적도 남지 않았다. 벽돌이나 태사의 등 방금 전까지 분위기를 자아냈던 모든 도구들은 차곡차곡 정리되어 한 척의 작은 배 안에 쌓였다. 크기만 작을 뿐 아니라 구조도 납작하여 방주처럼 생겼다.

또한 겉에는 광택없는 검은 칠이 되어 물위에 띄워놓으면 파도에 가려 거의 보이지도 않았다. 일끈들은 그 배 위에 올라타고 노를 저어 바다로 나아갔다. 이 작은 배가 바로 흑룡방의 총단이라는 것을 아는 사람은 몇 없으리라.

나용문은 호위 한 명 없이 혼자 다녔다. 어차피 그의 얼굴을 아는 사람도 없으니 혼자 다니는 것이 오히려 안전하다. 그렇다고 해서 그가 정파 사람으로 의장하거나 신분을 감추고 민간인 행세를 하는 것은 아니다. 그는 언제나 당당했다. 태어나면서부터 그렇게 교육받은 것이다. 그는 자신이 인간 이상의 존재라고 생각하고 있었다. 그리고 인간은 모두 그의 노예다.

오직 세상에 단 몇 명만이 그와 어깨를 나란히 할 자격이 있다. 그것은 바로 그와 비슷한 경지에 도달한 자들이다.

지금 그의 윗사람은 사부인 해적왕 광진뿐이다. 하지만 왕진도 그에게 명령을 할 수는 없다. 단지 나용문은 왕진이 자신을 용의 길로 인도한 선입자이기 때문에 선배 마선(魔仙)으로 존중을 할 뿐이다.

흑룡방을 세우도록 도와준 사람도 왕진이다. 세상 사람들은 그걸 오해해서 자신이 왕진의 제자이자 부하고, 흑룡방이 해적왕의 휘하 조직이라고 생각하지만 그건 정말 큰 오산이다.

흑룡방도들은 모두 나용문 한 사람에게만 충성의 맹세를 한 것이다. 나용문이 만약 왕진고 척을 지면 서슴없이 해적왕의 부하들과 사생결단을 낼 정도로 충성심이 깊은 부하들이다.

"가끔씩 쭉정이 같은 놈도 있지만 말이야. 미치는 거지. 그래도 어떡하겠어. 내가 뽑은 놈도 아니고, 내가 뽑은 놈의 제자니. 에이, 아무래도 조직 정비 좀 해야겠군."

나용문은 속이 답답한 듯 신경질적으로 발을 들어 앞에 있는 바위를 찼다.

퍽, 우르르르!

바위에 그물처럼 균열이 가더니 곧 작은 돌 조각이 되어 무너져 내렸다. 가벼운 발길질 한 번으로 자신의 몸보다 큰 바위를 돌무더기로 바꾼 것이다.

"그놈이 백자붕과 일 대 일로 싸워 이겼다고 했지? 그것도 전각 안으로 들어가서 싸웠는데 말이야."

나이가 많지 않다고 했다. 기껏해야 약관? 주안공을 다년간 수련해도 그렇게 젊어 보이기는 쉽지 않다. 무엇보다 주안공 따위를 익힌 놈이 백자붕을 이길 리 없다.

"일단 기억해 놓고, 나중에 꼭 한번 만나봐야지. 아깝군. 백자붕만 안 죽였으면 내가 꼭 받아들여서 중하게 써줄 텐데."

몇 번을 생각해도 아깝다. 나용문은 그렇게 생각하며 입맛을 다셨다. 그냥 확 눈감고 부하로 삼아? 일순 그런 생각이 머리를 스쳤지만 곧 생각을 접기 위해 머리를 털었다.

"그래도 의리가 있는데 내 부하 죽인 놈을 부하로 삼을 수는 없지. 그냥 빨리 잡아버리고 딴 놈이나 찾아보자.”

세상에 인간은 개미 떼처럼 많고, 그중에서 뒤지다 보면 쓸 만한 놈도 쏠쏠하게 나온다. 단지 그 인재를 받아들여 충성을 받을 수 있는지 없는지는 윗사람의 그릇에 달려 있다.

그릇은 바로 의리로 결정된다. 지켜야 할 것만 지켜주면 아랫것들은 감동할 수밖에 없다. 왜냐하면 그는 용왕이고, 아랫것들은 인간이기 때문이다.

그것이 바로 나용문의 신조였다.

*　　　*　　　*

지저 호수에 사는 영물빙어는 낚싯대에 걸리기 이전, 적포천존의 의지에 걸렸다. 그놈이 절문비곡의 폭포에 다시 나타난 것은 우연이 아니라 필연인 것이다.

적포천존은 영물빙어에게 인사까지 했다.

“왔냐? 그럼 물어라.”

미끼 달린 낚싯바늘을 물면 그날로 끝이다. 영물빙어는 그 사실을 본능적으로 아는 듯 순순히 말을 듣지 않고 제법 저항을 했다. 그러나 소용이 없다.

의지의 실은 절대로 끊을 수 없는 것. 그리고 적포천존은 한두 시진이 아닌, 며칠이든 계속해서 의지의 실을 보낼 수 있었다. 그것은 가장 강력한 섭혼술과도 같은 힘이었다.

만약 적포천존이 약간 엉뚱한 생각을 하여 물고기들을 세뇌시키기로 마음먹는다면, 그는 정말로 동해의 용왕이 될 수 있을지도 모른다.

결국 영물빙어는 자신의 운명을 받아들이기로 한 듯 비틀거리며 적포천존의 낚싯대로 다가와 미끼를 물었다.

"크하하하하, 이것이야말로 손쉬운 승부지!"

적포천존은 능숙하게 낚싯대를 잡아챘다. 그때서야 제정신을 차린 영물빙어가 사력을 다해 파닥거렸지만 이미 쌀이 익어 밥이 되고 나무를 깎아 배를 만든 것과 같은 상황이다.

영물빙어는 이대로는 안 되겠다고 생각했는지 뱃속에 있는 하얀 내단을 움직이기 시작했다. 그러자 빙어의 입에서 냉기가 뿜어져 나와 낚싯줄을 얼리기 시작했다.

"어? 그건 아니다."

적포천존은 여기서 놓치면 정말 제자와 같은 수준인 사부가 될 뿐이라 생각하고는 급히 내공을 끌어올려 낚싯대에 주입했다. 순간적으로 낚싯대로부터 붉은빛이 뿜어 나왔다. 그것은 줄도 마찬가지였고, 심지어는 바늘에서도 강기의 기운이 일어났다.

강기의 기운은 너무 강력한 나머지, 영물빙어는 그대로 기절해 버렸다. 이건 살형기가 아닌 진정 순수한 강기로, 적을 죽이는 것도 살리는 것도 모두 마음대로였다.

그렇게 적포천존은 물고기를 상대로 강기까지 써서 잡았다.

물 위로 건져 올린 영물빙어는 그렇게 크지는 않았다. 그러나 비늘 색이 피처럼 붉고, 또 배 쪽에는 바깥까지 비쳐 보일 정도로 큰 내단이 형성되어 있었다.

적포천존은 일단 탁본을 떴다. 기념할 만한 놈을 잡으면 먹물로 물고기의 형상을 떠놓아야 증거가 된다고 강진에게 들은 바 있다.

그다음에는 손끝에 기를 모아 날카롭게 만들어 배를 갈랐다.

"이놈 봐라, 비늘이 꽤 질기네?"

적포천존은 손의 반응으로 볼 때 이 영물빙어의 비늘이 두껍게 겹쳐서 말린 소의 가죽보다 더 질기다고 생각했다. 거의 반투명한 비늘의 얇기로 볼 때, 이건 어쩌면 보물로 취급될 만한 것일지도 모른다. 그래서 적포천존은 비늘을 통째로 벗겼다.

그리고 드디어 내단을 꺼냈다. 이걸 어떻게 보관할까 고민하다가 머리를 탁! 하고 치곤 비늘로 쌌다. 대충 괜찮아 보였다.

"크크크, 이제 고기 맛이나 볼까나~"

적포천존은 짐을 정리해서 집으로 돌아갔다.

때마침 거의 식사 때가 다 되었기에 설옥이 돌아와 식사 준비를 하고 있었다. 그녀는 웬일로 사부가 부르기도 전에 왔는지 영문을 알 수 없어 하다가 그의 손에 들린 물고기의 붉은 살을 보았다.

"앗, 영물고기! 드디어 잡으셨군요?"

"핫핫핫핫, 이 사부에게 찍힌 놈들 중에 아직 멀쩡한 놈은 거의 없느니라."

사실 딱 한 명만 빼고는 없다. 그런데 그 한 놈 때문에 꼭 '거의' 라는 표현을 붙여야 한다. 아주 짜증나는 일이다.

한차례 자랑을 한 적포천존은 설옥에게 영물빙어의 고기를 주면서 한 번 잘 요리를 해보라고 건네주었다.

설옥은 즉시 다른 요리를 모두 포기하고 조심스럽게 영물고기의 살을 잘라 부위에 따라 요리를 하기 시작했다. 어쩌면 독이 있을지도 모른다고 경계를 했지만 고기를 자르다 보니 이건 안전하다는 느낌이 왔다. 설옥의 이 느낌은 한 번도 틀린 적이 없었다.

볶음과 국, 그리고 조림의 세 가지 요리가 식탁 위에 올라왔다. 적포천존과 강선도는 기대심을 가지고 젓가락으로 한 점씩 집어 들고 맛을 보았다.

"어떠냐?"

"천존께서는 어떠십니까?"

"별로 맛이 없다."

"죄송해요. 제자의 실력이 부족한가 봐요."

"아니다. 양념 맛은 훌륭한데 고기 맛 자체가 영 아니구나.

아마 이놈은 자기 기운을 모두 내단 만드는 데 썼나 보다. 퍼석퍼석한 느낌이 나니 차라리 두부가 낫다."

"아무래도 그런 듯합니다."

적포천존과 강선도는 거의 동시에 젓가락을 내려놓았다. 설옥은 얼른 그것들을 내어가고 원래 준비했던 반찬들을 식탁 위에 올려놓았다.

잠시 후 그들은 다시 식사를 시작했다. 이번에는 맛이 있었다. 설옥의 음식 솜씨는 적포천존이 보기에도 아주 훌륭했다.

식사가 끝난 후, 적포천존은 자리에서 일어나 동경이 있는 쪽으로 갔다. 별로 좋은 동경은 아니었기에 형상이 뚜렷하게 비쳐지지는 않았지만 얼굴 윤곽은 대충 알아볼 수 있었다.

잠시 얼굴을 이리저리 돌려 살피던 적포천존은 결심이 섰는지 손날을 세워 자신의 턱수염을 옆으로 그어 잘라냈다. 턱 아래쪽에서 일자로 잘린 수염은 좌우로 퍼졌는데, 가운데보다 좌우 쪽이 더 길어 보였다.

밑으로 늘어진 턱수염이 마음에 들지 않아 잘라내니 확실히 좀 나아 보이는 듯했다.

적포천존은 크게 웃으며 설옥에게 확인하듯 물었다.

"크하하하! 어떠냐, 제자야? 이 사부가 사십대로 보이냐?"

갑자기 사부가 수염을 쳐내고 나서 의견을 묻자 설옥은 속으로 생각했다.

'자, 장비……'

하지만 사부에게 그런 말을 할 수는 없다. 지난 몇 년간 적포천존의 시중을 들면서 무공보다 아부가 더 많이 늘은 설옥이다.

그녀는 곧 손뼉을 짝 하고 치며 말했다.

"사부님, 어쩌면 이렇게 하루아침에 젊어지실 수 있으세요? 정말 사십대 초반으로밖에 안 보여요."

"크하핫핫핫! 이게 바로 이야기책 속에서 가끔 써먹는 반로환동이라는 거다."

반로환동은 이미 저번 달에 했다. 그러나 적포천존은 진정한 반로환동은 수염을 다듬음으로써 완성됐다고 믿었다.

설옥은 열심히 적포천존의 장단에 맞춰주었다.

"반로환동요? 그럼 사부님께서는 신선이 되신 건가요?"

"난 원래 신선보다 강했다. 엄밀하게 말하면, 생불보다 강했지. 아무튼 이제 짐 챙겨라. 가자."

"예? 어디로요?"

"어디긴, 네 낭군 만나러 가야지."

"와아! 정말요?"

"그래, 그 녀석 지금쯤 혼자 돌아다니느라 무림에서 고생을 실컷 하고 있을 테니 내가 가서 한 번쯤 정리를 해줘야 되지 않겠냐? 무공이 얼마나 발전했나 점검도 해보고 말이야.”

“물론이죠. 어서 가요.”

낭군 만나러 가야지! 흥이난 설옥은 얼른 짐을 싸러 갔다. 옆에 있던 강선도는 자신은 그냥 여기 남겠다고 적포천존에게 말했다.

그렇게 적포천존은 어린 여제자와 함께 강호에 재출도했다. 제멋대로 은퇴를 선언했으니 그걸 취소하는 데에도 아무런 거리낌이 없었다.

『적포용왕』3권에 계속…

외전

赤龍王布

원래 적포천존이 절문비곡을 발견했을 때 있던 재물은 그 양이 많지 않았다. 그리고 진짜 보물의 인연은 강진에게 이어졌다.

그날, 준비를 철저하게 한 보람이 있어 강진은 반나절 동안 절벽을 탔어도 거의 지치지 않았다. 아직 맥이 모두 뚫린 것은 아니기에 내공을 쓸 수는 없지만, 신법이나 수법 등의 초식은 어느 정도 익숙하게 익힌 상태였다. 그것이 큰 도움이 되었다.

적포천존이 말한 대로 절벽의 중앙에는 그림이 그려져 있고, 그 가운데에는 문자가 새겨져 있었다.

　강진은 일단 그것을 한번에 모두 보려고 하지 않고 중간중간 쉴 곳을 만들고 충분한 휴식을 취했다. 도중에 다시 올라갈 생각도 했지만, 벽화는 절벽에서 한참 내려온 곳에 있었기에 차라리 그냥 절벽 중간에서 쉬거나 자는 것이 나을 듯싶었다.

　세 곳에 있는 문양은 절벽을 따라 옆으로 길게 늘어져 있었는데, 애초에 그 위치를 알았다면 일단 기어올라 가서 다음 문양이 있는 곳으로 다시 내려오는 게 편했을 것이다.

　하지만 문양의 위치를 확인할 수 없었기에 정말로 계곡을 더듬어가는 듯한 기분으로 모두 다 살펴야 했다.

　그렇게 꼬박 삼 일을 헤매어 겨우 모든 문양과 그 가운데에 위치한 구결을 살필 수 있었다.

　문양은 바로 방위와 지리를 알려주고, 문자는 그 방위에 따라 이동하고 기관을 작동시켜 길을 여는 방법에 대한 것이었다.

　구결에 따르면 외부에서 계곡 안으로 들어가기 위해서는 일단 주변에 설치되어 있는 만상환혼진(萬像幻魂陣)의 생로를 여는 기관을 작동시키고, 그 안에 들어가 진의 한가운데에 위치한 기관을 움직여 통영로를 열어야 한다. 두 가지 기관의 조작법이 세 곳에 나뉘어 쓰여 있는 것이다.

　그런데 강진은 지난 삼 일 동안 절벽을 타면서 이상한 점을 찾아냈다. 그 때문에 그는 이대로 절벽을 내려갈 수 없었다.

"분명히 이 구결들은 완벽하다. 이제는 내려가서 그대로 작동을 시켜보면 이게 옳은지 틀린지 알 수 있겠지. 하지만……."

강진은 그가 지금까지 움직여 온 절벽의 길을 생각했다.

"아무리 깎아지른 절벽이라고 해도 지세의 결이 하나가 아니니 움직이는 길 역시 여러 갈래이어야 한다. 그런데 이 문양들 사이에 내가 움직일 수 있는 길은 단 하나였다. 이건 절대로 정상적인 자연의 길이 아니다."

그가 느낀 것은 바로 절벽의 지세였다. 첫 번째 문양에서 두 번째 문양까지 가는 길은 단 하나이고, 다른 길로는 갈 수가 없었다. 두 번째에서 세 번째 역시 마찬가지. 그러니까 이 문양을 만든 사람은 구결을 보려는 자가 가는 길을 은밀하게 제한하고, 다른 지세는 모두 끊어놓았다고 봐야 한다.

강진은 마음을 굳게 먹고 다시 절벽을 기기 시작했다. 그러면서 세심하게 다른 길로 갈 방법이 있는가를 찾았다.

역시 없었다. 절벽 위에서 첫 번째 문양으로 접근하는 길은 여러 개였고, 세 번째 문양에서 아래로 내려가는 것도 자연의 이치대로 여러 갈래였다. 하지만 각 문양을 잇는 길은 하나였다.

"무엇 때문에 이렇게 만들어놓았을까?"

고민하던 강진은 구결의 연결에 대한 것에 생각이 미쳤다.

두 가지 기관을 움직이는 방법이 세 구결로 나뉘어 있다. 그 때문에 구결을 움직이는 방법이 도중에 끊겨 있는데, 구체적으로 말하자면 첫 구결의 끝이 이렇다.

기관을 작동시키는 방법은 좌로 일.

두 번째 구결의 시작은 이렇다.

우로 다섯번을 돌리고 중심축을 누르면 생로가 열린다.

두 번째 구결의 내용은 생로를 따라가는 법이고, 마지막에는 다시 안쪽의 작동법이 쓰여 있다.

좌로 칠, 우로 일.

세 번째의 시작은 '돌리고 중심축을 누른 후, 다시 좌로 세 번을 돌리면 안으로 들어갈 수 있다' 이다.

그런데 강진은 그 구결에 자신이 기어온 절벽 길의 모양을 더했다.

"내가 기어온 길은 처음에는 삼(三) 자 형태의 길이고, 두 번째에는 칠(七) 자 형태로 볼 수 있지 않을까? 확실히 초서로 쓰면 그렇게 이어진다."

그렇다면! 기관의 작동법이 바뀌는 것이다.

처음 기관은 좌로 열세 번을 돌리고 우로 다섯 번을 돌린 후에 축을 누르고, 두 번째 기관은 좌로 일곱 번, 우로 열일곱 번을 돌린 후 축을 누르고 다시 좌로 세 번을 돌려야 한다.

"이런 뜻일까? 다른 뜻이 있을까?"

아니면 그냥 쓰여 있는 대로 돌리는 게 맞을지도 모른다. 강진은 다시 고민을 해보았지만 다른 생각은 떠오르지 않았다.

"생각은 나중에 하자. 일단 시험해 브면 되겠지."

더 이상 사람들을 기다리게 할 수는 없다.

강진은 절벽을 내려왔다.

절벽 아래쪽에는 계곡수가 세차게 흐르고 있었는데, 만약 절벽에서 발을 헛디뎌 떨어진다면 바로 이 계곡수에 떨어져 산 아래까지 떠내려갔을 것이다. 강진은 아래쪽에 자라 있는 나무 위로 올라가 가지를 타고 물을 건넜다.

그리고는 사방을 살펴 첫 번째 문양과 비슷한 풍경이 있는 곳으로 갔다. 그 안쪽은 안이 보이지 않는 안개로 가득 차 있었고, 앞쪽에 하나의 바위가 있었다. 바위에 바로 첫 번째 기관 작동 장치가 숨겨져 있었다.

“좌로 열세 번, 우로 다섯 번.”

강진은 자신의 감을 믿기로 했다. 글로 쓰여 있는 숫자가 아니라 그 위에 자신이 기어온 길의 모양을 더한 대로 기관을 작동시켰다.

그그그긍!

한참을 돌린 후에 기관을 움직이는 축을 누르니 바위 아래쪽에서 이상한 소리가 나며 안개가 살짝 흐려졌다. 그러면서 안쪽에 그려져 있는 생로인도용 표식이 보였다. 성공이다!

강진은 서둘러 생로를 따라 계곡 안으로 들어갔다. 약 일각 정도 구불구불한 길을 따라 걸어 들어가니 다시 안개가 짙어진 곳이 나왔다. 그리고 석상 하나가 보였다.

“좌로 열일곱, 우로 일곱, 누르고 좌로 셋.”

강진이 그대로 행하자 석상이 소리를 내며 뒤로 물러났다. 그 아래에는 구멍이 뚫려 있었다. 마치 적포천존이 절벽 위에서 바위를 옮겼을 때 나온 구멍과 같은 모양이었다.

강진은 그 안으로 뛰어내렸다. 아래쪽은 통로였는데, 그걸 따라 걸어가니 하나의 석실이 나왔다. 양쪽에는 문이 있고, 맞은편에는 길이 뚫려 있는 석실이었다.

중앙의 서탁에는 하나의 패와 글자가 적혀 있는 양피지가 놓여 있었다.

양피지 안에 있는 글은 바로 이곳을 만든 절문자가 남긴 것
이었다.

외세의 힘은 나날이 강성해지는데 나란 사람은 오로지 환락
으로 불안을 감추니,
소수의 뜻있는 사람들이 현실의 고달픔을 미래에 대한 희망
으로 삼기로 하다.
내 의인의 뜻을 받들어 보물을 외적으로부터 숨기니, 이것이
나라의 정기가 회복되었을 때에 후인에게 전해지기를 기원한다.
재물은 모두 연자의 것이니 뜻대로 사용하되, 가능하면 나라
를 위해 쓰임을 원한다.

"아, 절문자란 분께서는 정말 훌륭하신 분이셨구나."
강진은 진심으로 감탄했다. 학식과 재주가 뛰어난 사람이
애국에 대한 마음까지 지니고 있으니 존경하지 않을 수 없다.
강진은 글에 대고 절을 꾸벅 한 후 계속해서 글을 읽었다.

세 문양과 구결을 보고 기관을 움직이는 자는 계곡 안으로 들
어갈 수 있다.
설령 외적 중에 우리가 보물을 숨긴 것을 눈치 챈 자가 있더
라도 틀림없이 무공이 뛰어난 자일 것이다. 그자는 비곡에 있는

재물의 일부만을 취할 수 있다.

하지만 만약 인연자가 있어 무공의 성취가 아직 뛰어나지 못한 사람이 이곳에 오고, 또 연자의 재능이 뛰어나 능히 문양 사이에 숨겨진 글을 찾아낸다면 이곳으로 오게 되리라.

절벽을 기면서도 자신이 지나간 길을 기억한다는 것은 그대의 공간지각력이 출중하다는 뜻, 기관과 진식에 재능이 있음이니 더욱 정진하라.

절문의 뜻이 그대에게 있음이라.

"아, 이런 기연이!"

강진은 뜻밖에 행운에 놀라며 양피지 옆에 있는 옥패를 집어 들었다. 따뜻했다.

"이것은 혹시 온옥?"

얼음처럼 차갑다는 한옥과 따뜻함을 간직한다는 온옥은 무가지보라고 들은 적이 있다. 하지만 돌에 불과한 옥이 정말로 항상 따뜻할 수 있다고는 믿기 어려웠다. 강진은 신기하다고 생각하면서 옥패를 자세히 살폈다.

앞면에는 기린이, 뒷면에는 검과 창이 교차된 문양과 함께 절문이란 글씨가 새겨져 있었다. 무엇을 의미하는 옥패인지는 알 수 없었지만, 범상치 않은 보물임은 틀림없다.

강진은 일단 옥패와 서신을 챙기고 양쪽에 있는 석실을 살피기로 했다.

처음에 확인한 것은 좌측 석실이었는데, 그 안에는 수백 권에 이르는 책이 책장에 꽂혀 있었다. 그것들은 모두 지극히 얇은 양피지로 만들어져 있었는데, 피수주를 이용해 습기를 막았음에도 불구하고 색이 누렇게 변해 있었다.

이것을 보면 절문자가 적어도 삼사백 년 이전의 사람이라는 것을 알 수 있다. 그런 만큼 책 중 터반은 요즘에는 아예 실전된 고서 중의 고서였다.

기관학과 진식도해가 거의 절반을 차지하고 있었지만 무공서도 있었고, 그 외에 의술서를 비롯한 각종 실용서적도 빠짐없이 구비되어 있었다. 뿐만 아니라 당송 시대에 명필로 유명한 학자나 화공들의 시서화도 다수 있었다.

입구의 맞은편 벽 중앙에는 하나의 큰 벽화가 그려져 있었는데, 그것은 얼핏 보면 그림 같기도 하고 다시 보면 그냥 지도처럼 보이기도 했다.

아래쪽에 절문기관도해라는 제목이 붙어 있었다. 벽화 옆쪽에 작은 글씨로 빽빽하게 주석이 달려 있었는데, 이것이 바로 절문자의 평생 심득이 담긴 것이었다.

강진은 일단 책의 제목과 내용을 대충 확인하고는 다시 감탄과 경외의 마음을 가졌다. 이 서가에 있는 책들을 보니 절문자가 얼마나 학식이 뛰어난 사람인지를 미루어 짐작할 수 있었다.

이런 은자의 거처가 적포천존에 의해 발견되어 단순한 무공 수련장으로 쓰이는 것은 어쩌면 아까운 일일지도 모르지만, 강진은 그것까지는 생각하지 않았다.

좌측의 석실을 다 본 후, 강진은 다시 반대편에 있는 우측 석실로 들어갔다.

우측 석실의 한쪽에는 상자가 여러 개 쌓여 있었는데, 상자마다 그 안에 든 물건들이 적혀 있었다. 귀중하지 않은 것이 없었는데, 그중에서 가장 부피에 비해 값어치가 싼 것이 금괴였다.

뿐만 아니라 영약이라 할 만한 물건도 몇 개 있는데, 거기에는 절문자가 인연자의 내공 증진을 위해 남긴다는 설명이 붙어 있었다.

강진은 일단 그 상자들의 내용물을 확인만 하고는 그냥 놔두었다. 이걸 옮기는 것은 사부인 적포천존에게 보고를 한 다음에 해도 충분하다. 보물을 눈앞에 두고도 강진은 여전히 침착했다.

확인이 끝난 후, 다시 중앙의 석실로 나와 통로를 따라 걸어가니 위쪽으로 올라가는 계단이 보였다. 강진은 계단을 올라 드디어 밖으로 나왔다.

강진이 그걸 적포천존에게 처음 말했을 때, 적포천존은 강진의 말을 좀처럼 이해하지 못했다.

"잉? 절문자의 유물을 얻었다고? 그런 것도 있었어?"

눈치로 보아 적포천존은 전혀 모르는 게 확실했다.

강진은 자초지종을 설명했다. 그러자 적포천존은 크게 놀라 강진과 함께 기관을 움직여 안으로 들어갔다.

적포천존은 보물을 확인하다가 갑자기 크게 웃으며 말했다.

"크하하하! 그래그래, 내 절문자와 너의 인연을 시험해 보기 위해 절벽을 내려가라 했었지. 역시 찾아냈구나. 하하하하!"

설옥은 조용히 계속해서 웃고 있는 적포천존을 보고만 있었다. 들은 것이 있었지만 지금 그걸 말할 분위기는 아니다.

적포천존은 웃으면서 속으로 중얼거렸다.

'젠장, 나는 왜 그걸 못 찾았지? 그리고 이 녀석은 어떻게 한 번에 찾은 거야? 이게 타고난 재스란 것인가! 아니지, 내 인생도 그렇게 재수없는 건 아닌데……'

사실 적포천존은 이 절벽을 찾아냈을 때에 이미 상당한 무공을 지니고 있었다. 그래서 강진처럼 절벽을 조심스럽게 기어다니지 않고 거의 휙휙 날아다니며 문양을 찾았다. 그런 적포천존이 길에 숨겨진 구결을 찾을 수 있을 리가 없다.

만약 계곡 문이 열리지 않았다면 몰라도, 절벽에 쓰여 있는 구결대로만 기관을 움직여도 계곡문이 열리게 되어 있으니 말이다.

이런 이치를 적포천존은 능히 생각할 수 있었다. 그래도 고생 좀 하라고 내려보낸 제자가 보물을 발견하자 왠지 모르게 부러움을 느끼는 적포천존이었다.

“크하하하! 제자야, 내가 왔다!”

“크으윽, 사부님.”

강진은 사부가 나타난 순간 이성을 되찾고 멈춰 설 수 있었다. 그사이 적포천존은 숨을 헐떡이고 있는 강진에게 다가갔다.

주변의 적들은 갑자기 나타난 적프천존이 누구인지 알아보지 못했다. 하지만 그 무서운 홍의걸협의 사부라는 데에 포위망을 더욱 단단하게 굳혔다.

적포천존은 주변의 떨거지들을 전혀 신경 쓰지 않았다. 그는 강진을 보고 혀를 끌끌 차며 손에 들고 있던 두루마리를 좌악 펼쳐 보였다.

“봤냐? 어떻게 생각하냐?”

“사부님, 최고십니다.”

강진은 엄지손가락을 치켜세웠다.

"껄껄껄, 너도 노력하면 나처럼 될 수 있다. 사실은 좀 힘들겠지만 희망이라도 가져라."

입소문을 통해 아는 분은 다 알고 계십니다!
올 한해 공인중개사 최고의 화제작!

1~2권 합본 | 이용훈 지음
3~4권 합본 | 이용훈 지음
5~6권 합본 | 이용훈 지음
용어해설 | 이용훈 지음

수험생 기본 필독서
만화 공인중개사

제목 : 만화공인중개사 쓰신 분에게 감사드립니다.

학원을 두 달 다녔어요. 근데 과연 그 숫자 외우기 그런 게 몇 문제나 나올까 생각을 했어요.
아니라는 생각이 드네요. 학원강의를 뒤로하고 서점을 갔어요. 내 머리에 가장 이해될 수 있는
책이 없나 하구요. 거기서 만화를 발견했어요. 무조건 세 번 봤어요. 3개월 걸렸어요. 문제집을 보라고
했는데 그건 시행을 못했어요. 근데 합격을 했네요.
어떻게 감사의 말을 해야 될지…….
도서관에서 만화책 들고 다니니까 사람들이 비웃더라구요. 만화책으로 공인중개사를 공부한다고
미친 사람처럼 보더라구요. 근데 그거 다 감수하고 했던 내가 자랑스럽습니다.
어떻게 감사의 말을 해야 할지… 정말 감사합니다.
부디 행복하세요. 제 나이 41살에 좋은 스승을 만난 것 같습니다.
엎드려 감사드립니다.

－본사 홈페이지에 독자분이 올린 메일 中 에서 발췌－